魅丽文化

恋爱是勇敢者的游戏

周定嘉 著

江苏凤凰文艺出版社
JIANGSU PHOENIX LITERATURE AND ART PUBLISHING, LTD

图书在版编目（CIP）数据

恋爱是勇敢者的游戏 / 周定嘉著. — 南京 : 江苏凤凰文艺出版社，2017.10

ISBN 978-7-5594-0988-1

Ⅰ. ①恋… Ⅱ. ①周… Ⅲ. ①长篇小说－中国－当代 Ⅳ. ①I247.5

中国版本图书馆CIP数据核字(2017)第207973号

书　　名	**恋爱是勇敢者的游戏**
作　　者	周定嘉
出版统筹	黄小初　邹立勋
选题策划	吴小波　黄　姗
责任编辑	胡小河　姚　丽
文字编辑	黄　姗
责任监制	刘　巍　江伟明
出版发行	江苏凤凰文艺出版社
出版社地址	南京市中央路165号，邮编：210009
出版社网址	http://www.jswenyi.com
经　　销	江苏省新华发行集团有限公司
印　　刷	湖南凌宇纸品有限公司
开　　本	880mm×1230mm 1/32
字　　数	130千字
印　　张	9
版　　次	2017年10月第1版，2017年10月第1次印刷
标准书号	ISBN 978-7-5594-0988-1
定　　价	29.80元

目录

目录

Chapter 01

每一个开始仅仅是续篇，事件之书，总是从中途开启。

——《一见钟情》

“我们分手吧。”

金闪闪站在夏天最后的艳阳下，看着马路对面，发呆。

这条路离她租住的寓所樱园大楼很近，中间只隔了一个十字路口。

此时正是正午，她刚刚从出租车上下来，站在路边。马路对面的银座商城前开放着喷泉，周围有小孩儿在阳光下嬉戏，隐约可以在喷溅的水花边看到一条淡淡的彩虹。

三周前，薛醒就是在这池喷泉边，向她表达分手的意愿。

今天，薛醒说分手的声音仿佛还就在耳边，那天夜晚，他藏在裤子口袋里的手、紧抿的唇、低垂的眼帘，仿佛全部都在拒绝她。

此时看着喷泉边那条若隐若现的彩虹，当日情景又全部涌向脑海。

简直刺眼，她皱着眉快速甩了甩头，转身大步走开了。

金闪闪拿着手里一张写着地址的卡片四处张望，一路走一路找，也没找到这上面写的“香樟华园”在哪里。路边店铺里，电视机大声的通报即将到来的暴雨黄色警报，从今天早晨开始，金闪闪就不停的听到天气预报的提醒：二十四小时内气温即将骤降。可一天过半，天上却还是烈日高照，她走着走着都感到后背起了一层薄薄的汗。

电话响起，金闪闪拿起手机一看，是新上司的来电。

“找到没？”

“我到这附近了，但是还没找到香樟华园在哪儿……”金闪闪一边走一边说着，热得有些微微喘气了。

“很好找的，你有没有看到一栋很高的蓝色写字楼。”

金闪闪环视一圈，果然看到了一栋非常显眼的蓝色写字楼。

“看到了。”

“香樟华园就在那栋楼后面了。”

“好的，我马上就过去。”金闪闪说完正准备挂断电话，却又听见对方在听筒里喊了一声。

“诶！这个作者特别狡猾，记得上楼的时候轻声一点儿，堵住了门就不要放手，抱住腿也不要让他跑了，记住了啊！不要让他跑了，一定要看到稿子才松手。”

“好的，明白了……”

挂断电话时，金闪闪已经走到了香樟华园的正门口，忍不住叹了一口气。

香樟华园看上去像是十年前流行的私人花园式商品房住宅区，只是时间久了，已经比较老旧。按照卡片上面所写的门牌号，金闪闪来到了七栋三楼 301 房门前。

普普通通的暗红色防盗门，上面安着猫眼，门边上还有撕下春联的老旧痕迹，楼道里没有亮灯，自然光下显得有些昏暗。

金闪闪不断的告诫自己要调整心态，重新振作，这是新上司给的第一个任务，不能再搞砸了……

不就是催个稿……大不了我抱着门框不松手，难道这人还会飞吗？

咚咚咚。

她敲了敲门，没人应。

难道没在家？金闪闪脑子里突然又回想起老张在刚刚那个电话里所说的话。

“这是一个特别狡猾的作者……”

呆望着这张防盗门几秒后，金闪闪伸出手，想了想，盖住了猫眼。

继续敲门。

整个楼道里回荡着敲门声，就是没人开门。

正当她以敲鼓的力气锤门的时候，叮的一声，电梯门开了。

一个戴着鸭舌帽，低着头，手里提着塑料袋的男人，从电梯里出来。

金闪闪回过头，视线刚好与这个男子对上，男子正朝她的方向过来，一瞬间也愣住了。

金闪闪瞧了一眼周围，她这边就只有301这么一间房，没有其他的门了。

也就是说……

这就是那个龙场野人了。

“那个……”金闪闪刚开口，话还没说完，男子以逃命的姿势转身就跑！一瞬间就消失在楼梯间了。

金闪闪当场呆住，一阵冷风呼呼的从楼道天井刮过，她才知道，老张的话，真是一点都没夸张。

“等一下！”她跟着追了出去，三层楼梯，不多，但是她为了追上那个渐行渐远的脚步声，跑得太急，又穿着高跟鞋，几次差点儿崴脚。等跑出这栋住宅楼后，前面那个戴着鸭舌帽的影子已经在不远处停下了，正回头看着她。

“等一下……”金闪闪看他停下来，于是自己也放慢了脚步，一边喘一边朝前继续跑去。

谁知那人见她并没有停下，还追出来，一转身又跑了。

“你给我……不要跑啊！”金闪闪见状赶紧加快速度又朝前追。

戴鸭舌帽的男子十分风骚的在前方小跑着，时不时停下来看一会儿金闪闪有没有追上来，每次金闪闪感觉自己快追到这个人了，他又立刻撒腿就跑。

撞破了小孩儿吹在风中的泡泡，闪过看热闹的买菜主妇身旁，惹得环卫大叔停下清扫，扭头观看。

两人就在路人的注视下，在阳光下狂奔。追追停停，鸭舌帽一路跑到银座商城门口，回头看到金闪闪居然还苟延残喘的追上来了，皱了皱眉，骂了一声，闪身躲进了商城里面。

金闪闪一路跑到商城门口，一眼望去，里面人山人海，根本看不到鸭舌帽在哪儿了。正欲跟进去时，转念又觉得不对。

不就是想甩掉我，这商城只有这一个门，我还就不信你不出来。

金闪闪默默在脑海里为自己的机智点了个赞，走到门口的喷泉池边坐下，脱下高跟鞋来，揉了揉被磨红的脚跟，已经快进入初秋了，太阳犹有盛夏之势，丝毫没见降温。

喷泉前的广场人来人往，还有卖彩色气球的小贩与卖冰激凌的小车，闲人们围着喷泉坐了一圈，金闪闪拿出手机来看了看时间，未接来电提示与她合租的室友五分钟前打来过一次，她没接到，坐在这里几分钟后她只觉得口干舌燥，环视一圈，不远处的树荫下有个便利店。

金闪闪犹豫了一下，还是耐不住口渴，把手机随意往包里一丢，离开了喷泉池，一边盯着商城门口目不转睛，一边朝便利店走去。

“三块钱一瓶。”连给老板钱的时候，她也始终没有移开目光，仰头迅速喝了几口水后，她站到了边上的树荫下继续等着。

树荫下果然凉快了很多，金闪闪一边继续喝着水，一边盯梢，单肩包被她随意的甩在身后，高跟鞋也被她半脱着踩在脚下。

知道的明白这是编辑来催稿，不知道的还以为是高利贷主来追债。

大学毕业后，进入风潮文艺出版社，从事图书编辑一年来，她还是头一次以这样的方式催稿。这是自从昨天，她从公司的业绩最好的核心部门——青春事业部，借调到最不受重视的吊车尾部门——奇幻事业部后，新上司给她的第一份任务。

说是借调，金闪闪心里明白，其实就是“被贬”。

与薛醒分手的第二周，她在工作上出了重大失误。

一本她负责的长篇言情小说，印刷出来后发现封底的书号错误，根据书号生成的条形码自然也是错误的，面对所有的书都将被召回，项目可能亏损的状况。金闪闪怎么也想不起来那一周将文件发往印厂时，到底发的是最终文件，还是点错了地方，发了之前有错的版本。

真的怎么也想不起来了。

自薛醒与她分手后，她就完全不能集中精神在工作上。晚上常常无法入睡，辗转反侧之下忍不住打给薛醒的电话，从来都没有回音。白天工作时不时走神儿，一有休息间隙，她就想发信息给薛醒，却又煎熬焦灼着该不该发的问题，一门心思乱得团团转。

一直到上司把印错的书籍啪的一声拍在她面前，她才好像从一整周的梦游中清醒。

庆幸的是小说的作者还是个没有积累多少人气的新人，首印量并不大，于是整组人跑到印厂去贴了整整两天的条形码替换贴纸，才又重新包装发回市场。

两天内，她不断地向被连累的同事们道歉，向作者道歉，可也无济于事。在这件事之前，进入这家公司一年以来虽然她不算优秀，却也从没有犯过什么大错，因此上司没有提出要辞退她。

但在几天后，奇幻事业部缺人要求借调的时候，上司毫不犹豫地就将她推了出去，仿佛一个拖油瓶，一个烫手山芋，赶紧甩开为好。

从七楼刚装修不久，宽敞亮堂的青春事业部，搬到六楼普普通通的奇幻事业部格子间，她才得知，虽然这里名叫奇幻事业部，但却什么题材的书都出。

公司主打青春言情类型的作品，大部分读者都是十五至二十岁的小姑娘，而言情小说这块的市场，已经被楼上的青春事业部占尽了。奇幻事业部只好有什么出什么，剑走偏锋，开拓其他题材的市场。

“这次向你们青春部借人，是因为原来负责作者龙场野人的责编突然辞职了，我们组其他编辑都项目压身，忙不过来，然后这个作者又比较难搞，来不及再去招新人了，只好先把你借来了。”

刚刚下到六楼的金闪闪，在确定不是太明白新上司老张要表达的意思后，开口问道：“……什么野人？”

老张愣了愣，反应过来才说：“龙场野人，一个写推理小说的作家。你没听说过？”

金闪闪摇摇头，她一本推理小说都没看过，东野圭吾她倒是听过，龙场野人她就不知道了。

“这两年的新晋推理作家，产量大概一年一到两本，但是拖稿非常严重，必须盯着催，这也是为什么来不及招新人的原因，最近几天这个作者电话也不接，还有三个月就要交稿了，我连一个字都还没看到。”

还有三个月也不用催得这样紧吧……

金闪闪正想着，老张自己揉着头发抱怨道：“关键他这是七个月前签的书啊……”

拖了七个月……金闪闪嘴角不禁抽了抽，还真是厉害，难怪责编都跑路了。

“你到我这来的首要任务，就是这一件事，把稿子催出来。”

老张郑重地拍了拍金闪闪的手，把一张小卡片塞到了她手里，然后大手一挥，下班走了。

而现在，她就站在烈日下蹲守着这位龙场野人。

周围人来人往，十几分钟过去了，鸭舌帽的影子也没出现，估计在商场里舒舒服服吹着空调吧。

金闪闪想到这里不自觉的磨起了牙……

哦，对了，给室友回电话。

金闪闪想到这里便伸手去摸自己的包，这一伸手，没抓着拉链，却抓住另一只手。

金闪闪回过头，一个比她高一个头，约三十多岁的男人，手正伸到她包里，她突然想起来自己买完水后忘了拉上拉链，男人的身边还站着另一个矮个子，插着口袋背对着两人站着，把金闪闪的包挡得严实，以掩护另一个下手。

“你干吗？！”金闪闪皱了皱眉说道，推开了男人的手，往包里一摸，手机不见了。

“拿了什么，还给我。”她伸出一只手抓住其中一个的袖子，高个儿的那个低头看了看这么瘦瘦的一个小姑娘，完全是好欺负的样子，瞪着眼睛恐吓道：“神经病啊你，给我小心点。”

说完二人甩开她的手就走，金闪闪愣在原地。看着两个小偷儿加快脚步越走越远，她实在是没有力气再去追了。

今天到底是什么日子……为什么所有人所有事都要和自己过不

去。

到底为什么？

金闪闪想着想着，眼前一片模糊了。

“有贼……有贼啊……抓小偷儿啊！”

路人听见这由弱渐强的喊声，三三两两的回头张望。

只见一个穿着风衣、踩着高跟鞋的女孩子哭着朝前跑着。

男人本想悄悄加快脚步消失，谁知金闪闪一下就抓住了两人的手臂，二人急忙甩开，拔腿就跑，力气之大，推得金闪闪一下坐到地上，包包里的东西撒了一地。

金闪闪哇的一声大哭起来，但还是锲而不舍地叫着抓贼。两个男人一边快步跑走，高个儿一边将金闪闪的手机悄悄塞给了矮个儿，自己沿大路跑，使眼色让矮个儿和他分开走。

矮个儿刚刚闪身进一条小巷子，就被一股无名大力揪住后颈，一下子摔倒在地。

一个高大的年轻人将他放倒在地，手脚麻利的从他身上搜出了金闪闪那部还贴着漫画贴纸的手机。接着一手扼住他的脖子，将他从小巷子里拖了出去，一直拖到金闪闪面前。

“看看这是你的吗？”

金闪闪仰头瞧着来人，逆着光看不太清面貌，只见他一头硬朗的短发轮廓，穿一身深蓝 T 恤，黑色的长裤，递过来一只手机，金闪闪鼻涕眼泪糊了一脸，但一瞧就认出是自己的，赶紧点了点头，伸手接过了手机，宝贝似的摸了两下看看有没有弄坏。

“你解锁给我看看。”穿深蓝 T 恤的人说道，金闪闪照做了。

被扼住的小偷儿歪着身子还企图挣扎，深蓝 T 恤回过头，手臂使劲一夹，矮个儿小偷儿立刻两眼圆睁，伸着舌头吐气，脸色涨红，没了力气。

金闪闪拍了拍自己衣服上的灰，从口袋摸出餐巾纸赶紧擦干净自己一片狼藉的脸，突然想起了什么，抬头一看银座商城门口，一顶鸭舌帽正好从人群中飘忽出来，即将消失在不远处的拐角。

金闪闪倒吸一口凉气，二话没说，伸手把地上散落一地的笔、本子、化妆包，充电器一股脑儿扫进包里，拔腿就追。

“这样吧，你跟我去做个笔录。”深蓝T恤正回过头对金闪闪说话。低头一看，人已经不见了。

他扫了一眼周围，连那个姑娘的影子都没了。

“切，谢谢都不说一声。”他将小偷儿的手反扣在背后，摸出手机来拨通了电话。

“喂，是我，抓到个偷手机的，嗯……没，我只是路过，在银座商城这边，你们赶紧叫个人过来吧。”说完他将手机放回口袋，低头时却瞥见地上有一张工作证。

深蓝T恤伸手拎起那张工作证的挂绳，一张笑眯眯的证件照印在上面，正是刚刚那个喊抓贼的姑娘。职位那一栏写着：图书编辑，公司那一栏赫然写着：风潮文艺出版社，看到这里他眯了眯眼睛，皱起了眉头。

不会这么巧吧……

再仔细看了看，姓名那一栏写着：金闪闪。

“……还有人叫这种破名字的？”深蓝T恤轻蔑地挑了挑眉。

一辆警车开到路边，鸣了两下笛，他抬眼一看，就顺手将金闪闪的工作证揣进了口袋，用脚踢了一下小偷儿，将他拎起来朝警车走去。

离银座商城不远的警察局里，一查档案就发现这个矮个子是个惯犯。

“有团伙的，还有个共犯，跑了，只抓到他。”

审讯室里小偷儿被铐在椅子上，一盏灯照在他头上，三个警察围着他打量着。

“程野真是刻苦，不做警察了还帮我们送贼上门。”一个穿警服的胖中年人笑着拍了拍深蓝 T 恤的肩。

“哦对了，野哥，失主呢？”做记录的警察抬头问道。

“跑了，拿回手机就不见了。”程野边点烟边说道，又给边上的警察挨个儿递了一根。

“诶诶，出去抽。”

中年警察挥了挥手，和程野一起走出了审讯室。

关上门，中年胖警察抬眼瞧了瞧程野，笑道：“你小子现在在做什么？大白天还有空抓贼。”

程野瞥了一眼这位以前的上司，摇了摇头说：“没干嘛，闲着。”

“当初要你办个停薪留职，你不，非要走人。”前上司叹了一口气。

“行了，我还有事，先走了啊，改天再一起吃饭。”程野似乎不愿多聊，摆了摆手，快步走了出去。

“唉……臭小子。”胖警察在后面咕哝了一句，熄了烟又转身进了审讯室。

鸭舌帽最终还是追丢了。

回公司的路上，金闪闪觉得自己好像根本就不是编辑，而是个跑马拉松的。

两只脚的脚跟都快磨破了，她坐在出租车上，又将手机拿出来看了看。

【回一下我电话好吗？】

这是她三天前发给薛醒的信息，直到今天都没有回复。

起风了，天色渐暗，闪过的街景倒映在窗户玻璃上，她疲惫的将头靠在窗边，看那些树影斑驳，阳光飞驰。

从十七岁到二十三岁，相识六年，相爱五年的人，头也不回地走了。

她已经记不清自己和薛醒吵过多少次架了，只清楚自己和他的距离已经越来越远。

她与薛醒也并非没有闹过分手，薛醒让她受不了的坏习惯，身边层出不穷的追求者，还有那一股子少爷脾气，都曾是他们吵架的理由，但双方又都知道对方不会真的走，这只不过是嘴上逞强罢了。

可这次不一样。

因为薛醒数次与朋友通宵喝酒，烂醉到电话都打不通，她大发雷霆，分手两个字脱口而出。

而薛醒却没有像以前每次吵架那样来哄她，甚至连电话都没有一个。等到消气后她再去找他时，想分手的人变成了他，并且坚决得陌生。

说了一百次分手，总有一次会是真的，狼来了的故事，连小孩子都知道。

但爱情的可怕就在于，哪怕是这样，她一想到他，眼前出现的，始终还是十七八岁时，他穿着一身被雨淋湿的校服，跑到宿舍楼下给她送红糖的样子。

因为跑得太快所以累到眯起一只眼，喘着气，却还勾起一边嘴角笑得灿烂，仿佛在等待她的夸奖。

还有寒冬腊月时，因为金闪闪胃疼得无法入睡，为了把她接去医院，翻墙进来和宿管大吵一架，结果第二天自己重感冒的样子。

明明一双桃花眼，凶起来的时候却能那么吓人。

曾经那个张扬又温柔的人，和现在这个人，明明是同一个人，却有了千差万别。而过往有太多是是非非，到现在根本已经说不清到底谁对谁错。

黄昏即将到来，金闪闪靠在车窗边，不敢再继续想念他，只觉得眼皮有些沉，渐渐闭上了眼睛。

“美女，醒醒，到啦……”司机叫醒她时，她正靠在车窗上睡得香，睁眼一看，已经到了公司门口，赶紧摸出现金给了司机下车。

走到公司门口，看了眼手表，还有十五分钟就下班了，她该怎么告诉新上司，工作的第一天，她连那个作家的影子都没抓着。

拖着异常沉重的脚步坐电梯上了六楼，金闪闪再次走进了奇幻事业部。

老张坐在电脑前玩扫雷，瞥见金闪闪垂头丧气的过来，赶紧将游戏页面关了，笑着问道：“怎么样？”

金闪闪摇了摇头：“在楼道里撞上了，跑得太快……实在追不上……”

听完整个事情经过后，老张愣了一下，瞬间哈哈大笑。

“真是辛苦你了，这不怪你，之前的编辑堵门堵得太狠，作者才会这样。”老张拍了拍金闪闪的肩膀宽慰道：“今天周五了，明后天回家好好休息吧，周一再想工作的事。”

“以后每天都要像这样去催稿吗？”金闪闪欲哭无泪地问道，不愧是奇幻事业部，搞不好以后每天都会像今天这样，过得很奇幻。

“当然你也可以有自己的方式，实话说，这个作者虽然人不红，但是书的销量是很不错的，对我们奇幻部来说，还是很重要啊，你别看他这样难搞，也就催稿的时候要命一点，比起其他那些真正难搞的作家，其实他人算很不错的。”

“真的吗……”金闪闪想起今天那个鸭舌帽逃命般的架势，对老张这话深表怀疑。

谁知等了半天没等到回音，金闪闪回头一看，老张早就下班走了。

整个六楼的同事一过下班点就走得差不多了，这对长期在七楼因为任务繁重而加班到八九点的金闪闪来说，很是不习惯。

她回到自己的小格子间，看见桌上放着一个纸箱，走近一看，是七楼的同事将她放在原来部门的多肉绿植给全部送下来了。

看来真的是回不去了。

金闪闪叹了一口气，环视着这灯光昏暗老旧的六楼。窗外突然雷声大作，风声吹得呜呜响，天色完全黑了，几声闷响后，大雨倾盆而下。

电视里预告了一整天的暴雨黄色预警，来了。

她就这样静坐在椅子上看着雨，不想回家，反正大厦的保安会通宵值班，她累得只想趴在桌上悄悄睡一会儿。

才不一会儿，手机铃又响了，屏幕在黑暗中突兀的亮了起来，金闪闪皱着眉拿起来看。

【怕打雷下雨的一会儿干扰通信，先提前祝你生日快乐啦！要天天开心哦姐姐！】

发件人是表弟。

金闪闪这才想起来，再过几小时，就是她二十四岁的生日了，她忘得干干净净。

不一会儿，又有一条信息进来。

【乖女，下班没啊？明天你生日，要回家里来吃饭哦。】

发件人是妈妈。

在二十四岁的前夕，失恋、降职、催稿追断腿，喝个水还被贼偷。

还能再倒霉一点儿吗？

金闪闪一边看着手机发蒙，一边手机来电铃就响了，来自室友，金闪闪忽然想起今天事太多，一整天都忘了给她回电话。

“闪闪啊，我今天搬出去啦，今天打你电话几次都没回我。”

“搬出去？为什么啊？那我怎么按照租约给房东交租啊？”金闪闪瞬间一个头两个大。

“唉，我上个礼拜就跟你说了呀，你自己最近天天魂不守舍的，忘了吧。”

听室友这么说，她回想起来好像是有这么回事，只记得她说什么怀孕了，赶着办婚礼了，要搬去新房，但是一转眼就被她忘到脑后了。

“你不要急啦，室友我已经给你找好了，我大学同学，女的，比你大两岁，正好要租房子，今天联系不上你，我又怕晚点下大雨没车，我就先走了，明天上午有空的话我再过来，她今天下午应该就已经搬进去了。”

“啊？！”

“你放心啦，她人很Nice的，你回家就知道了。”

“喂喂……”金闪闪还没来得及抱怨自己根本就没有同意要不要和那人合租，对方就挂断了。

“有没有搞错啊……”她看着手机屏幕慢慢黑掉，更加的不想回去了。

看着紧紧握在手里的手机，她又宽慰自己，至少今天还有一件事值得庆幸，就是手机总算回到自己手里。

“啊……”想到这里她终于意识到，自己今天只顾着追那个作家，完全忘了向那个见义勇为的人道谢。

香樟华园七栋301。

程野回到家，拿钥匙开了门，看到室友小王戴着个鸭舌帽站在镜子前。

“野哥你回来了？”

“嗯。干吗在家还戴着帽子？”程野一边换拖鞋一边奇怪道。

“今天出门剪头发，他妈的，结果剪得奇丑，就在街边买了个帽子遮一下。”

程野转身进了书房，小王瞧了一眼，也走进来拉了把椅子坐下。

这间书房和主卧相连，是程野的房间，书桌上摆着一摞书，作者都是龙场野人。

“你不知道，野哥，今天你那个出版社又换了个编辑来催稿，你真是不知道，这次这个真猛啊，踩着高跟鞋横追我三条街啊，三条街啊！”

小王对今天的一切还心有余悸，作为程野的室友，长期被他的编辑骚扰堵截已是家常便饭，之前的编辑为了能见到程野，抱着他的大腿赖在门口死活不肯走，僵持了一下午的经历，他还历历在目，现在只要一看到有人站在家门口锤门，他的第一反应就是，跑。

“幸亏我跑得快……”小王又补了一句：“不过今天这个编辑，长得蛮漂亮的，比以前的漂亮，就是太缠人了！比以前的还可怕。”

程野没说话，打开电脑，登录QQ，发现以前的编辑给他留了言。

【我辞职了，以后再不催你稿了，不过你应该知道你的合约还

是有效的，并且只剩三个月了。】

电脑屏幕有点儿太亮了，程野往后一靠，只觉得口袋里有什么东西动了一下，硌人。

他伸手一掏，是金闪闪的工作证，他顺手就丢进了字纸篓。

小王瞥了一眼他丢掉的东西，又伸头瞧了瞧。

“诶？野哥，你今天已经被她堵到了啊？”小王把金闪闪的工作证又从字纸篓里拎了出来。

“嗯？”程野叼了一根烟，正要点，完全没明白小王在说什么。

“就是这个姑娘，今天来找你的。”小王指着工作证上的照片说道，金闪闪的一张脸笑得甜甜的。

“哦？”程野眯起了眼，把工作证又拿了过来，若有所思。

果真有这么巧？

“太可怕了……她在哪儿堵到你的啊？”小王凑上来问道，程野没好气儿地瞥了一眼他的头顶。

“让我看看到底剪得有多难看？”程野伸手一扯，拿掉了他的鸭舌帽。

“哎！别，还我还我。”小王拿手护着头上那一圈乱毛，伸手把帽子从程野手中抢了回来。

“在家还戴个屁啊，我又不是外人。”

“压一压说不定明天就没这么丑了！”

金闪闪坐上回家的车已经是十一点以后的事了。

短短十五分钟的车程，因为暴雨，走了四十多分钟，从公司上车到下车走到家门口也就几步路而已，依旧淋成了落汤鸡。

暴雨倾盆，寒流来袭。

金闪闪哆哆嗦嗦摸出樱园大楼的门禁卡，进了门，走楼梯上了二楼。

楼梯间里一直回响着她的手机短信铃声，放在包包里响个不停，走到家门口时，她才拿出手机看了下。

十二点整，清一色的生日快乐。

二十四岁到来了。她站在门外，浑身狼狈的滴着水。

希望新的一岁，一切会有转机吧。

怀着这样的心情，她转动了门钥匙，不知道新室友是不是已经睡了。

门打开，客厅里飘来一股淡淡的香气，一个穿着长裙，美得发亮的女人站在茶几边朝她微笑。

“你好，我叫赫连周。”

Chapter 02

打翻了牛奶，哭也没用，因为宇宙间的一切力量都在处心积虑要把牛奶打翻。

——《人性的枷锁》

盛夏的马路被晒得冒了烟，金闪闪在家门口的公交站前等车。

周六在学校补了一天的课，周日的时光就更加宝贵，她费了好些脑筋，借口说班长周美美和其他同学为了给她惊喜，悄悄为她办了个庆生聚会，就等她一个了，妈妈才终于同意她出门。

车来车往，热气把远处的街景扭曲。

她坐上了一辆公交车，周日的午后，车上几乎没人，她在靠窗的位置坐下，巴士快速驶远，刮起一阵风，吹散了她的刘海儿和长发，风中充满青草的香气，还带有些微像是刚出炉面包的奶香。

因为刚刚巴士经过了一个蛋糕店。

她的视线随着街景变换而流转着，任这夏天的风拂过脸颊，心情雀跃而忐忑，像一只被石块拴住，但仍然跃跃升空的气球。

六站之后，她下了车，巴士从面前轰轰地开走，街对面是城里最大的一座公园，公园门口站着穿白衬衫罩着校裤的薛醒。

“对不起……迟到了一会儿。”金闪闪小跑过来，轻声的道歉。正当她准备靠近薛醒时，薛醒却往后退了一大步。

金闪闪看着双手都背在身后的薛醒，一时不解。

“猜哪只手有礼物。”薛醒笑道。

金闪闪第一反应伸头去瞧，薛醒又赶紧往后退了一大步。

“左手还是右手，猜对了才给你。”

金闪闪皱着眉头认真地想起来，看上去像左手，因为左手臂上青筋比较多，好像在用力，但是右手也不是没可能，右手看上去弯得更多，像是提着什么东西。

一点不和谐的刺眼阳光照了进来，她迷迷糊糊的在被窝里翻了个身，把脸埋进被子里，咕哝道："随便哪只手啦……"

"左手。"金闪闪说道。

"确定？"薛醒笑道。

"嗯，就左手。"

薛醒伸出左手，手掌中握着一只银色包装的小礼盒，金闪闪接过打开来看，是一枚精致的纯银戒指。

"谢谢。"她自己顺手就将戒指戴到了左手上，抬头一看薛醒，一副哭笑不得的样子，另一只手却还背在身后。

"咦，你右手怎么还藏着？"金闪闪狐疑道。

薛醒伸出右手，右手手掌上还有一个长方形的银色礼盒，金闪闪惊讶了一秒，薛醒自己将礼盒打开，取出一条闪闪的项链，走过来搂住金闪闪，替她戴在脖子上。

"本来想让你猜来好玩儿来着，但是我又怕你笨，万一没猜中呢，所以两只手都准备了，随便你猜哪边都有礼物。"

薛醒说这话的时候，金闪闪就站在他的怀抱里，他的胸膛离她的鼻尖只隔咫尺，她仿佛能听到他的声音在胸膛内的振动。

"谢谢，我很喜欢。"她用只有自己听得到的音量小声说道。

"走吧，听说这个公园的云霄飞车很棒。"

"啊？"

薛醒狡黠一笑，"你怕啊？"

"还……行……吧……"金闪闪是重症恐高患者，连坐电梯上个楼都要紧张会不会掉下去的那种。

直到两人被游乐场的安全员牢牢地固定在云霄飞车的座椅上时，金闪闪的恐慌终于忍不住大爆发了，坐在薛醒身边一直哭。

“不哭不哭了，很好玩儿的……等下你就会喜欢上了。”

少年爱刺激爱冒险的劲头，洋溢在他桀骜的嘴角，可是金闪闪看着即将爬升到顶的车头，心跳都已经完全不属于自己了。

真的很高，公园外的街景都能尽收眼底，鸟群掠过成片的树顶，薛醒看着在高空中闭着眼睛丝毫不敢看的金闪闪笑了。

“我爱你。”

嗯？听到这里金闪闪不小心睁眼了，却没有看脚下，而是看着薛醒，薛醒的虹膜颜色淡淡的，一双眼睛直视着她，像在发光。

跳楼机想起了叮叮当当的音乐，薛醒转过头对着天空大喊了一声。

“亲爱的！十七岁生日快乐！——”

金闪闪刚要开口说些什么，下一秒，机器开始猛的下坠。

陡然失重，风声呼啸。

金闪闪从梦中惊醒。

阴沉沉的日光透过窗户撒了一屋，眼泪从她的鼻梁淌到枕头上，窗外不远处的人声喧嚣将她拉回了现实。

她伸手从床头柜拿起手机看了下，上午十点，再打开微信，又是一片生日祝福，但她仔仔细细从头翻到底，都没有看到薛醒。

沮丧了一秒后，她还不甘心，又去刷了一遍薛醒的微博和朋友圈。别说什么表示了，连一点暗示都没有。

算了吧。

她叹了一口气，把手机丢一边，掀开被子，下了床找了半天拖鞋，只觉得头有点儿晕，昨晚淋雨着的凉看样子没有被热水澡驱散。

回想起昨晚，当她浑身湿漉漉的回到家时，显然没有想到新室友不但已经搬完了家，而且还把整个房子收拾得干干净净。客厅里多了新的落地灯，茶几上摆着一瓶叫不出名字的花，有种淡淡的清香。

“你好，我叫赫连周。”新室友像是刚刚洗过澡，披着长发，穿着一条长睡裙，眼角弯弯的和她打招呼。

赫连周五官精致秀美，皮肤光滑白皙，虽然只比自己大两岁，却有一种说不出的成熟韵味。

“你好……我、我叫金闪闪。”金闪闪有点儿被美人光环闪蒙了。

两人的初次见面，金闪闪已经对这个新室友非常满意了。

毕竟长得那样美。

外面传来锅碗瓢盆的声音，她终于找到了自己的拖鞋，胡乱踩着走向了门口，把门打开一条缝向外瞧了瞧，赫连周竟然在做早饭。

“你醒了？要一起吃吗？”赫连周朝她笑了笑，金闪闪凑上前去看，亮晶晶的培根煎蛋，配温热的香蕉牛奶。

待人有礼，爱整洁，还会做饭，没有比这更好的室友了。

“谢谢！”金闪闪一口就答应了，一边就从橱柜里迅速拿出碗筷来摆好，赫连周在她的盘子里摆上煎蛋，盛好牛奶。两人对面坐着吃了起来。

“你是做什么的啊？”

“我在机场现场指挥中心工作。”

“噢……昨天晚上麻烦你了。”昨晚她浑身滴水的进来，把赫连周刚刚打扫干净的客厅弄得全是雨水，但等到她从浴室里出来时，客厅又光洁如初了。

“唔……一点不麻烦。”赫连周摇了摇头，“乔星说你是做编辑的？”

“嗯，我是做图书出版的。”

乔星是金闪闪原来的室友。

“和书籍还有作家打交道啊，挺好的。”赫连周抬头朝她笑了笑。

不知道为什么听她这么说，金闪闪脑子里突然出现了龙场野人四个字，背上泛起了一阵恶寒，赶紧甩了甩头，埋头啃煎蛋。

吃过赫连周招待的早饭后已经十一点多，金闪闪在床上又打了一会儿滚，终于开始收拾东西准备回家。

她租住的这所房子在城东，而她自己家在城西，中间路程算上堵车的时间大概要两三个小时，因此她有时一两个月才回家一趟。起初在城市的另一头租房，是为了方便上下班，后来则是更喜欢有自己的空间，人一长大，就不再习惯和爸妈住在一个屋檐下。

刚出门，电话就响起，来电人是妈妈。

“金大小姐，你昨晚怎么都不回我信息？”

“我忘记了。”

“那你今天到底回不回家吃饭，啊？我鸡都炖好了啊，还蒸了排骨，那个什么，你爸还给你钓了一条什么鱼。”

“回的啦，我已经出门啦……”金闪闪无奈的拖长了语气。

“薛醒来不来啊？”

“……不来。”

“为什么啊？我还以为要煮四个人的饭诶。”

“人家今天要加班啦！！！”金闪闪音量不自觉提高了一倍，气鼓鼓的挂断了电话。

她完全不想和爸妈说她与薛醒分手的事，不知道是心存侥幸，还是想要观望。从前说了那么多次分手，没有一次是当真的，这次真的分了手，却又不敢承认。

暴雨在昨天夜里偃旗息鼓，到了今天中午，只剩下淅淅沥沥，绵绵不绝的小雨。

坐在回家的车上，雨滴一直打在车窗上弯弯绕绕，一场秋雨一场寒，车内早早地开了空调，金闪闪百无聊赖地在玻璃雾气上画着圈。

车子穿过整座城，她在摇摇晃晃中度过了两个多小时，就快到家。和薛醒去过的那座公园在窗外闪过，已经变旧了。

四年前城里兴建了一座环湖公园后，这家公园就不再是最大最好的公园了

十六七岁的时候觉得墙好高，树好大，现在再看，不过是低矮砖瓦，青苔石板。

十六七岁的时候，不需要信用卡和钞票，纵使少年笨拙，纵使少女含蓄，却一点儿屁事都能让人甜好几天，不像如今，填不满掏不空的，说不清是什么欲什么念。

“闪闪回来啦。”下午四点半，金朝阳站在院子里拾掇昨夜被暴雨殴打过的花花草草，远远看见女儿背着个小包包走来。

杨云美听到丈夫喊了一嗓子，就打开锅将一直温着的鸡汤端了出来。

“好香啊……”

“来，把包包放下，先喝碗汤。”金朝阳接过女儿的包包，放到椅子上。

杨云美身材微胖，烫着一头蓬蓬的卷发，穿着一件超长的卡通 T 恤，拉开一把椅子欠身坐到金闪闪右边。

“薛醒星期六还加班哦？”她一手靠在餐桌上撑着头，突然开口问道。

金闪闪差点儿一口鸡汤喝到鼻子里。

金朝阳迅速拉开另一把椅子，在金闪闪左边坐下，还冲着杨云美使眼色，让她闭嘴。

金闪闪一边喝着鸡汤，一边余光瞥见两人就在她身边，嘴眼并用的隔空打暗号。

杨云美完全不满丈夫的干预，做了个“干吗啦？”的口型，金朝阳一边皱眉一边瞪眼，就差手舞足蹈了。

“喝完了。”金闪闪把碗一放，起身朝二楼自己房间走去。

“哦哦，你干吗去？等下就开饭了哦。”金朝阳也站了起来。

“我去房间里清几件厚衣服带到租房那边去。”

金闪闪快步消失在二楼转角，一边跑一边还能听见妈妈冲着爸爸压低声音抱怨道：“金朝阳你老瞪我干吗！”

“你蠢啊你，肯定又是吵架了啊，你还凑到人家面前问问问，问个屁。”

“我这不是关心她吗？不问怎么知道情况啊？像你这样，什么事都喜欢藏着掖着，你以为人和人之间光靠眼神就可以交流啊？”

为什么人一长大，就不再习惯和爸妈住在一起了呢？

因为心里的秘密多了。而面对世上最亲密的人，根本就瞒不住。

金闪闪关上房门，楼下的声音戛然而止，她舒了一口气，开始走到衣柜边翻找秋冬的衣服。

清了三四件大衣后，她从书桌下拎出一个轻便旅行筒包，蹲在地上一件件折好放了进去。拉链拉上，正准备站起身，她的目光落在了书桌最下层的抽屉上。

迟疑片刻，她伸手拉开抽屉，里面放着一摞文学杂志，杂志的最上面，躺着两只银色的小礼盒，一长一短。

金闪闪将礼盒拿出来打开，分别是一条项链，和一枚戒指。

这曾是她学生时代最宝贝的纪念品，但是也在这抽屉里冷落好几年了。

原来这一套礼物，她是天天戴着不离身的，后来吵架吵得多，分手闹得有如狼来了，再珍贵的筹码也在一次次的消磨中变得黯淡。

金闪闪将戒指拿在手指间旋转，戒圈内还刻着两人名字的缩写。

“乖女啊……”杨云美打开门探头进来，金闪闪赶紧将戒指项链都揣进口袋，关上了抽屉。

“衣服收好没？”

金闪闪点点头。

“最近工作顺利不？”杨云美笑眯眯地拉着女儿坐到床上。

“工作挺顺利的，放心……”

金闪闪已经习惯了报喜不报忧。

“那就好……其实吧……你和薛醒也这么多年了，妈妈那时候不让你早恋，你也由着性子暗度陈仓了。”

金闪闪听到这里挑眉瞥了老妈一眼。

“哦……哦……我的意思是说，你们也这么多年了，两个人现在工作也稳定，该成家立业就早点把事办了，老这么小打小闹的，夜长梦多知不知道？”

她点了点头说：“我明白，你别为我操心了。今天母难日，我给你买了条手链。”金闪闪迅速转移话题，从自己包里拿出礼物。

“真的啊？我宝贝女儿真知道疼人，”杨云美高兴得拍了拍手，又比了个手势道：“悄悄地，别告诉你老爸啊，一会儿又吃醋。”

吃过晚饭，金闪闪找了个工作上的借口，早早地走了。

现在她和薛醒的情况，岂止是夜长梦多四个字。

在父母亲的热情面前，她不敢露出沮丧，害怕他们用关切的语气再多问一句，自己的情绪就会当即决堤。于是宁愿又花两三个小时坐车回到城市的另一头，至少不用伪装。

在离樱园大楼三公里的地方，终于按捺不住心绪，她还是不死心，提前下了车，来到了薛醒住所楼下。

金闪闪拿起电话，拨通了薛醒的电话，也许是因为今天是她生日，薛醒自从分手以来，第一次接听了她的电话。

“喂？”薛醒那边的声音低沉低沉的，一下就揪中了她心脏。

“我在你家楼下，我想见你。”

“怎么了？”

“就当满足我的生日愿望好不好？我想见你。”金闪闪用近乎可怜的语气恳求道。

十五分钟后，薛醒从大门口走了出来。

金闪闪看着他，穿着白 T 恤和运动裤，还像个少年一样，头发乱糟糟的扬在风里，似乎没有什么变化，没有憔悴，也没有疲惫，剑眉星目，鼻子直挺，嘴唇有一条好看的弧线，金闪闪觉得，和她的苦脸愁眉相比，薛醒似乎……比以前还要好看、精神。

薛醒走到她面前，沉默地看着她，金闪闪也是一言不发。

冷战、分手将近一个月，现在终于见到了他，竟然完全不知道要说些什么。想问问他有没有一丁点儿想念她，想问问他是不是真的就这样舍得她，还想问问他，十七八岁时说的话还算数吗？

金闪闪脑子里千头万绪，沉默良久，刚张开嘴，眼泪就不争气地往下掉。

周围的林荫小道儿石子路安安静静，只有寥寥散散几个人在远处散步。

“怎么又哭了……”薛醒皱了皱眉，抬手从她脸上擦掉眼泪，“不是过生日吗？”

“我们为什么不能像以前一样？”她小心翼翼地开口，唯恐自己说错话又会让他厌烦。

“为什么要像以前一样？你长大了，我也会变，人原本就在不断变化。”薛醒认真地看着她说道。

“你不再爱我了吗？”

“我不爱你为什么要和你在一起这么多年？”

“那为什么要分手呢？”

“我不知道，我想过一过自己一个人的生活。”

“你确定吗？以后就不会后悔吗？”

“我不能确定。”

这算什么？金闪闪哑然失笑。

“你以为你想让我消失就消失，想要我回来我就会回来吗？”

“我从没这样想过……你为什么就是不明白？”薛醒长叹一口气，“我只是觉得好累，假装两个人合拍真的好累。”

“我为什么要明白？我为什么能明白？”金闪闪这些天积在心里的情绪终于爆发了，“当初一心追求我的是你，许诺未来的人是你，但你其实一直就只是在做你自己而已，一直迁就你的是我，一直努力改变自己融入你生活的人是我，你现在还要对我说你好累？”

“那你有没有想过，我喜欢的就是你原本的样子，不是你为了我委屈自己，改变自己的样子？”薛醒说出这句话只觉得嘴里一阵苦涩，烦躁极了。

“原本的样子？”金闪闪两眼直直地看着眼前这个人，“过去总说我不够温柔的是谁？觉得我性格太倔的人是谁？让我凡事忍让的人是谁？让我一点点地为你改变，然后再说喜欢我以前的样子？”

薛醒看着眼前满眼是泪的金闪闪，一时沉默。

没有多少人注意到这漆黑的角落里有一对情侣在争吵，一群小孩儿拍着球有说有笑的经过，越发衬得两人之间的相对无言。

“我不知道该说什么……对不起。”薛醒先开口。

话说到这个份上，即使是金闪闪，也觉得似乎继续下去已经毫无必要了，她看着薛醒面对她说的每一句话都为难的样子，心像开了一个豁风的口子。

半晌，她从口袋里拿出那条穿着戒指的项链，她来这一趟，原本没想过要兴师问罪，甚至都没想过要和他争论任何事，只是一颗心停不了、静不下，想要问个答案。

没想到话一出口，又成了针锋相对。她及时住了口，害怕再有下一句，他就让她跌到粉身碎骨。

“这个还给你……”她把项链和戒指都放进薛醒的手里，“我不想留着了，丢了又觉得可惜。反正以后也不会再见，你留个纪念吧。我不想再挽留什么，我都明白了，多说无益。”

说完这些话，她转身就走。

薛醒站在原地看着她离去的背影毅然决然，突然从心底生出一丝慌张。

“闪闪……”他喊了一句，可金闪闪没有回头。

“你前女友啊？”有两个女生从他背后冒出来。

“要哄就赶紧去哄，不哄就回来打游戏，没你我们俩通不了关呢。”一个短发女生抱怨道。

“不好意思，改天再玩吧。”薛醒赔笑道，招呼两人上了楼，一点心情全被金闪闪搅坏了。

一直走到这片住宅区的门口，金闪闪忍不住回头看了一眼，薛醒早已经不在原地。

雨早就停了，只剩下秋风。

街景被洗得宁静，现在已经是夜里十点半，非闹市区的街上已经没有什么人。

刚毕业那会儿，薛醒会每晚陪着她在这边的林荫道上散步、聊天儿，再送她回家。

金闪闪朝着樱园的方向独自漫步着，所想所见，全是触景伤情。不知不觉已经走了很远，快到家了。

一眼望去，仿佛还能看见她和他在这里的哪个地方笑过，吵过。

金闪闪此刻站在银座商城门口，看着关了灯的喷泉池，眼泪不停。

百爪挠心，肝肠寸断。

走过了银座商城，前面出现一个便利店。

金闪闪想了想，走了进去，直接走到了卖饮料酒水的货架边，找了半天，把一罐菠萝啤拿了出来。

她根本就不会喝酒，这就是从小到大她喝过的最接近酒的饮料。

其实根本原因是薛醒认为女生爱喝酒不是好习惯。

二十四岁了，情场失意、职场失意，连想喝个酒都不敢喝，真孬。

她也知道薛醒的那些朋友都是如何看待她的。

黏人，爱他爱到没他不行，予取予求，让她往东不敢往西。

想到这里，金闪闪啪的一声把菠萝啤放回原位。

便利店老板是个大叔，正架着平板看连续剧，远远的瞥见货架那边闪出来一团影子，金闪闪举着三提六罐装的啤酒走了过来。

“老板，多少钱？”

“一百一十块。”

金闪闪身上挂着一个包，右手拎着一个包，付过钱后，两手一伸，抱着三提啤酒就走了。

便利店老板看着她走出去也没有坐回椅子上，伸着头朝外面瞧她远去的背影。

这么晚了一个人在外面买这么多酒，眼睛通红，脸上还都是泪，别是出什么事吧……

老板一边若有所思着，完全没注意到来了新的客人。

程野站在柜台前等了半天，只见老板伸着头狐疑地瞧着外面，于是也顺着老板的目光往外瞧了一眼，除了垃圾桶和路灯，什么也没看到。

“老板，拿包烟。”他敲了敲桌面提醒老板。

“哦哦，好的。”老板终于回过神来，“要什么烟？”

“芙蓉王。”

程野提着消夜和啤酒回公寓的时候，小王刚把茶几收拾好。

“野哥，我发现这次你这个新编辑还是有个优点，公私分明，双休日不来催稿。”小王接过程野手里的塑料袋，把啤酒和消夜在茶几上摆好。回想起之前那个已经离职的编辑，有时候双休日还在尽职尽责的监督程野赶稿。

程野想起金闪闪那鼻涕眼泪糊一脸的样子，皱了皱鼻子，拉开椅子坐下，开了一罐啤酒。

“之前那个编辑，只能说太不懂人情世故了，哪有这样天天干扰人生活的，弄得当时小宛姐都为了这事吃醋……”小王说道这里突然住了嘴，看了眼程野，好像说错了话。

“之前也的确是我拖稿拖太久，人家没办法才这样。”程野一边喝酒一边说道。

小王见程野好像没有什么反应，赶紧接话道：“那也不能全怪你，你当时公职在身……”

还没说完，小王感觉到自己好像又一次说错了话，于是干脆闭嘴，仰头喝酒算了。

电视里在播一部老港片，梁咏琪饰演的女主角在赌桌上出卖了黎明饰演的男主角，屏幕一下下闪着幽蓝的光。

小王酒喝完，靠在沙发下面睡着了，程野踢了他一脚。

“去床上睡，一会儿着凉了。”

把小王拎回房间后，程野回了书房，打开电脑，这部签给风潮文艺出版社的长篇推理小说其实写得很快，早就已经完成了三分之二。

但就是在即将开始抽丝剥茧的部分，他写了删，删了写，没了感觉。

程野点了根烟，打算重新梳理一下故事脉络，手机却突兀的响了起来。

来电人的名字是温小宛。

程野就这样看着手机屏幕，并没有接听，一根烟烧了三分之一后，对方挂断。

他把手机拿过来，按下关机键，扬手丢到了床上，坐在屏幕前发了一会儿呆，一根烟已经抽完，房间里弥漫着烟雾，他烦躁的把显示器一关，脱下上衣，走进了浴室。

赫连周把车停在樱园后面的停车场，提着包从林荫道走回家。

时间已近十二点，藏在树枝里的路灯一片昏黄。

她踩着高跟鞋叮叮当当地走着，手机也叮叮当当地响起。

赫连周拿起来看了一眼，“陈拓”两个大字出现在屏幕上，她伸出手指直接按掉，继续朝前走着。

“嘉悦。”

一个低沉的声音响起，赫连周停下脚步，回了头。

“为什么不接我电话？”一个男人靠着车边站着，大衣被撩到后面，双手插着兜，正直勾勾地盯着赫连周。

赫连周没有说话，男人走上前来，与她对面站立，赫连周踩着八厘米的高跟鞋还比他矮半头，他的视线却与她直直的对视。

“为什么搬家了也不告诉我？”男人一手揽过赫连周的腰，迫使她往前走了一步。

“陈拓，放手。”赫连周淡淡地说，一双眼神却很不友善，“再说一遍，不要叫我嘉悦。”

陈拓笑了笑，手却搂得更紧，几乎要与她贴在一起。

“嘉悦，你就一点儿都不想我？”

“为什么要想你？”赫连周淡淡的笑着回答。

“想不想我你自己心里知道，不用这么急着反驳我。”陈拓慢悠悠地说着这句话，一双眼里，一勾嘴角全是笑意，手却轻轻地松开了。

“你什么时候回来的。”赫连周问道。

“上周。”陈拓拿出一盒烟，自己叼了一根，递给赫连周一根。

赫连周接过烟，陈拓掏出打火机，寒风中，两个人用手挡着风，凑在一支火苗下点烟。

“这边住的还好吗？”陈拓吐出一口烟道。

“还好。”赫连周的长发被风吹得贴在脸上，烟被她夹在中指和无名指之间。

“我这次回来，不会再走了。”陈拓轻描淡写地说了一句，却不动声色地瞥着赫连周的反应。

“有点儿冷，我想回去了。”赫连周丢掉了烟，转身打算回家。

“我明天再来找你。”陈拓一只手按上她的肩膀，将大衣披在她身上。

赫连周没有回答他，直接迈步走了。陈拓站在风中看着她消失在转角，也转身上了车。

夜风袭人，赫连周一转到陈拓看不到的地方，便开始快步走着，仿佛身上有火，陈拓的大衣上隐隐环绕着他的古龙水香味，她一进大楼就将它脱了下来搭在手里。

站在二楼走廊的窗口边，赫连周右手不自觉地抚着胸口，直到看着陈拓的车出了院子，才拿出钥匙开门。

一进门，就闻到一股酒味。

“小姐姐！你回来啦！”金闪闪从沙发后伸出一只手朝她挥舞着。

一只空啤酒罐从沙发后面滚了出来，客厅里只点了一盏落地灯，黑漆漆的，电视里在放着很久以前的日本电视剧。

看着这诡异的情景，赫连周犹疑着关了大门，探头朝前看着。

金闪闪坐在一堆啤酒罐里，看上去已经喝高了。

赫连周走上前去，在转角沙发边站着，看着这位新室友笑嘻嘻的冲她招手：“你也喝一点？”

愣了一秒后，赫连周直接转身，打算回房，却听得金闪闪在身后软软的说道：“小姐姐，今天我过生日。”

“可是我男朋友不要我了……”

“我都不知道怎么跟我爸妈说……”

“我本来以为我们会结婚的，我真的这样以为……”

金闪闪说着说着，头垂到了地上，正快要变成一滩烂泥时，被人一把推到了沙发上。

赫连周把她扶正坐稳了之后，叹了口气，开始清理地上的啤酒罐，一个个一拿在手里才发现都是满的，没开过的，等她把真的空罐子从一堆罐子中挑出来后，发现才三个。

“三罐就把你喝成这样啊……”赫连周做了个扶额头的动作，在转角沙发上坐下，自己拉开一罐啤酒。

“我从小到大，都没喝过什么酒……再说薛醒也不喜欢女孩子喝酒。”金闪闪一个人开始自说自话，赫连周仔细瞧了瞧她，她喝酒不上脸，一脸惨白，两眼空洞洞的。

“谁是薛醒？”她问道。

“小姐姐，你看过这个电视剧吗？”金闪闪指着电视机，赫连周转过头看了一会儿，是木村拓哉与山口智子共演的《悠长假期》。

“看过。”

“薛醒，就长得有点儿像木村。”金闪闪往后靠了靠，“特别是眼睛。”

“分了就算了，忘记他，再找一个。”赫连周举着啤酒罐，靠在沙发上喝着。

“我有……你不知道，我有多努力去忘，我们以前很好很好，不是现在这样……”金闪闪说着说着就开始哭了起来。

赫连周没忍住翻了个大白眼。

“人会变的，变了质的东西你还要吃吗？”她反问道。

金闪闪沉默了良久，突然两手抓紧了沙发靠垫，摇摇晃晃的，看着赫连周一字一句地说道：“我明白，我只是不甘心，我不甘心……五年的感情，他说不要就不要了，要甩也应该是我甩他……”

赫连周哈的一声笑了：“每一对情侣不都是这样吗？这世界上有不伤人的分手方式吗？”

“可我话说得绝，一转身还是想他的好。”金闪闪又沮丧了起来，伸手又拿了一罐啤酒，被赫连周一把抢走。

“最让你难过的其实不是恋情本身，而是你对他的依赖，有了依赖，你离开他就像戒毒瘾一样。明白吗？”赫连周一边开始喝第二罐酒一边说道：“爱情本身是很美好的，那些让你心情大起大落，像坐云霄飞车一样的东西，叫作人性，来自你心里。”

“云霄飞车……对，你好厉害……”金闪闪不知道什么时候已经痴痴地凑到了赫连周脸边来，赫连周轻轻一推，又让她坐回原位。

“反正我说什么，明天醒来估计你也不会记得。”赫连周还不困，索性把电视声音开大了，看会儿电视。

屏幕里正演到被未婚夫抛弃又丢了工作的山口智子，和同是失意人的木村拓哉相互安慰。

电视里的木村拓哉和客厅里的两个人一样靠在沙发上，若有所思的对女主角说道：“你可以这么想，就当作是很长很长的休假，不要总是尽全力冲刺，人总有一段做什么事都不顺利，做什么事都疲倦的时候，在那种时候，我就把它当成是神赐给我们的休假。不必勉强冲刺，不必紧张，不必努力加油，一切顺其自然。”

“有道理……我现在不就是这样吗？”金闪闪看着电视一边喃喃自语，一边滑溜溜的瘫倒在沙发上，“什么事都不顺利，感情也失败，工作也失败，不如就当放假吧。”

赫连周抬起遥控器关了电视，笑了。

“你在开什么玩笑……你都这样了，还想放假？”

客厅静悄悄的，金闪闪听到她这样说，抬头不解地看向她。

“电视剧是电视剧，生活是生活，你以为分手就只是两个人挥手说再见而已吗？分手就是一场比赛。从现在开始，就是你和他比谁跑得快，比谁跑得远，过去的事已经发生了，就不要再哀哀怨怨的。不努力过好自己，这五年的感情，够你接下来困在里面走不开，醒不来，痛苦很久很久。”

赫连周走近了，低下头来凑近了看着金闪闪，一双媚眼弯弯的看着她，金闪闪的酒好像突然醒了一点点。

“爱情其实是最残酷的，恋爱是属于勇敢者的游戏。明白吗？”

Chapter 03

在真实和虚伪之间往复，在信与不信之间来回，这是恋人和信徒共有的特征。

——《我执》

“你好，我要补办一张工作证。”

整个周日在宿醉中睡过去的金闪闪，周一依然精神萎靡，站在公司行政部都觉得脚下是软的。

“之前的呢？”办证的同事拿出一张表格递给她。

“不知道掉在哪儿了……”

现在这个头昏脑涨的身体，再让她回忆任何事情，她都觉得眩晕。

但是那天晚上，和赫连周的对话，竟然格外清晰地印在她的记忆里，反反复复地在脑海里回旋。

分手真的是一场比赛吗？

从行政部出来，金闪闪掏出手机来，点开了薛醒的朋友圈。

【到此为止，真的结束了。】他在周六的深夜发了这样一句话。

难道提分手的不是他自己吗？

金闪闪又退出微信，打开薛醒的微博。

【希望没有我，以后的你一切都好。】昨天凌晨更新的一条微博。

“放你的狗臭屁！”金闪闪把手机揣进口袋里，气哼哼的朝电梯走去。

明明要分手的是他，现在又在这一个劲的伤感缅怀，说得好像他比她还难过。

电梯间三三两两地站着一群同事，金闪闪悄无声息地站在她们身后。

“你们青春事业部过节的福利都发什么啊？”

“还不就是红包和月饼啦！”

“还有红包啊，我们行政部都只有月饼的……不过今年的月饼包装盒看上去就很高档诶，我已经在老板那里瞄到了。”

“也不知道奇幻事业部今年过节能发什么福利……”

“奇幻部还有福利吗？哈哈哈哈哈哈……”

金闪闪装作没听见这些话，径直走回自己的格子间。要过中秋节了，去年还在青春事业部的时候，逢年过节福利都很不错这她当然是体会过的，只不过现在到了奇幻事业部了，自然要降低一下自己的期待值了。

“闪闪啊。”老张站在自己办公桌那朝她招手示意她过来。

“来，这是今年的中秋福利，收好了哦。”老张朝她手里塞了一个月饼。

不是一盒，是一个，一个只有一半手掌大小的迷你月饼。

金闪闪知道奇幻部寒酸但没想到有这么寒酸。

“好的，谢谢组长……”金闪闪把月饼揣在了口袋里，只见老张从桌子底下又拿出来厚厚一摞纸，上面密密麻麻都是字。

“这个稿子你看一下，年初责编辞职以后一直没人跟进，这是已经校对过了的，电子文档我会发你邮箱。”

“为什么没人跟进？”金闪闪接过稿子瞟了一眼，是部小说，名字叫作《少女心的奇幻旅程》。

老张耸了耸肩，压低声音说道：“作者是个写过一点儿网文，但没出过书的新人，做这种书在宣传上要花很多工夫，其他编辑手里都有自己的作者，不太愿意为新人费这个神。现在你的任务少，你负责接手这本书。”

金闪闪点了点头，老张又接着说道："当时的责编是在其他人都不看好的情况下，非要签下这本书的，只是没多久家里出了点事就辞职回去了，我翻了下，文笔和立意都是可以的，封面很早就已经画好了，你快速过一遍，没什么问题就直接送审。哦，对了，这个作者好像就住在城东，还经常会送些小礼物来，你有空可以和她一起吃个饭，聊一下。"

"知道了。"

接着，老张又提了一个月饼大礼盒，放在桌上。

"今天抽个空给龙场野人送过去。"

"这是中秋给每个作者送的礼吗？这……可以发同城快递过去吗？"

"只有重点作者才有。我们奇幻部虽然没钱，但是礼数都是尽量要做到的。你还是亲自送过去吧，正好你可以和他熟悉熟悉，往后的审稿、校对、推广，你都要和他接触，好好搞好关系。"老张冲她微笑着点了点头。

金闪闪长叹了一口气，不动声色地环视了一周，其他同事都在各忙各的。

龙场野人居然还是这里的重点作者，责编走后都没有其他人愿意接手，这得有多难打交道？

总之她一点也不想和龙场野人熟悉熟悉……

老张在电脑上发过来一份打包文件，和一串数字，是龙场野人的联系方式，金闪闪在手机上按下了他的电话号码，等待了很长时间后，电话接通了。

"哪位？"对方在电话那头明显是一副没有睡醒的样子。

"您好，请问是龙场野人吗？我是您的新任责任编辑。"金闪闪努力压下对那顶狂奔的鸭舌帽的不快。

“今天没空。”

电话被对方迅速挂断。只留下嘟嘟声。

明明就是在家睡懒觉吧！

一而再、再而三的遭到这样的对待，金闪闪感觉鼻子都要冒烟了。

没空就没空，正好我还不想去呢！

她举着电话的手没放下去，又转头看了看老张，老张正不明就里的朝她笑，还笑得那么慈祥……金闪闪叹了一口气，端正了一下态度。心想工作上哪有自己挑三拣四的。

她自认没有别的优点，最大的长处就是一股倔劲，不把南墙撞破不罢休。于是撸起袖子拎起礼盒就往外走。

“组长，我直接去拜访作者了。”

“哦哦，好的。”看着金闪闪快步离开了办公室，老张称赞道：“青春部的人也挺拼命的嘛。”

程野正在家睡着懒觉，迷迷糊糊被金闪闪的一个电话扰了清梦，电话挂上又跳出几个熟悉的未接来电，翻了几次身的他再无法入睡。枯坐在床边抽了一支烟，发呆半晌，又觉得嘴里苦涩不堪，于是起来去浴室洗了个澡。

站在镜子前抹开雾气，他仔仔细细的就着泡沫把下巴上的胡茬儿刮掉，把书房的烟灰缸和字纸篓清理了，又换上了干净T恤，准备出门。

“去哪啊？”正在休公休假的小王从卧室里出来一边刷牙一边问。

“跑步。”程野关了门，从楼梯间下了楼，顺着小区的人行道一路跑向了小区后门外的沿江道。

江风迎面吹着，他的呼吸却愈发沉重，愈发暴躁。

在离银座商城还有两公里的沿江大道上，金闪闪在车里堵了半小时，手机都快被她玩没电了，整条路的车流也不见动一下。实在有些不耐烦的她把身子从车窗探出去瞧了一眼，却根本看不见前面什么情况。

"师傅，我就在这下吧"她一边说一边掏钱。反正也不远，走走就到了。

下了车的金闪闪沿着江边走着，秋高气爽，又是晴天，她的心情似乎也稍微好转了一点点。

可是就好转了这一点点，又让她想起了薛醒。

这么好的蓝天白云，却没有人和她分享。

快到银座商城的十字路口，江边的风光带上停着一个冰激凌车，金闪闪突然想起自己没吃早饭有些饿。

"要一个巨无霸甜筒。"她走到冰激凌车边说道。

店员递给她一个叠得老高的甜筒，她心满意足的拿着走了。一手举着甜筒，另一只手又摸出手机来准备去偷窥薛醒的朋友圈。

正在转角要拐弯时，只看手机没看路的金闪闪加快了脚步。

程野正满怀心事的慢跑着，也没看路，下一秒就在拐角被金闪闪撞了个满怀。

程野重心稳，几乎动也没动，而金闪闪就被撞得往后晃了两晃，他低头瞧着金闪闪，而金闪闪低头瞧着地上。

巨无霸冰激凌……扑街了……

"啊！——"金闪闪惨叫一声，程野皱了皱眉头，瞥见她一只手里提着个红纸盒，另一只手里抓着一个空的甜筒，里面一大份冰激凌在地上摔得都没有形状了……

金闪闪愤怒地抬起头，程野只觉得莫名眼熟，反应了一秒。

这不是那天把小王当作他，穷追猛赶，跑了三条街的新编辑吗？

金闪闪看程野也是有一丝眼熟，但就是想不起来在哪儿见过，皱着眉立在原地仔细地瞧着他。

程野一句话也没说，直接绕开她朝前走。

“诶……”金闪闪回过头不满地叫了一声。

这人撞掉了我东西，怎么连对不起也不说一句。

“嗯？”程野听到也十分不快地回过头，帮她抢回手机后连谢谢都没说一声就走了的人，还想找他麻烦？

“我的冰激凌……”

“自己走路不看路。”

金闪闪话还没说完就被程野用一种鄙视的语气打断。

气不打一处来，她举着空空如也的甜筒柄嘲讽道：“你看了路你会不躲开？”

“你自己要冲着我来的，我有什么义务要保证能躲开？”早上起床气还没散的程野，坏脾气在心里咧开了一张嘴。

“你……”金闪闪一看对方开始犯浑了，心想当街互骂实在太没气质，上下打量了一下面前这个高高大大的男人，对方一脸你奈我何的模样。

“瘪三。”于是她整了整衣服，扬头转身走了。

“智障。”程野嗤了一声也转头走了。

朝着香樟华园的方向气呼呼地走去，金闪闪简直觉得自己被瘟神盯上了。

程野走了一会儿后，又响起了敲门声。

“你忘带钥匙了吗？”小王想也没想就拉开了门。

金闪闪站在门外朝他笑着。

小王愣了一瞬间，立刻想要关上门，金闪闪却抢先一步，伸出一条腿卡在门缝间，整个人都企图从缝里挤进来。

“等等等一下，龙场野人，龙场老师……您别关门……”

小王看着她一颗头抵着门，蹭得原本漂漂亮亮的脸都变形了，倒吸一口凉气道：“我的妈呀，我不是龙场野人，你搞错了！”

“您别这样，上次我太唐突了，我不该追您那么远……”金闪闪还不罢休，使出吃奶的劲儿抵着门。

“小姐，你真的搞错了！我真不是啊！”

“嗨，您别装了，您不是那上次干吗跑得那么快啊？”金闪闪满脸堆笑，在小王看来简直就是惊悚，以他过往和程野编辑打交道的经验来看，这要是放她进来了，这一下午就泡汤了，别想好好休假了。

“我今天不是来催稿的，我是来送礼的，您看。”金闪闪费劲的抽出一只手从身后拎出月饼盒晃了晃。

“好吧，你先把腿拿出去，我好开门。”

小王表示妥协，金闪闪松了一口气，刚放开抱着门的手和脚，小王以迅雷不及掩耳之势“嘭”的将门关上了。

“你有种……”金闪闪指着这扇再次紧闭的大门，气都理不顺了，干脆一屁股坐到了地上，不走了。

程野沿着江边一口气跑了七公里，又原路返回，早上属于江面的薄雾散了，上午的阳光照亮了波光粼粼的江面，也驱走了他莫名的烦躁倦怠。

他沿着江边慢跑着，额前的短发开始滴下汗珠儿，快回到香樟华园的那条路，在人行道上一拐弯，路过一个办手机卡的店，联通移动的牌子挂满了玻璃窗。

“办张手机卡。”程野径直走了进去，对店员说道。

在门后通过猫眼窥视半天的小王看金闪闪压根儿就没挪地方，大有守株待兔之势，一阵头疼。他一会儿可是要出去约会，左思右想，在客厅瞎转悠了半个多小时后，他拿起手机拨通了程野的电话。

程野的手机在楼道里响了起来。

跑完步一身汗，提着早点从楼梯间上来的程野看了下手机，马上要到家，于是他直接按掉了。

从楼梯间转过弯，他看见家门口蹲着个女孩子。

只一秒，他再次认出了金闪闪，于是径直走了过去。

“你蹲这干吗？”

蹲守了快一个小时，已经开始犯困的金闪闪循声回头，看见一个高高瘦瘦的男人站在自己身后低头看着自己。

“我……等人……”她看着这个男人，一头短发，身材笔挺，透过汗湿的T恤还依稀露出肌肉的轮廓，只是逆着光看不清面目。

程野绕过她掏出钥匙来开门，金闪闪站起来看清了他的脸。

等下……诶？这不是刚刚和她撞到一起的臭痞子吗！

“你在这干吗？”金闪闪问道。

“我住这，你有事吗？”程野瞥了她一眼，拉开了大门。

“啊？”金闪闪显然还没从这番莫名的场景中没反应过来，“我来……送月饼。”

“知道了。”程野从她手里接过礼盒，一脚跨进了门。

“那个……”金闪闪愣愣地看着程野自然而然地从她手里接过月饼。“等下……”

程野停顿了一下，转过来满脸轻蔑的坏笑了一下，对她说：“不用谢。”

门再次嘭的一声关上了。

“什么和什么？”金闪闪呆立在门外，脑子里一瞬间闪过许多零碎片段。

鸭舌帽说她认错人了……撞掉她冰激凌的痞子也住在这里……

那龙场野人到底是谁？

程野站在门口从猫眼看了一下金闪闪的傻样，便走到桌子边放下早饭，落座。

“她走了吗？”小王凑过来问道。

“不知道。”程野嘴里叼着半根油条，从口袋里拿出刚办的卡，“我换手机号码了，你一会儿记一下。”

“怎么突然想到换号码？”

“每天垃圾广告信息太多。”程野随口答了一句，拿出手机来，将新的小卡放进去，再打开早上的来电列表，将名字是温小宛的几个未接来电全部删除，然后手一挥，将旧卡投进了垃圾桶，接着啃油条。

午休过后，老张刚刚收起折叠躺椅，就看见金闪闪拽着包，憋着一股劲儿从门口快步走了进来。

“组长，有没有龙场野人的个人资料？”她言辞之间略有些咬牙切齿。

“怎么了？个人资料……”老张坐到电脑前翻了一下，“我这就只有他的电话，住宅地址、银行账号，用来寄书和打款的。”

“就这些吗？有照片吗？”

“听之前的责编说是做刑警还是做律师的来着，我记不清了，照片就没有……”老张摸着下巴说道。

金闪闪正准备转头走人，老张又哦了一声。

“以前签作者授权书的时候，他有给过一张身份证复印件，上面有照片，就是可能是黑白的不太清楚。”

“我看看。”金闪闪径直走到老张的办公桌边来。

老张在文件堆里翻了半天，翻出来一张 A4 纸，递给了金闪闪。

虽然确实看不太清，但这复印件仍尽职地保留了主人五官的轮廓。身份证照一般都是惨不忍睹的模样，可这张照片却依然很周正，不胖不瘦的脸型，略高的眉骨和鼻梁，一双有些深的眼睛，端端正正的表情，嘴角微微勾着，姓名一栏写着程野两个字。不是那天撞掉她冰激凌的臭痞子还会是谁？

他才是龙场野人。

啪的一声，金闪闪一掌猛拍在老张的办公桌上，吓得老张把茶泼在了自己领子上。

“居然是他……”

老张还没来得及问什么情况，金闪闪的手机铃响了，一个陌生号码。

“喂？”

“闪闪，我是赫连周。”

“啊，怎么了？”金闪闪听到小姐姐的声音突然来了精神。

“我问乔星要的你电话。”赫连周在电话里笑了一声，“我好像没有带钥匙，你几点回家？”

“我要五点半才下班……你有地方去吗？”

“没关系的，我就问一下，我有地方去的，你到家了就发个信息告诉我一声。”

说完，赫连周挂断了电话。

站在家门口却进不去，咬了咬嘴想着该去哪打发一下时间。机场现场指挥中心的工作轮班是上二休二，这两天她都是休息。

思考了一会儿，她索性又拿起了手机。

“在哪儿？”

“在家。”陈拓的声音有点儿沙哑。

“我没带家里钥匙。”

“那过来接你？”

“不用，我自己开车来吧，来你这边吃个晚饭。”

“我来接你。”

陈拓的车开到楼下是四十分钟后的事了，赫连周靠在一棵梧桐边，看见一辆崭新的英菲尼迪 Q70 驶过来。

“又换车了？”赫连周坐进副驾驶座拉上安全带。

“以后都在国内了，总要在这边配个代步工具吧。”陈拓把车掉了个头，一路往外开，“想吃什么？”

“随便，想吃点甜的。”赫连周把椅背往后调了调，侧躺着闭上了眼睛。

等了四十分钟，有点儿等累了。

车开到江边的运达广场地下停车场停好，陈拓偏头看向赫连周，睡得安安静静，连呼吸都极小声。

长发遮住了她的侧脸，陈拓轻轻抚开，手停留在她的额头上，舍不得收回，他已经有很长时间，没有好好的看过她。

赫连周穿着一件麂皮薄大衣，里面是一件黑色的羊毛针织衫，衬得整个人都软软的，双眼紧闭，纤细的双手叠在小腹上，显得很乖巧，陈拓伸手小心翼翼地握住，凉凉的手指在他手心里动了动，也不自觉地握住了他的手。

“嘉悦……”他小声地叫了她一声，她似乎没有听到，他又再轻轻地唤了一声。

赫连周睁开眼睛，醒了醒神，轻轻将手从陈拓手中抽了出来。

“到了？”她坐起身问道。

“嗯，楼上有家粤菜还可以，你爱吃的流沙包做得很不错。”陈拓不动声色地收起眼神，又回到原位，车熄了火，两人下了车。

粤菜餐厅生意很好，门外有大批等位的食客，陈拓在路上已经打电话订了位子。两人从容地进了餐厅，入座在窗边。

他将菜单交给赫连周，赫连周点了几个两人都爱吃的菜便还给了服务生。

陈拓靠在椅背上，头微微低着在看酒水单，赫连周手指轻轻抚着玻璃杯，悄悄地看着他，看他眉头之间微皱，窄窄的双眼皮因为眼窝深陷而变宽了一些，一头精炼的短发，较之两年前又显得成熟了许多，棱角之间越发的硬朗。

“室友什么时候回家呢？”陈拓眼睛离开酒水单，看见赫连周正无所事事地看着自己的手指头，仿佛那手指头比他有趣多了。

“五点半下班，回家了会发信息给我。”

“和新室友相处的好吗？”陈拓想起自己开了车，便又把酒水单放到一边。

“挺好的，挺可爱的一个女孩子。”

“在你眼中除了我，有人不可爱吗？”陈拓勾着嘴角笑了一声。

赫连周淡淡地看了他一眼，喝了一口茶道：“我挺喜欢她的，跟我挺像。”

“哦？”陈拓挑了挑眉，修长的手指抚着精致餐巾，沉声道：“跟嘉悦像，那我要认识一下。”

“你在美国的那个女朋友呢？没跟你回来？”说到这里，赫连周往椅背上缓缓一靠，一手手肘撑在扶手上，露出和之前的乖巧全然不同的笑容，一双眼睛直视着陈拓，坦然又狡猾。

“你指哪一个？”陈拓见赫连周摆出这副姿态，舔了舔后槽牙，坐直了身子，饶有兴致地看着她。

“你想说哪一个？”

“哪一个都不会跟我回来，都是各取所需的伴侣，只会同行一段时间就自然拜拜。”陈拓扬了扬嘴角，“你的那个外科医生呢？”

“散了，一个机场，一个医院，一个月都见不了几次。”

服务生伸手过来拿开酒水单，上菜。

红豆水晶糕、流沙奶黄包、八宝冬瓜盅，以及艇仔粥。陈拓伸筷子给赫连周盘子里夹了一只奶黄包。

“小心烫。”

“知道……”

晚饭吃罢，陈拓从停车场取了车，送赫连周到了樱园，她看了看手机，金闪闪还没有发短信过来，陈拓把车摆在林荫道边，陪她散起了步。

梧桐叶子在路灯下黄灿灿地铺满一地。

“其实医生人也算不错，配你也刚好配得上。”

陈拓双手插兜在她身后走着，没来由的接上了吃饭时没聊完的话题。

赫连周走在前面没有说话，看着路灯下两个人的倒影，一长一短，跟着光线变换，时而交错，时而远离。

“你又没见过几次，怎么知道人家不错？”半晌，她笑了笑。

“男人看男人，是很准的。”

“是吗？那男人看女人，准不准呢？”赫连周转过身来，一手抱着梧桐绕了一圈，陈拓伸手接过她的肩，将她抱在怀里。

“男人看女人，雾里看花。”陈拓的下巴轻轻抵在赫连周额头上，低头寻到她企图逃避的嘴唇，一吻封住。

呼吸缠绕间，赫连周几次想跑都没挣得过陈拓的臂膀，索性不再挣扎，用力咬住他的嘴唇。

陈拓将她摁进自己的大衣里，怀抱中紧紧拥着她的身体和她柔软的长发，即使是这样，半分钟后还是痛得松口了。

“为什么要躲？”他仍旧没松开怀抱，下唇上有个血点，有些不快，一只手用力地捏住她的下巴，不许她偏过头，逼着她直视他。

赫连周有些吃痛，但仍笑着道：“我们以前不是没有试过，没有好结果，你知道的。”

陈拓沉默了片刻，手机铃响，他稍稍松开了手，赫连周拿起来看了看，是金闪闪到家了。

发完信息的金闪闪站在厨房里烧水。

靠着窗边，她看见楼下林荫道边站着一个身材瘦高的年轻男人，怀里紧紧抱着的正是赫连周。

她眯着眼睛想看得更清楚一点，只见男人低头不语地看着赫连周，却很快松开了怀抱，转头走到车边，直接驶走了，赫连周站在原地，一动也没动。

真是各人有各人的羁绊。

她这样想着，回到沙发上，又手痒点开了薛醒的朋友圈。

只见薛醒发了一张几个人的合照。他站在中间，左边紧紧靠着一个肤白颜好的长发妹子，头朝薛醒一边歪着，笑得甜甜的。

金闪闪登时觉得自己好像被人迎面打了一记老拳。

电视剧是电视剧，生活是生活，你以为分手就只是两个人挥手说再见而已吗？分手就是一场比赛。从现在开始，就是你和他比谁跑得快，比谁跑得远。

赫连周说这话的样子历历在目。

秋天辰光短，天彻底黑了。

赫连周看着陈拓的车开出院子直到不见，才发觉自己两只手攥得太紧，指甲都掐出印子来。转身回家，她打开门，看见金闪闪坐在客厅里，没开灯。

"你吃饭了吗？"她换鞋边关切道。

"吃了……"金闪闪窝在沙发里，两眼出神地望着天花板。

赫连周一见新室友这副模样，就直觉不太妙……

她走到转角沙发边坐下，从茶几底下拿出一罐之前金闪闪买多了的啤酒，打开了电视机。

噼的一声，金闪闪听到赫连周拉开了啤酒罐，自顾自地喝了起来。

客厅里响起了综艺节目的欢笑声，赫连周看着电视机，但实际上是在出神，根本没留意播出的内容是什么，就这么过了十分钟，金闪闪终于忍不住了，她突然坐起身来。

"那个……"金闪闪话到嘴边又觉得有点儿尴尬。

"说。"赫连周依旧盯着电视，没转头看她。

"刚刚在楼下和你一起的是？"

"前男友。"

果然是，她抱着一个靠枕就凑近了来。

"你们……是不是要复合？"

"问这个干吗？"赫连周终于转过头来。

金闪闪正了正颜色，一字一句地说道："我看他好像非常喜欢你的样子……"

"所以呢？"

"没有什么啦……我就是八卦一下……嘿嘿"

"所以你想从我这里取经？"

"是的……"

赫连周看着金闪闪用小奶狗一样眼神看着自己，扑哧一笑。

"你们刚刚是吵架了吗？"

"没有吵架，他自己生气了，这下十天半个月估计都不会来找我。"赫连周找了个舒服的姿势窝进沙发里，轻轻地抿着啤酒。

金闪闪不能想象薛醒十天半个月都不理她，她还能像赫连周这样淡然，仿佛在说别人的事一般。

"你那天说，分手是一场比赛，我觉得是对的……"金闪闪垂着头蹲在沙发上看着自己的脚指头说道。

"你还记得呢？"赫连周有些惊讶。

"我要怎么样，才能跑赢这场比赛？"

赫连周看着金闪闪一脸严肃，也不再开玩笑了。

"你手机呢？"她冲金闪闪勾了勾手指，金闪闪左右找了一下，从屁股后面摸出来手机。

“还有他联系方式吗？”

“有。”

“找出来。”

金闪闪翻出薛醒的微博和微信，递给了赫连周。

赫连周翻了翻薛醒最近更新的动态，笑道：“你们俩之间有的是戏啊。”

“为什么？”

“你喝醉酒那天晚上是和他吵架了？”

“不是吵架，是决裂。我们闹分手已经半个多月了。”

“那天晚上之后，他连发两条状态表示悼念惋惜你们这段恋情，而之前你们分手的时候他都没有任何表示，是为什么？”

“为什么？？？”金闪闪一脑袋糨糊。

赫连周瞥了一眼金闪闪的呆样，道：“这是因为之前他都没有情绪波动，和你分手这件事对他来说没有很大的杀伤力。我猜是因为分手后，你还总是找他发信息给他对吧？”

“……是的，但是那天晚上决裂后我就再没有找过他。”

“那不就对了，之前他没有感慨，没有情绪，是因为他根本没有失去你的感觉，就算他说了要走，你还是会悄悄地围着他转，他都能感觉得到的。”赫连周继续翻看着薛醒的社交账号，从薛醒的照片看，确实长相外形都很不错，是很讨女孩子喜欢的类型，“直到那天晚上，你和他不管是吵架还是决裂，你的语言行为应该才让他感觉到可能真的要失去你了，他的情绪不稳定了，所以才会连发这两条指向明显的状态。”

“就是发出来给你看的。”赫连周抬起眼帘看着金闪闪，眼神像个狐狸一般。

“那他给我看是什么意思？要分手的是他自己啊，还是说他其实不想分手，又想和好了？”金闪闪的情绪变得有些急切。

“你很想和他和好吗？”赫连周轻轻一笑，又开了第二罐啤酒。

金闪闪一时语塞，就算和好了，就能从头来过，重归于好吗？还是两人又重蹈一遍覆辙，再尝一次夜不能寐，食不知味的滋味？她不知道，她只知道自己心有不甘。

“我也说不清，这些年付出了这么多，还落个被甩的结局，我觉得我的自尊心好像被人丢在地上踩一样。”

“你付出得再多又如何，难道虔诚奉献，凡事迁就，爱情就能得到圆满吗？”

“难道付出也是错吗？”

“付出没错，但你要是渴望他能像答谢恩情一般来回报你，那就不对了。谈情说爱，乐趣才是至上的。”

金闪闪皱了皱眉道：“可是爱一个人，自然而然就会想要为他付出啊。”

“是，但是付出也要讲究一个基本法。”赫连周稍微调整了下姿势，坐正了身子，“把一整颗心都掏出来给人看了个底朝天，时不时就想对他一诉衷肠、表达爱意，你让他把你吃得透透的，你对他来说还有什么意思呢？雄性动物都是喜欢角逐征服的，男人也不例外，你臣服的太彻底，他的征服欲就会转移到别人身上，你的心事再不需他猜，他就会开始去揣摩别人的心思，宁愿与他作对到底，都比事事顺他意要强。”

“你说的这些我在网上都看过啦，情感论坛的老生常谈。”金闪闪噘起嘴，对赫连周摇了摇手指。

赫连周嫣然一笑，又露出了狐狸一般的眼神，金闪闪每次一看到她这个眼神就有些发毛。

“是吗？既然你都知道，为什么还步步下错棋呢？为什么分了手后，明知只会更卑微，还时常忍不住发信息打电话只求他能回你一句呢？”

“这个……”

“虎能伤人，三岁小孩儿都知道。当有人说起虎咬人时，大家都只会平静地点点头说明白。但唯有那真正被虎伤过的人，神色才异于常人，因为他亲身经历过。”赫连周笑着，也冲金闪闪摇了摇手指，“这就是常知与真知的区别，实践才能出真知，这话不骗人。”

金闪闪一时无言，脑子转了转，觉得好像是这个理。

“也是……我们原本也不是这样的，他曾经也喜欢天天围着我转，生怕我有一点儿不开心，那个时候我……”金闪闪回想了一下，竟一点儿也想不起来五六年前自己是为什么能让薛醒心心念念了。

“那时候他没有完全得到你，对吗？”赫连周接过话，“我猜，你们的关系，是有个高低差的吧，从前是你在高位，他在低位，现在是他在高位，你在低位。”

“话也不能这样说，相爱的两个人难道硬要分出谁高谁低吗？”金闪闪皱了皱眉，从茶几下也拿出一罐啤酒。

“很遗憾，虽然听上去残酷得不像是相爱的关系，但现实就是这样，无论你去看哪段关系，两个人之间总会有一个爱得更多，一个骄傲更多，高与低只是一个说法而已，这个高低位置不是永远不变的，而是时时刻刻都可以不停地变化，有些明显，有些不明显而已。背后决定你俩位置的其实是你们各自的价值，财产，容貌，自信的资本，这些都是组成价值的部分，而价值正是吸引力的核心。维持一段美好的恋爱关系，感动和习惯都是配角，只有吸引力才是唯一的主角。”

金闪闪听得目瞪口呆，仔细想想，她与薛醒的这些年，她的生活只顾围着薛醒转，选专业，选工作，选住址，都是在围绕如何靠近他更多。

她已经丧失了自我的价值，停止了进步，被风生水起的薛醒甩了一大截儿，以至现在这个境地。

“可是……这样真的还是爱情吗？”她还是不够明白。

“为什么不是？人总喜欢把爱情捧到天上，多么神圣，但再是到了天上去，只要放进人心里，背后还是会考虑计较付出成本和收获利益。但这不意味着这样就不再是爱，只是让你透过表象看本质，更理智，懂得经营，懂得如何利用人的天性，而不是被天性打败。”赫连周把啤酒罐放下，正色道：“你知道吗？人一辈子都要不停地和天性做斗争，小到馋嘴赖床，大到结婚养子，从无停歇。凭什么恋爱不用？”

赫连周抬起遥控器关掉了电视机。

“之前跟你说过真知与常知的区别，为什么总有人说听过许多道理，都过不好这一生？就因为他们不是真知，仅仅只是听过而已，认识不够深刻，因此一到了需要理智做决定的时候，就把所有道理都抛脑后，屈从于天性，最后一败涂地。”

赫连周仰靠在沙发上淡淡地说着，金闪闪看着她被昏黄灯光照出来的轮廓线，一股倾慕之情油然而生。

“那我要怎么做才对？”

“过好你自己的生活，停止对他的感情投资，事业不顺就努力工作，精神不振就早睡早起，觉得自己不够好看就去学彩妆学搭配，一句老话，只有自己优秀了，才能够自信，只有自信的人才最吸引人。”

金闪闪撇了撇嘴：“这种建议，不说了等于没说吗……”

赫连周又笑了：“我说的停止投资，不是说说而已，第一件事，把他的微信微博都删掉，断开联系。”

“为什么？！那我以后还怎么搞到情报。”金闪闪抱紧了自己的手机。

“不需要情报哦，他不想让你知道的，自然会藏起来，想让你知道的，也只会扰乱你。让你断开联系，就是要让你停止在他身上花心思花时间，也是要让他看不到你，不知道你过得如何，不知道你好不好，人心都是肉做的，他也会不习惯没有你的生活，也会想你离开他以后是不是就忘了他，他也会开始猜，一旦开始猜了，就不再有绝对的自信。这就是关系逆转的第一步。”

“可是要是这一删就真的什么都没了呢？”

“不会的，他明显的不想放你下钩，否则为什么要在表示惋惜后，又发一张那样暧昧的合照呢，不是一锤定音的两人照，而是引人猜疑的多人合照。他在激你呢……”

“他在套路我？！”

“没错。”

“可是他不是这样的人啊……”金闪闪背后的汗毛都竖起来了。

“他未必是刻意的来套路你，也可能是出于寻求肯定的心理，想要继续霸占着你的感情，才这样试探。‘想要证明对方心里还有我’这是很常见的心理。”

“可套路还是爱吗？”金闪闪怔怔道。

“不要以为只有傻白甜一颗丹心才是爱。”赫连周站起来收拾起啤酒罐，“认真专心的套路一个人，也是爱的方式，试探也好，心机也好，都是出于吸引力的碰撞，这就是爱情博弈的本质。”

金闪闪看着赫连周把垃圾收好之后走进了浴室。秋天天凉，坐在夜色中，她只觉得有些冷，听着浴室里传来的水声，她细细地回味赫连周说的每一句话。半晌，打开手机看着薛醒的头像，思索数秒后，她按下了删除。

回到房间，丢开手机，她打开电脑，老张发给她的文件还躺在邮箱里，除了今天交接过来的新作者的资料，还多了一份龙场野人出版过的作品资料。

有价值才会有自信，有自信才有吸引力。

回想这段时间工作不上心，又为了恋爱荒废生活的自己，度过了倒霉得不能再倒霉的二十三岁，是时候重振旗鼓了。

人生的高山低谷，要靠自己去攀爬试炼。

她动了动鼠标，眯起眼睛点开了龙场野人的作品。

Chapter 04

我坚信，人应该有力量，揪着自己的头发把自己从泥地里拔起来。

——《像我这样笨拙地生活》

老张一早来公司，就见到金闪闪独自坐在她的位置上，而其他同事基本都还没到。

“组长，早上好”。看见老张来了，她抬头说道。

“啊，好。”老张有点儿惊讶，看她似乎黑眼圈有点儿重，但整个人又好像充满了精气神。

金闪闪面前摊着一本书，是龙场野人去年的作品《恶徒》，由风潮文艺出版社出版，讲述的是一个不良少年企图回归正道，却最终被周围人自以为是的善意再次逼往歧途的故事。

不得不说，这位作家缜密的思维、绝妙的构思，让她竟稍稍对他那惹人生厌的行为改观了。她昨晚甚至忘了时间，一口气读到了凌晨三点才扛不住去睡觉，今晨又早早来到公司翻出样书来继续把剩下的部分看完。

金闪闪整理了一下昨天老张打包发送给她的电子文件，她一个个点开看了一下，那本无人接手的书名字叫作《少女心的奇幻旅程》，封面图也是天马行空的风格，根据之前的责编写的封面文案来看，是本异世幻想类的书。

从来没有做过这类项目的金闪闪望着手边厚厚一摞稿子有点儿头大，正准备拿来看，一个人影挡在了灯光前。

老张正准备问她昨天送月饼的情况，没来得及开口，一个同事跑过来拍了拍他。

“组长，有人找你。”

金闪闪和老张伸头望去，一个戴着圆框眼镜的齐刘海儿小个子女生站在门口，腼腆的冲他们笑着。

“这个就是《少女心的奇幻旅程》的作者。”老张凑到金闪闪耳朵后面小声道。

腼腆少女提着一纸袋点心走了过来，老张笑吟吟的招呼她坐。

“听说有新的编辑接手我的书了，特地来认识一下。”

“这位就是，她叫金闪闪。”老张伸手推了一把金闪闪，向腼腆少女介绍道。

“您好。”金闪闪郑重的朝她点头笑了笑。

“您好，我叫尤真真。”对方也冲她笑了笑，金闪闪估计她的年龄应该都不超过二十二岁。

“编辑姐姐晚上有空吗？想请你吃个饭……”

“不用这么客气，我请你吧。”金闪闪看了老张一眼。

“都行都行，你们俩认识一下，好好交流 ，加深感情。”老张冲金闪闪使了个眼色，给尤真真搬了张椅子来放到金闪闪座位边上。

“那我坐在这等编辑姐姐下班好了，不会打扰到你工作吧？”

“不会，你叫我闪闪就好。”

金闪闪坐回位子，一心还想着刚刚的事，打开浏览器开始搜索“龙场野人”四个字，坐在一边的尤真真看着这四个字眼睛亮了一下，又看了看金闪闪的办公桌，上面摆了好几本龙场野人的书。

“编辑姐姐也负责龙场野人的书吗？”

“嗯……”

“他是我最喜欢的作家！”尤真真有些兴奋，“没想到我能和他在一个编辑手下。”

最喜欢的作家？金闪闪一边的眉毛不自觉地跳了一跳。

“那你一定是没和他接触过……”

“不哦，我见过他。”尤真真扶了扶眼镜，金闪闪回过头，看见她的镜片仿佛闪着犀利的光芒。

“我能和贵社签下这本书，还得多亏龙场老师的引荐，是他把我推荐给这里的编辑的。”

“哦？”金闪闪竖起了耳朵。

“是的，我从高中开始就非常狂热的爱上写作了，但是那个时候还根本不得要领，不懂要如何拟人设，定结构，叙事方式、节奏这些更是一窍不通，只能写一些小短篇投给校报或者社团，直到去年开始迷上看龙场老师的书，觉得实在是太精彩了，便开始给他写书评和信，也尝试着把自己写的故事大纲寄给他看，直到有一天贵社的编辑主动联系了我，我才知道，是龙场老师把我的作品推荐给了编辑。”

“那也不算见过啊。”金闪闪看着尤真真一脸的向往与崇拜，对程野这个瘪三称呼“老师”这一点让她忍不住想吐槽。

“在我准备和贵社签约的时候，我的身份证遗失了，授权书没法完成，补办身份证短则一两个月，长则三个月，情急之下我想起龙场老师是在警察局工作，于是我再次向他求助，他替我加急补办了身份证，去警局的时候我见到了他本人。”尤真真眼神一亮，“是个帅哥哦！”

哪里帅了？

金闪闪一想起和程野三番五次打交道的不快经历，忍不住腹诽。

“诶等下……”金闪闪突然愣住了。

虽然她之前不知道他是作者龙场野人，但程野明显早已经知道她是他的编辑了。

“他……故意耍我？”

“啊？”尤真真不明就里。

“没事没事……然后呢？”

“没有然后了，就见过那一面，真的是个很好的人呢。”尤真真脸上又浮现出憧憬的神情。

好个屁。

金闪闪在心里暗搓搓地骂道。

“阿嚏——”程野坐在自己书房里，没来由的连打了好几个喷嚏。他站起身来去将窗户关上，揉着一头乱糟糟的头发，咬上一根烟，想了想，又放下了。

稿子已经写到快接近尾声了，过去做警察时，利用休息时间见缝插针的写，手速还马马虎虎。现在无业游民一个，时间大把，写起东西来反而犹疑反复了。

他靠在椅子上转着笔，手边是一堆草稿废纸，他一边舔着牙整理着思路，一边捏着手边的废纸团。

金闪闪的工作证被他用小图钉钉在了木头柜子上，证件上一张笑眯眯的脸。

他一边想着文章最后的结局该如何完善，一边拿纸团瞄准了金闪闪那令人不快的傻脸，一下一下地朝她的照片丢着，但证件上的人依然笑眯眯的。

昨天撞掉了她的冰激凌，又趁她过来送月饼时戏弄了她一把，但这傻子好像还不知道他就是龙场野人吧。

风潮文艺怎么就给他配了个这么蠢的编辑？

没劲。

他顺手扯下来这张工作证，拎在手里无所事事地转着，继续思考着。

手机铃响了，他有些惊讶，刚群发过短信报上新号码，这么快就有人找来了，拿起来一看，来电人名字是“王队”。

下班后，尤真真带着金闪闪坐车来到了一家看上去有些老旧的馆子。

“别看这里看上去不怎么样，实际上是街知巷闻的名店哦。”尤真真挑了个靠里面的位置拉开椅子坐下，“这里是几十年的老店了，味道特别棒。”

“你还在上学吧？”金闪闪问道。

“嗯，大四，明年就毕业了。”尤真真点点头。

“好棒，这么年轻就出书了。”

“嘿嘿……”尤真真扶了扶眼镜，不好意思地笑了笑。

馆子里生意非常好，百来平的店面，几乎满座，就是人声嘈杂，此起彼伏的有些吵。

“这顿我来做东吧，你还是学生。”金闪闪拿过菜单说道。

“不行不行，说好了我请客就我请客。”尤真真连连拒绝道。

“你下午还给我带了点心的，这顿就我请吧，我坚持，不然我可吃不下了。”金闪闪认真道：“等你拿了稿费再请我呀。”

“嘿嘿……行！”尤真真想了想，很爽快就答应了，“我去下洗手间。”

金闪闪点了点头，看着她把包包放在座位上往里面走了，便自己看起了菜单。

“海味茄子……五香鱼……”她一边念着菜单一边认认真真的考虑着该吃什么，餐桌边上是一面墙，墙那边的食客正在起哄，吵吵嚷嚷的。

“程野！你说！是不是朋友！”

闹哄哄的声音中，突然有人大声喊了一句。

嗯？

金闪闪眯着眼睛转过头，耳朵竖了起来。

程野坐在一墙之隔的另一桌，曾经警队的几个同事加上队长一起六个人，桌上摆着几瓶酒。

“王队，你说是不是，这小子辞了职以后，经常连电话都不接。”

程野身边坐着一个中年胖男人，笑着摆摆手：“别看我，我想请他一次也很难啊……”

尤真真从洗手间回来，坐下拿起菜单道：“点了菜了吗？”

“还没有，你看看想吃什么。”金闪闪随口说着，心思全在偷听隔壁的声音。

“服务员……”

尤真真招了招手开始点菜，金闪闪端着一杯茶心不在焉地抿着。

“上次跟你说的那个事考虑得怎么样？”

“不怎么样，最近没有时间。”

“你都在忙什么啊？”

“瞎忙。”

“……”

隔壁一直说着些有的没的，金闪闪完全听不懂，菜上了桌，索性低头夹菜。

“编辑姐姐是本地人吗？”尤真真看金闪闪一直闷头儿不说话，

冥思苦想找了个话题。

“是的，叫我闪闪就好，不用这么客气的。”

“好，嘿嘿……”尤真真笑了笑，“我家是外地的，不过来读大学的时候把户口迁过来了。”

“那你多久回一次家呢？”金闪闪的耳朵终于回到了自己这桌。

“一年才回一次。”尤真真摇摇头，“我不爱回家。”

“为什么？”金闪闪没有多想，以为是小女孩儿爱耍个性。

尤真真咬了咬嘴，片刻后说道：“我来这里读大学，是从高中开始就拼了命的学习外加自己打工存钱才争取来的机会。我家那边，不像你们这种大城市，我父母长辈都认为女孩儿读书没有用，原本我家里让我高中后就出去工作的。”

“现在这种思想还有这么严重吗？”金闪闪正色道，她这才发现尤真真如此的瘦小或许是有原因的。

“有的，多的是。而且我们家那边还是乡镇，农村里面更严重。”尤真真扶了扶眼镜，小声说道。

金闪闪一时无言，只道：“那你一定很辛苦……”

“我不怕辛苦。”尤真真咧开嘴笑了笑，“我知道自己在努力就很开心，读书也是，写书也是，这不光是我的梦想，我家那边的亲戚都嘲笑我白日做梦，我就是要出一本书，过年回去砸他们脸上。”

金闪闪没有体会过这种滋味，也没有身处过这样的环境，她只知道安慰与同情或许不太配得上对面的这个小姑娘的自尊心。

“所以，还得劳烦您多费心了。”尤真真看着金闪闪的眼睛。

金闪闪这一瞬间有了一种奇妙的感觉，仿佛被交代了一件很宝贵的东西在手中。

她看着对面这个瘦弱的腼腆女孩儿，认真地说道：“放心，一定。”

“谢谢，等我出书了再请你！”尤真真眯起眼笑了。

“好，吃菜。”金闪闪往她碗里夹了几块肉。

一顿饭吃完，金闪闪收起手机穿上外套，准备去收银台买单。

“钱包、手机、东西都拿好没？”她叮嘱着尤真真，余光却瞥到程野一桌子人从墙那边走了出来，她立刻转过背蹲下身，想假装系鞋带，结果低头一看，自己明明穿的是高跟鞋。

“怎么了？”尤真真凑过来关切道，也没注意到后面的程野。

“没事没事，鞋跟有点儿歪。”金闪闪这借口找得自己都一头的汗。

“野哥一会儿去哪？”一个瘦高个儿揽着程野的肩，喝得醉醺醺的。

“回家。”程野淡淡地说道，听上去倒是像没喝酒。

回家？金闪闪眼睛亮了一瞬。听到一行人有说有笑走出了饭店，她才赶紧转过头来站起身。

“我家就在这附近，我走五分钟就到啦。”尤真真挽着她的手往外走，“你呢？”

“我……也不远……我散散步。”金闪闪悄悄地盯着程野一行人的动向。

“那改天有空我再来编辑部给你带零食。”

“不用啦，你来找我聊天儿吃饭就好，不用破费。”她拍着尤真真的肩道：“回家路上注意安全，到家了给我发个信息。”

“好的。”尤真真笑着朝她挥了挥手。

目送着尤真真离开后，金闪闪转身看去，程野一行人三三两两的已经朝前走了很远，应该没有看到她，于是她远远的在后面跟着。

过了一个路口，一行人中的两个搭车走了，还有两个在小巷拐弯了，只剩下一个中年胖子和程野两人。

“程野啊。”

“嗯？”

身边已经没有其他人了，王队想了想还是说道：“其实我真的替你觉得可惜，你的辞职报告，我当时都不想批。”

“辞都已经辞了，你还老琢磨什么。”程野看着前方的路灯，信步走着。

“你是我带出来的。”王队叹了一口气，“我了解你，其实那件案子不能怪你，队里其他人不知道情况，我知道情况。”

程野没有说话。

“泄露资料的人又不是你，你想替女朋友背了这个黑锅，我能理解。但是解决事情的办法有很多种，不是一定要辞职的。你平日里聪明，遇到某些事就是一根筋太固执，固执不好。”

王队举起手指点了点程野，程野烦了：“事情都过去了，你怎么现在跟个老头儿似的？爱操心。”

“喏，还有你这个脾气啊，也是臭，要改，知道不？”王队又伸出另一只手指了指他。

“知道了，我送你上楼。”程野瞅着前上司似乎有些醉了，打起了马虎眼。

“不用，我没醉，你小子少敷衍我，带了这么多年的苗子说辞就辞……”

金闪闪远远地跟着，看到中年胖男人走到一栋大楼楼下，开了门，又和程野说了两句，才进去了。

只剩程野一个人继续走着。

他穿一条深色牛仔裤，套了一件短夹克，双手插在裤兜里，一个人不急不慢的沿着马路步行。好像一点儿也不为夜风所动，而金闪闪就不行了，冷飕飕的风吹得她裹紧了风衣，踩着高跟鞋吃力地跟着。

这王八蛋不会是要走回家吧？

看着程野信步走着，丝毫没有坐车的意思，而这里距离香樟华园还很有一段距离，金闪闪当机立断，伸手拦了一部出租车。

“到香樟华园。”她坐上车，伸手抓了抓头发遮住脸再低下头，确保车子经过程野时，他不会碰巧看见她。

程野酒量太好，几轮酒喝下来仍然非常清醒，只是觉得燥热，想吹吹夜风散会儿步。沿着一条直路走下去，还有三公里到香樟华园。

金闪闪蹲在程野家大楼边的绿化带里，藏在一条整齐的灌木丛后面，用手把无辜的树丛硬生生掰开了两个孔，两只眼睛一动不动盯着大门口的方向。

一直到她蹲到腿酸，才终于有一个高高大大的影子在大门口的方向现身，宽肩长腿的，走路优哉的姿势很欠揍，还吹着完全不在调上的口哨儿，不是程野是谁？

程野走到自家楼下掏出钥匙来刚打开门，突然从斜后方刺出来一个黑影，啪的一声把大门给按了回去。

“想回家啊？”金闪闪一手死死的摁着大门，一边用一种看上去就很生气的笑容看着他，程野注意到她头发里还有树叶。

终于让老子逮到你了。

金闪闪在心里一阵哈哈大笑，为防程野再耍什么花样，伸手揪住了他的衣服。

“手放开。”

“不。”

“老实点。”

“不。”

两人就这么在路灯下僵持着，程野打量着金闪闪，只见金闪闪头发间的树叶底下慢吞吞地爬出来一只小小的金龟子。

“什么时候交稿？”

“你头上有虫。”

“你放屁，写了多少了？”

“你头上真的有虫。”

金闪闪正准备开怼，金龟子一个脚滑从她头上掉了下来，落在了她的领子上。

“嗯？”脖子感觉到异动的金闪闪大惊失色，“啊——！！！”

看着她手舞足蹈赶虫的程野站在一边幸灾乐祸，只见踩着高跟鞋的金闪闪脚下不稳要跌进灌木丛时，伸手拉了一把。

这拦腰一拉，却几乎要把金闪闪揽到了怀里，她身上香香的，程野眉头一皱，感觉好像不大对，又迅速松了手，往后退了一步，双手插回兜里。

赶紧站正了身子的金闪闪极其尴尬的整理了一下衣服，正色道：“我知道您烦编辑，但是请您遵守职业道德，按时交稿。”

“首先，我不是烦编辑，我是不喜欢被人催，其次，我怎么没有职业道德了？截稿日还没到。”

“第一，是您自己三番五次的躲着责编，不配合我们工作。第二，图书制作流程需要时间，公司规定，说好今年的项目，就要在今年出，否则任务就完不成，请您也体谅一下。”金闪闪尽量压下了不快的语气。

“你刚刚不还挺凶吗？怎么这会儿又客气起来了？”程野挑了挑眉戏谑道，之前他并非存心要和金闪闪作对，现在看着金闪闪一脸认真的样子，忍不住又想捉弄她。

“你不要得寸进尺啊！”金闪闪的小火山嘭的一声爆发了。

之前的几次不快经历已经让她非常不爽这个人了，管他是不是重点作者，泥人还有三分气。

“哦？”程野也较真儿起来，“我得寸进尺？是谁每次不请自来像个狗皮膏药一样贴我家大门上？是谁走路不看路说话还不客气？”

“那是谁七个月了连一个字都没交出来？你以为我想来催你吗？再说你走路看路了？连道歉都不会说一句。”

“道歉？”程野冷哼一声，好气又好笑地说道“你还想教我讲礼貌？那你自己怎么不……”

正想数落金闪闪连谢谢都没有说一声，话到嘴边，程野突然意识到，金闪闪有可能根本不知道那天是谁帮她抢回的手机……

“她追了我三条街啊……三条街！”

小王当时的话在他脑海里响了起来，这么说，当时金闪闪被偷又那么狼狈地跑走是因为……

“算了。”程野突然觉得自己这副样子相当幼稚。

“怎么不说了？”金闪闪还未偃旗息鼓，对方就不玩了。

“下周一前交稿。”

“嗯嗯？什么？”话锋转得太快，她没反应过来。

“你怎么长了个鸡脑袋？脑容量这么小？”程野又不耐烦了。

“你写了多少了？”

“周一前我会通知你来拿稿子，封面设计我不管，但三校改红要交给我看。”程野打开大门准备回家了 。

“哦……好……”金闪闪应着，退了几步，看到程野进了门，也转身打算回家了。

什么鬼？变得这么快。

“哦，对了。”程野又从门后探出了身。

“嗯？”金闪闪回过头，程野手一抬，扔过来一个东西，她下意识伸手接住。

“下次小心点。”

金闪闪低头一看，是她遗失的工作证。

“诶……？”

这一刻，上周发生的种种在她脑海里一一闪过。

工作证什么时候丢的？为什么总是觉得程野十分眼熟？为什么他一早就认识自己……

金闪闪大脑里一片纷乱，许多个嘈杂的片段快速闪过，最后汇成了一个安静的画面：

“看下这是你的手机吗？”

那件深蓝 T 恤的主人逆着光的脸，和程野完美的重合到了一起。

金闪闪脑海里噔的一下，有如钟响。

“啊！”她抬头望去，程野早已上楼了。

Chapter 05

想要驯服一个人，就要冒着掉眼泪的危险。

——《小王子》

奇幻事业部一早就开始进行分组会议，金闪闪来到公司时已经迟到了。

“上半年的预期码洋没有完成，下半年的任务要增多。”

金闪闪悄悄地溜进会议室时，老张正在苦恼，现在已经是九月，全年的码洋任务仔细一估算还差一截。

“你们手里下半年的项目都已经确定了是吧？还有新增的吗？”

会议室里的人都沉默地摇了摇头，金闪闪更是不出声，下半年她手上的项目仅有两个而已。

半小时后会议结束，一群人往外走，老张拍了拍金闪闪的肩。

“月饼送过去没？”

“送了。”

“这回见到人了吗？”

“……见到了。”金闪闪不知道为什么，有点儿心虚。

“龙场野人的处女作合约好像到期了？你去问一下。”

“好……”

老张快步走开，又去找另一个同事问情况，金闪闪坐回位置上，拨通了程野的电话，然而电话里的语音播报却说是空号。

“怎么样？”老张在同事间绕了一圈后又回来了。

“电话打不通……”

老张头疼地皱了皱眉……

因为赶稿赶到半夜，程野睡到快要中午才醒，穿着一件背心站在镜子前刷牙，眼睛都睁不开，一嘴的泡沫还来不及吐，门铃就响了。

谁这么早？

没睡饱的人无名火大，站在猫眼前一看，又是金闪闪的脸。

“我说你……”程野拉开门正准备骂人，老张笑眯眯的冲他点了点头。

“这是我们组长。”金闪闪站在一边，安安分分，低声细语，像只鸡崽子。

程野到了嘴边的脾气又咽了回去，拿了两双拖鞋出来，走回浴室漱完口，又套了件 T 恤，才出来。

“真是非常不好意思，现在才来拜访您。”老张一上来就格外的客气，程野也端端正正地坐到他对面。

“没有的事，您别客气。”

“因为今年的人事变动比较多，您的责编也换了两个，有很多工作可能交接得不够好，如果有给您添麻烦的地方，还请您多包涵。”

“嗯，不麻烦。”程野说这话的时候不自觉地瞥了金闪闪一眼。

金闪闪站在一边听着两人说话，无聊地瞄着程野客厅的摆设。

电视机是前几年流行的样式，干净整洁的四面墙除了时钟和置物架外没有任何其他摆设，沙发也是，茶几也是，餐厅也是，除了烟灰缸和一些健身器材昭示着主人的生活习惯，一切都简洁得没有人气。

“我今天来，是想问一下您早年的作品现在合约到期的有哪些？我们想签下再版。”

“有两本长篇小说，您是指今年出再版还是？”

“今年内出。”

“可以的。”

“那太好了，回头我让闪闪拟合同。”没想到龙场野人比想象中好说话多了，老张站起身，准备赶去下一个更难搞的作者那里敲定下再版的事。

“闪闪，你谈下合同细则就自己回公司吧，我还约了一个作者吃饭。”

“好的……”

门关上，老张一阵风般地走了，金闪闪回过头，程野端着杯子喝着水，并没有看她。

时针快要指向十二点，客厅里的氛围尴尬得要命。

“再版两万册，七个点。”

“好。”

“定价二十九。”

“随便。”

程野站起身，端着杯子进了房，金闪闪左右犹豫了一下，还是唯唯诺诺地跟了过去。

程野的房间和客厅一个风格，有股淡淡的木质香气，开着窗的地方可以看到不远处的公园园景。

金闪闪站在窗边，看着窗外组织了一下措辞：“那个……”

“你工作邮箱多少？”

“嗯？”金闪闪还没开场就被打断了，走近程野的书桌在键盘前按下一串字符。

程野拉开椅子，把昨晚刚写完的整部初稿发到了金闪闪的邮箱。

“这是初稿，我会再修两到三稿，最终定稿会再另外发你，你可以在这段时间里快速的过一遍大概内容。”程野一边说一边瞥了她一眼，“省得整天没事就来。”

金闪闪咬了咬嘴，没有出声。

“手机拿来。”程野伸出手，金闪闪掏出手机来递了过去。

“我换号码了，以后有事找我先打这个电话。”程野按下一串数字后把手机递了回来。

“知道了。”

“还有事吗？”

程野没有看向她，一只手放在鼠标上开始清理自己的邮箱。

金闪闪沉默了一刻，道：“那天……谢谢你帮我抢回手机，我以为你室友才是龙场野人……所以……很不好意思，忘了向你道谢。”

程野不自觉地笑了一下。

“我知道，没关系。”他淡淡地说道。

金闪闪自己退回了客厅，拿上包准备走。

程野坐在房间里看着电脑屏幕，感觉到金闪闪蹑手蹑脚的声音，突然觉得有些可爱，嘴角不禁勾起一边，哼了一声。

“不过，你不觉得你有点儿小气吗？”正想着，金闪闪关门前悠悠的留下一句话飘进了他的耳朵。

程野嘴角凝在了固定角度，抽了两下。

“我又不是故意的。”门外金闪闪提着包大步流星地走了。

他盯着电脑屏幕，有种好笑又严肃的情绪。

“是我太小气了吗……”他皱着眉头舔了舔嘴。

下午，薛醒站在机场到达厅门外抽着烟，时不时拿眼睛瞄着里面，不一会儿，一个高个儿壮男从里面笑着走了出来。薛醒扔了烟，走了进去。

“唐泽理！”他喊了一声，高壮男转过头来。

“哈哈！”唐泽理走过来一把搂住薛醒，“你小子两年不见又变帅了？”

“走，给你接风。”薛醒抓了抓被朋友蹭乱的头发。

“不用，今晚我都安排好了，我把霖仔他们都叫上，晚上一起聚。”

“你这是搞了个高中同学聚会？”

薛醒笑着领着唐泽理往停车场走去。

“好多年没见了，难得聚一次，诶，你把闪闪也带上啊。”

“我们分手了。”薛醒一边帮他把行李放进后备箱一边说道。

“你们分手有哪次是真的？”唐泽理哈哈大笑，坐进了副驾驶座，“正好今晚叫她来，你好好哄哄，我再帮你说几句，就好了。”

“我们分手一个多月了。”薛醒坐上驾驶座，发动车子，一路顺着高架桥开了出去。

“真的？”唐泽理有点儿不相信，“你干坏事了？”

“没有。”薛醒笑了。

“那是什么原因分手？”车上了机场高速，唐泽理双手交叉叠在脑后准备听故事。

金闪闪下班后直接回了家，往沙发上一瘫，两条小细腿垂在外面。

“你吃饭了吗？”赫连周从房门里走出来。

“你在家啊？”金闪闪吓了一跳。

“嗯，今天休息。”赫连周一边把长发束起一边朝厨房走去，“你吃饭了吗？我打算做晚餐了。”

“没有。”金闪闪一身懒骨头发作，正想点外卖来着。

赫连周打开冰箱，里面五颜六色，鸡蛋立在门边，切了一半的洋葱用保鲜膜包着，和胡萝卜躺在一起，番茄和土豆在最下层，桌边还有两大根昨天的法棍。

“好像没有什么菜……”赫连周拉开下面的冰冻柜，里面有几块牛肉，“喝罗宋汤怎么样？”

“你会做吗？”金闪闪坐起身来。

“很简单的。”赫连周笑了笑，拿起食材走进了厨房，金闪闪从客厅跟了过去，坐在了餐桌边。

她看着赫连周把土豆和萝卜削好，又三两下把洋葱快速切成了末。

“你不会流眼泪的吗？”她有点儿惊讶。

“不会哦，洋葱刺眼睛的成分集中在蒂子处分泌，把尾部放在最后切就好。”说话的这会儿，她已经把所有蔬菜都切完，还给牛肉切块了。

“到底是怎么这么厉害的……”金闪闪喃喃道，赫连周在她眼里现在已然是一位七巧玲珑的女神。

赫连周笑了笑没有说话，当初完全是因为陈拓爱喝这汤她才学着做的。

厨房里传来了响油声，金闪闪趴在桌边看着小姐姐做菜，手机响起，她拿起来一看。

唐泽理，一个熟悉的名字，昔日薛醒的死党，金闪闪心里紧了一下。

【闪闪，我是唐泽理。】

【我知道。】金闪闪回道。

【你和薛醒怎么回事啊？】

【他没和你说吗？】金闪闪噼里啪啦地回道，笑了一声，不明白对方来问这件事的意图。

【他说他想冷静一段时间，可你很生气，不肯留一点余地。】

【他这样说？】

唐泽理看着手机里金闪闪发来的问句，偏头问薛醒道："怎么回？"

薛醒微微皱眉看着手机屏幕道："你说'我听他那个意思是这样。'"

十几秒后，手机响了。

【我听他说的好像是这个意思。】

金闪闪看着唐泽理的回信，心情起伏极大。

不肯留一点余地的是我吗？

她捏着电话，眉头紧皱，一言不发的在思考着，赫连周将一口铸铁汤锅端上了桌，法棍切片用黄油煎至略焦，放在两个碟子里递上桌。她一边盛汤一边察觉到金闪闪不对劲。

"怎么了？"

"我和薛醒最后翻脸时，他叫了一声我的名字，我当时太激动没有理他。"金闪闪转过头问道："他是不是想留我？这是我不留余地吗？"

"怎么又想起这个？"赫连周一口汤喝到一半愣住了，瞥了她一眼。

"小姐姐，你帮我分析分析……"金闪闪连晚餐都不吃了，将手机递到了赫连周面前。

赫连周看了一眼手机屏幕，盖上了锅盖，伸手接了过去。

"我该怎么回？"金闪闪急切地问道。

赫连周抬眼看着她，眼神淡淡的，问道：“你想回复什么？打听薛醒的想法？”

金闪闪咬着嘴点了点头。

“吃瓜群众向当事人发短信打听情况，好心劝和……”赫连周低垂着眼，笑道：“现代人恋爱中的常见场景之一。这位唐泽理是薛醒的朋友？”

“好朋友，死党。”金闪闪道。

“无论你和薛醒的朋友说了什么，都一定会传到他耳朵里，你明白吗？”赫连周看着她道：“我不是跟你说过，要让他觉得你不再对他有需求感，不再在意他，断了他在你这自信满满的源头吗？你现在打听他的想法，不是暴露了吗？”

“拐弯抹角的问一句也不行？”金闪闪仍不死心。

“一句也不行。”赫连周道：“别人也会好奇你们的故事，你们各自的说法，也会分析、观察，哪怕你只问一句，都说明你还在好奇薛醒的想法，这种情感类的小道儿消息，传得最快了。”

金闪闪似乎明白了，又问道：“那……那我回得冷漠决绝一点？就回……我对这事不感兴趣？”

“也不行。”赫连周笑道。

“啊？那要怎么回嘛！”

唐泽理和薛醒两人坐在一起，等着餐厅上菜，手机铃响，唐泽理立刻拿起来看。

【那随便他吧。】

凑过来的薛醒看着这条信息，皱起了眉。

随便我怎么说？

唐泽理笑了笑："闪闪比以前想得开啊。"

"嗬。"薛醒冷笑一声。

这么无所谓？装的吧？

金闪闪怎么可能不在意他的想法，他不信，心里却又莫名燃起了一丝邪火。

"你问她，要不要来聚会。"薛醒努了努下巴，示意唐泽理发信息。

金闪闪看着唐泽理发过来的信息，赫连周拿过手机，把屏幕一关，放到一边。

"一个小时以后再回。"赫连周淡淡地道："以后不管他的朋友找你说什么，只要是关于你和他感情的事，都按照这个频率回，半小时回一条，或者一小时，有正事的话可以秒回。"

"为什么？这种过于细节的小操作有用吗？"

"人总是更相信自己发现的真相，而不是你提供给他的真相，所以你不能敲锣打鼓的表示冷漠决绝，太假了，要让他们觉得你是真正的不感兴趣，就要通过暗示，而不是明示，暗示会让他们认为这是他们自己发现的你的心理，更可信，而一旦他们真的信了，传到薛醒耳朵里的，才会是你想要让他认为的样子。"

"可是……"金闪闪还想说些什么，赫连周打开汤锅给她盛了一碗汤。

"你们相恋时间太长，他又把你甩得太狠，你不把戏做足，他怎么会相信你真的心里没有他，不在乎他？"

金闪闪不作声了，这个道理她明白。

"年轻气盛的时候，有的话你以为一定要说出来，有些事情你认为必须解释，迫不及待。但其实到后来你就会发现这些话说不说也不会有什么太大差别的。人心世事，瞬息万变，时间会将人与人的关系不断重置，没有什么会因为你说出一句话，解释一件事而永恒，所以，不要怕。”

赫连周递过来一碗汤给金闪闪，又给了她一只勺。

“想要赢，就要沉得住气。”

金闪闪抱住碗，若有所思地喝了一口。

“好喝！”她再次惊讶于赫连周的厨艺。

“那就多吃点，没有别的饭菜了。”赫连周笑道。

“明天我们同学聚会，他也会去，我要去吗？”金闪闪又想起了唐泽理的邀请。

“看你自己想不想去，不要管他的想法，越在意他的想法，你会越不懂得自信。”

“我……还好，去也行。”金闪闪偏头想了想

“那就好好打扮。”赫连周眯着一双媚眼，抿嘴笑道。

“诶……小姐姐，你之前说你是现场指挥中心的？”

“嗯。”

“为什么你这么擅长心理战？”金闪闪疑惑道。

“我是现场指挥中心公共关系科的，简称公关。”赫连周道。

“哦————”金闪闪拖了一个特别长的音，以示恍然大悟。

次日，下班后发信息给唐泽理确认过聚会地址的金闪闪用最快的速度赶回家。

“化妆，头发，衣服……”还没进门就在脑海里写起备忘录的金闪闪已经开始手忙脚乱。

“睫毛膏……眼线液……”

“没事没事，没有睫毛膏也可以……”

“没有睫毛的人能没有睫毛膏吗？”

“可以的可以的……我很美……我很美……”

半小时后，赫连周穿着睡衣站在门外，看着金闪闪在自己房间里的梳妆台前念念有词的东翻西找。

金闪闪回过头，看到赫连周一脸好奇地看着自己，而她转过来的一瞬间，赫连周也看清了她的脸，惨白的妆面，飞上天的假睫毛，过于粗硬造作的韩式平眉，以及用卷发器固定住的一头乱毛，简直像要去唱戏。

“我找不到我的睫毛膏了……”她向赫连周求助道。

“你先坐下。”赫连周走了进来把她按在座位前。

“坐下干吗？”

“你是去参加一场同学聚会呢？还是回去打仗呢？”她问道：“虽然你心里有可能是后者，但你必须看起来像前者。”

赫连周拿起妆镜台上的湿海绵，轻轻沾去金闪闪脸上多余的粉底，用棉签蘸着卸妆液去掉了她的假睫毛，修正了她的眉毛，用美妆蛋拍匀了她的底妆，让其看上去自然亮泽，再替她擦上淡淡的豆沙色唇膏，接着她替金闪闪拆下头上的卷发器，用手捋整齐，让她的长发自然微卷的散在肩膀两边。

“切记，不要用力过猛。”她从被金闪闪翻得乱七八糟全扔在床上的衣服堆里挑出一件墨绿色的连衣长裙，与一件杏色的长外套。

“这一套很衬你。”她伸手递了过来。

“记住，要淡然一点，不要暴露自己，你只是去参加同学聚会，不是专门跑去见他的。”

金闪闪看着镜子里被赫连周收拾得温婉优雅、漂亮大方的自己，第一次感觉到自己有了主角光环。

“小姐姐，谢谢你。”

“不谢，该出门了。”

赫连周走了出去，在客厅里点了一根烟，看着金闪闪踩上高跟鞋风风火火地出了门。

手机铃响，她拿起来看了看，陈拓的短信。

【出来吃晚饭。】

她不自觉地笑了一下，然后抬手打了三个字。

【不了，累。】

刚发过去没十秒，陈拓又回过来一条信息。

【我在你家楼下。】

赫连周夹着烟，走到窗边打开了窗户，陈拓的车果然停在楼下，而他本人就站在车边抬头看着她。

“上来。”她边抽烟边说道。

“你下来。”

陈拓看不出什么情绪，一张脸冷冷的。

“我不下来，你上来。”赫连周说完直接关上了窗户，走到茶几边熄了烟，坐到了沙发扶手边，看着自己家的大门。

五分钟过后，响起了敲门声。她走上前去打开门，陈拓站在门外，肩上还有一片落叶。

“你饿了吗？”她让开身，拎出一双拖鞋放到地上，自己进了厨房。

陈拓没有答话。

赫连周在厨房里烧好水，再回头，陈拓已经站在了自己身后。

他直直的看着她，她也不回避他的目光。

“生气生完了？”她有些俏皮地问道。

“没有。”陈拓凑近上来抱住她。

“那是来找我算账？”她歪头笑了笑。

陈拓一时没答话，叹了一口气，把脸埋在她的发边，闻了闻她身上的香味。

“不生气了。”半天，陈拓放开了她，像是妥协一般松了松眉头，“想吃你做的菜。”

“家里没有菜哦，不过我昨天炖了一大锅罗宋汤。”赫连周打开了冰箱，里面那口铸铁珐琅小汤锅占了一半的空间。

“好。”陈拓站在冰箱边笑了笑，眼睛没从她身上离开过。

赫连周打开炉灶热汤，陈拓退到了厨房门边，双手插在口袋里，倚在一旁看她拿着汤勺在锅里搅着，热气升腾，厨房里除了燃烧的声音外一时分外安静。

陈拓打量了一下赫连周的新住所，干净宽敞的客厅，窗台边有绿植，回过头，厨房里收拾得整齐得当，精致的餐具错落有致，一看就是她的风格。

他静静地看着赫连周站在炉灶前的背影，这一切让他意识到他有多怀念。

“嘉悦。”他唤了她一声。

“嗯？”赫连周正端起勺子在锅前试味道。

“如果大学那年我没有交换出国，我们会不会比现在好？”陈拓声音沉沉的。

“为什么要想如果？”赫连周放下勺子，关了火。

“人总是偶尔要想想如果。”他笑了笑，“我最近常常在想，如果当时换了选择，你是不是就不会恨我？”

“我没有恨你。”赫连周没有回头，怔怔地站在炉灶前，“我一点儿都不恨你。”

“那为什么你不再接受我？”

陈拓看着她的背影，赫连周却长久没有答话。

“为什么要和我保持距离？”他又问了一遍。

“你出国留学两年，回来半年又出国工作四年，是你自己的路，我不恨你，也完全没有怪过你离开我这么久这么远。我不笃信忠贞，也不想考验爱情，比起分开后痴痴守望传为佳话的感情，我更喜欢两个人各自为战，各自精彩，人生本身就已经够难，何苦要给彼此加道枷锁？生活不会停下来等我们，它总会继续，你也要接受，我不会留下来等你。”

赫连周转过身认真地看着陈拓，陈拓也直视着她。

“各自为战？各自精彩？”良久，他走上前来，靠近了她。

“那是以前。”陈拓的脸近在咫尺，不悲不喜，看上去还是没有情绪，只是一双眼睛深得像一片湖心，“从今以后你会明白什么是枷锁。”

赫连周勾了勾嘴角，没有退缩一点，反而兴致盎然。

“不要放狠话。”

“我从不放狠话。”

金闪闪步行来到了银座商城，唐泽理发的信息说他们在楼上的KTV包厢里。

从电梯间里出来，她深呼吸一了口气。

“请问8801包厢在哪儿？”

“您好，请这边走。”

服务生彬彬有礼的领着她穿过大厅，到了走廊的尽头。

8801

她推开了包厢门。

“金闪闪？！”几个尖细的声音叫道。

金闪闪愣了一下，包厢里的人比她想象得多多了。

“快坐这边来！好久没见了！”班长周小美拍了拍沙发，一群女孩儿以她为首围坐在一边，男生们都在吧台上玩骰子，金闪闪不敢朝那边看，唐泽理却大声喊了一句。

“闪闪！到这边来。”

淡定……稳住……

金闪闪回过头，温婉地笑了一下，看见薛醒坐在角落里和另一个男生在玩骰子。

“我等会儿过来……”她招了招手，坐到了周小美身边。

“诶，你俩吵架了？”周小美看金闪闪与薛醒两人互不理睬，用胳膊肘儿轻轻顶了她一下。

“没有吵架，我们分手了。”金闪闪平静地答道。

“啊？”周小美抿了抿嘴，换了个话题，“没事，不管他，我们玩我们的，好好聚一聚。”

“来来来，一起喝一杯。”有人举起了杯，周小美递给金闪闪一杯啤酒，金闪闪接过杯子，犹豫了一下，一饮而尽。

不远处的薛醒抬眼看着女生那边，从不喝酒的金闪闪举着杯子和大家喝上了。

“不错啊，现在不做乖乖女了啊？”周小美又给她倒上了一杯。

“哪有……”金闪闪自知酒量不行，打起了马虎眼。

“诶，还玩不玩，老看着那边，想和好就过去呗……”和薛醒玩骰子的男生见他心思不在游戏上便起哄道。

分别一个月没怎么见面，金闪闪今天看上去却和往日似乎不太一样了，温柔的长发，妩媚的妆容，举止大方，似乎也更漂亮了。

最重要的是，她没有看自己一眼，也没有刻意躲着他，自然的与所有人聊着天，仿佛和他只是不熟的朋友一般。

“瞎起什么哄，来玩。”薛醒不动声色地把目光收回来。

一轮酒喝下来，金闪闪浑水摸鱼的倒了好几杯，不知谁点了一首张学友的粤语歌，男生那边也不玩骰子了，几个人抱着话筒坐了过来。

唐泽理领着薛醒坐到了周小美和金闪闪的边上。

“闪闪，你现在在做什么工作呢？”唐泽理找了个话题。

“我在出版社做编辑。”

“哦，那挺好的……”

“你呢？”

薛醒拎着一瓶啤酒坐在一旁喝着，也不说话，就听唐泽理和金闪闪有一句没一句地聊着。

“诶，唐泽理，你去年说给我介绍对象的呢？”周小美已经有点儿上头了，越过金闪闪推了一把唐泽理。

“你还用我介绍啊？你迷弟一抓一大把！”唐泽理大笑。

“你放屁，那都是些什么烂桃花。”周小美单身多年，借着酒劲想要诉苦。

“你算了吧，你看你们一个个的都名花有主，没主的也都有情况，哪里用得着我操心。”唐泽理一边说一边意味不明地看了一眼金闪闪，“就是我们兄弟几个还都是单身狗好吗？要优先解决还是先解决我们的问题行不行？”

唐泽理冲着周小美叫板，周小美却莞尔一笑。

“是不是啊？我有好几个同事都想找男朋友呢。”

“当然是啊，你看我们几个大老爷们儿都是自己来的，没有家属啊，除了薛醒！”唐泽理拍了一把薛醒，在一旁没说话的薛醒抬起眼皮，看见金闪闪在一旁和另一个女生在聊天儿，仿佛没听见他们的对话。

“行，就冲你这句话，我现在就打电话叫妹子来。”

周小美拿着手机出去了，沙发这头就只剩三人。

“来来来，咱们三人喝一杯吧？”唐泽理举起杯子，示意了薛醒一个眼神，薛醒端起了杯子，一脸的随意。

“我就喝一口，我一会儿还有事……”金闪闪怕自己的大脑最后不能保持理智，找了个借口。

“行，我干了，你俩随意啊。”唐泽理端起杯子一饮而尽。

半空中，金闪闪举起杯子和薛醒轻轻碰了一下，眼睛却笑着看着唐泽理。

看上去的云淡风轻，实则在她心里已经风起云涌，紧张得生怕露怯。

不能让他看出自己有多在意，不能再暴露自己对他的需求感。她时时刻刻提醒着自己。

周小美打完电话进来了，对着唐泽理直笑，两人拉拉扯扯抱着麦克风唱了几首歌，金闪闪起身坐回女生堆里聊天儿。

薛醒一个人坐在沙发角落没有动，他没有在听歌，却假装在听歌，没有心情喝酒，却一直举着杯子掩饰。

一对决裂的恋人再次同处于一个空间内，气氛总是会有微妙的奇怪。若有爱，已不能再拥抱接吻，若有恨，也不能再做回朋友。

只好混在人群中各自掩饰，粉饰太平。

薛醒，这几十分钟却感到自己内心很不痛快。这种不痛快像是被塑料袋罩住了头，像是被人隔着衣服轻轻搔着痒，明明之前他已对那个整天围着他转的金闪闪感到厌倦，这种厌倦直到现在也并没有消去，分手的这段日子他并不逍遥，却也算自在。但此时此刻，他的眼神总是忍不住想飘向她的方向。

准确地说，他想观察她，看看她是不是还会时时刻刻为他所动，看看她是否有露出蛛丝马迹，看看她短短一个月时间究竟是怎样起了令人好奇的变化。

金闪闪还是那个金闪闪，却好像的确有什么地方不一样了。

这真是令人极其的不快。

半小时后，有四个女孩儿推门进来了，周小美大声叫着招手。

“来来来，各位帅哥，不要低头玩骰子玩手机了，这都是我们报社的姐妹，听说我喝大了不放心我特地来陪我的。”

周小美两颊通红，说完这句话就直挺挺地倒到一边了，一群女生赶紧把她从地上捞起来。

一阵手忙脚乱中，新来的几个女生倒是很快融入新的群体，男生们都表现得非常积极，又是倒酒又是点歌，除了坐在角落里看手机，头也没抬的薛醒。

金闪闪看了看表，已经十点多了，她不想留到太晚，盘算着差不多要回家了，周小美已经喝得醉醺醺，唐泽理忙着应付新妹子，她和周围的女同学打了个招呼准备先溜。

这时，人群中有个长发美女站起了身，从包厢的一头走向了另一头，坐到了薛醒的身边。

“你为什么在这喝酒不说话？”长发美女开了一瓶酒给薛醒，

薛醒抬头看着她。

金闪闪瞥了一眼他们的方向，这个长发美女一头黑发，五官精致，身材小巧，正好是薛醒喜欢的类型，她再清楚不过了。

“我叫钱颖颖，我想要你的微信号，能给我吗？”她直截了当地问道，两眼笑眯眯的。

这个表情让薛醒这一刹那觉得对方和金闪闪竟有些相像，他看向金闪闪的方向，金闪闪来不及收回目光，刚刚好与他短兵相接，只一瞬，她便移开了视线，拿起包包准备走人。

点唱机的歌早就放完了，包厢内各人说话的声音听得很清楚，薛醒勾起嘴角笑了笑。

“好啊，手机拿来。”一双桃花眼温柔地注视着钱颖颖，高挺的鼻梁，不羁的笑意，钱颖颖感到自己的心脏瞬间被击中。

“诶！你怎么就走了！”看到金闪闪起身的唐泽理喊住她。

“明天还要上班。”金闪闪赔笑道：“改天再一起吃饭！”

“好吧，你喝了酒这么晚一个人回去行吗？”唐泽理回头看了眼薛醒，还想最后再带一波节奏，结果薛醒正在和新来的长发美女聊天儿，完全没理他。

“放心，有人来接我的。”

要让他真正尝到失去你的滋味，要让他知道你确实不再属于他，否则他永远骄傲，永远有恃无恐。

金闪闪很清楚“有人来接我”是个非常暧昧的暗示，最后甜甜地笑了一下，拉开把手走了出去。

角落里薛醒的笑还挂在嘴角，耳朵却准确地捕捉到了金闪闪走之前的最后一句话，舌头不自觉地舔了舔后槽牙，咬紧了牙关，任凭钱颖颖在耳边热情地说着什么都再没听进去。

从银座商城后门出来的金闪闪，迎着冷风咬着牙，她最后的理智都绞尽脑汁地留在了那个包厢里，现在酒劲上了头，她走路都有些不稳。

她不知道自己今晚的表现能打几分，是不是够好够稳，能不能让薛醒心里起波澜。

她只知道薛醒将电话给那个女孩儿的样子笑得有多温柔，她看在眼里。

一个人回家的路上，根本没有人会来接她。

她甚至开始不知道自己究竟在做些什么，为了一个高高在上的前男友，憋出了打落牙齿往肚里吞的劲，值得吗？多年没见的同学会也成为她一心达到目的的工具，有必要吗？明明对那个长发女生在意得不得了，还要装成毫不在乎的豁达，骗谁呢？

精心打扮，步步为营的来赴一场只会让自己难过难堪的聚会，给自己的心画上一道道守则再把它关进铁笼，只是为了爱情战争未来微乎其微的胜利的可能性。

她真的不知道自己在干什么。

酒精将情绪无限放大，金闪闪走到喷泉后情不自禁地蹲下身大哭。

时间已近十一点，天气太冷，路上寥寥无几的行人纷纷朝这边注目，但伤心的姑娘却管不了那么多，专心致志的哭着，直到有个人站到了她面前。

“你在干吗呢？”程野叼着根还没来得及点的烟，歪着头看着蹲在地上鼻涕眼泪一脸的金闪闪。

金闪闪抬起头，泪眼蒙眬地看着程野。

“怎么又是你？”她觉得自己简直不能再倒霉了。

“我住这附近啊。”程野把嘴里的烟放回口袋，“怎么了你？”

金闪闪不说话。

“失恋了？”

“没有。”话虽这么说，但她的眼泪一下又冒出来了。

程野心下了然，嗤了一声：“你知道你现在是什么吗？你不应该叫金闪闪，你该叫屎坨坨。”

金闪闪噌地一下站起身来。

“你这人嘴怎么这么毒这么坏呢！我叫什么名字和你有一毛钱的关系啊？你知不知道你这个人有多惹人厌？你是不是一点儿自知之明都没有！写了几本破书很了不起吗？！”

程野看着金闪闪失态大哭大号的样子，没吱声，接着听她骂。

“我不过是想做好我的本职工作而已，你事事和我过不去！你以为每天公司你家两地跑不辛苦吗？”

“你以为我想每次凑上来让你嫌啊？我名字叫金闪闪怎么了？我是拆你家了还是烧你房了？”

“我不过是个很普通很普通，拎人群里都不会惹人注意的女孩子，想做好自己的事、过好自己的生活而已！我有什么错！”

一顿大吼倒是把金闪闪的伤心给吼走了，只剩下哼哧哼哧的气愤。

“你知不知道你这种畏畏缩缩、委曲求全、得过且过的样子非常让人不爽？好像全世界都欺负你了似的。”半晌，程野戏谑又轻蔑地笑了，“想做事就认真做，还要怕姿态不好，明明畏首畏尾还装作身不由己。”

金闪闪愣了愣，好像有点儿难以反驳。

对方战斗力有点儿强，她措手不及，觉得没发挥好，火速在心里措了下辞，刚想开口，就看见程野神色有变，一双眼睛严肃地盯着她身后。

金闪闪疑惑地回过头，看见远处一个小个子戴眼镜的女生，神色匆匆地往小巷里跑，后面一个穿着朴素，看上去像农村来的妇女跟在她身后拉拉扯扯。

金闪闪擦擦眼泪，看了个清楚。

那不是尤真真吗？

Chapter 06

你知道吗！我花了一辈子学一件事，拥有就是失去的开始，但终究我还是学不会。我没有办法接受，拥有青春，其实已经开始在失去青春；拥有婚姻，其实已经开始失去婚姻；拥有名声，其实名声也会失去；拥有了财富也一样，健康也一样，就算养一只狗也一样。

拥有爱，天啊！失去爱更让人无法接受。

——《收信快乐》

程野停止了和金闪闪的争吵，悄悄地跟了上去，金闪闪察觉到不对劲，也闭了嘴，不动声色地跟在了程野身后。

“你这个女娃子怎么这样不懂事呢？你还是不是人？”

拐入一条小巷子里后，两人清楚地听见农妇操着一嘴西北口音对尤真真骂骂咧咧。

“我怎么不是人了？”尤真真停下了脚步，甩开了农妇的手。

“那是你弟弟，你跟我回家，本来你爸妈就不要你上这个大学的！”

“不可能，我不会跟你回家的。”

“你手里不是有钱吗！你不要读书了，浪费家里的钱！”农妇大声呵斥着，两只手紧紧地抓着尤真真。

“婶婶，我现在手上一时半会儿没有这么多钱，你要钱可以，但得给我时间，而且我的学费向来都是我自己辛辛苦苦挣的存的，没拿过家里一分钱。”

“那你不是你爸妈养的？都说养女儿没用，你爷爷一早就说让你爸妈把你送人，白养！”

“我爸妈我自己将来会养，你儿子不读书不上进在外面惹事赌博也不是一回两回了，我去年在网上写书挣的钱已经陆陆续续给你们汇过好几次了你还想怎么样！你难道不该怪自己没有教好他吗！”

尤真真情绪激动已经带哭腔了，侧身躲在拐角处程野皱了皱眉，看了看身边的金闪闪，正想和她交换个眼色，她已经气冲冲的快步走上去了。

“你个女娃子怎么这么恶毒，你不管你弟弟，你是要让他去死啊？你个没有良心的赔钱货！我要让你学校知道你是怎么样的人！你就不是人！”农妇破口大骂，抓起尤真真的肩膀就打，突然被人从后面一把拉开。

“你干什么？”金闪闪侧身拦在二人中间。

“这是我们家的事，你谁啊？”农妇的气焰瞬间收敛了一点儿。

“我是尤真真的辅导员，这么晚了还不回寝室？”金闪闪瞥了一眼身后的人，借酒壮胆，开始忽悠。

尤真真仔细看了看来人，发现是金闪闪，立刻反应过来，很机敏的没有出声。

“你来得正好，她明年不读书了，你给办个退学！”农妇不知道哪里来的底气，指着金闪闪的鼻子就开始颐指气使，正要接着发难时，只觉得颈后一股力缓缓把她拎开了。

“有话好好说。”

程野不知道什么时候已经叼着根烟站在了她身后，足足压她两个头，眼神平静，声音沉稳，拦阻她的动作点到即止，但看上去就是很凶。农妇头上那撮嚣张的火苗一瞬间全熄了。

“龙……”尤真真看见程野的瞬间激动了一下，程野做了个“嘘”的嘴型，她立刻噤声了。

农妇一下子不知道该说些什么，金闪闪看了眼程野，程野扔了烟，绕到尤真真的身边来问道：“我是校保卫科的，你是这位同学的什么人？”

“校保卫科和辅导员这么晚在这干吗？”农妇疑惑了一句。

“单位今天在这附近搞活动。”

“我要见领导，我们家孩子要办退学。”

“这么晚了领导早就回去了，你先跟我和辅导员说一下是怎么回事，你是这位同学的家属吗？”

程野稍稍放缓了语气。

“我是她婶婶。”

“那就不是直系家属。”他顿了顿，“为什么要办退学呢？”

“家里缺钱！她读这个大学纯属浪费钱！我要领她回家！”

一说起这个，农妇又开始激动道：“她不听话，家里没一个同意她来上学的！她弟弟被人欺负她也见死不救！你们说说看有没有这样的人哟！”

尤真真在一旁咬紧了嘴唇，金闪闪见状把她拉到了一旁，小声地询问道：“她真的是你婶婶吗？”

“是。”

“她来找你，你爸妈知道吗？”

“上大学之后，我爸妈除了要钱，基本不关心我的事。”

“你家是出了什么事吗？”

“我堂弟，也就是她儿子，斗殴打架把别人弄进医院了，人家家里要求赔钱，她就来找我要钱，我手里现在实在是没有钱，已经躲了她好几天了，今天被她从学校一直追到我打工的地方闹。这种事不是一次两次了，堂弟是我家唯一的孙子，宝贝得很，在他们眼里孙女什么都不是，可我也不能永远当他们的提款机啊。”尤真真说着说着眼泪掉了下来，不停地抽泣。

“她就是个赔钱货哦！自私自利的白眼狼！养到这么大没有回报过家里一点！”农妇看着金闪闪和尤真真在一旁窃窃私语，还扯开嗓子喊，唯恐尤真真听不到。

“你说谁是赔钱货呢！”金闪闪听不下去了，把哭泣的尤真真护在身后，“你好意思说别人自私自利？你自己也是个女人，你说这话怎么就一点儿不心虚呢？”

农妇一看辅导员居然这样暴脾气，愣了。程野看着金闪闪大有要当街和她吵架的架势，赶紧把农妇拉到一边打圆场，悄声说道：“我跟你说实话吧，我们学校对自己家的学生一直都很维护，尤真真她已经是个成年人了，什么叫作成年人？也就是具有完全民事能力的人，她的人身自由和财产归属权是她自己的，你说了不算，你这样到了校领导面前，你也不占理，人家到时候就和这辅导员一个态度。”

“什么完全民事，我听不懂！哪有这样的，家里人非要她回去她还敢不回？”

“你说，你要不要跟她回去。”程野偏头问了一句尤真真。

“不回。”尤真真虽然在哭，可话却说得很用力。

“你看，她不回，我们学校很尊重学生的决定。”

“那不可能！”

“我说过，你没有权利带走她，如果你再去学校闹事，我只好通知门卫，以后见到你就不让进。”程野原本就脾气差耐性差，好不容易忍着和她好言好语说了这么久，对方还是这样油盐不进，不自觉语气都变了。

“那……那我儿子有事需要钱，她做姐姐的不回去看就算了，不该帮衬一点吗？”

说来说去还不是想要钱，金闪闪在心里嗤了一声。

尤真真觉得难堪极了，婶婶将她从小到大的痛处、窘迫全部暴露在人前，一句句像刀一样切割着她。

程野往年做警察的时候和这类人打交道不少，知道他们一哭二闹三上吊非要把水搅浑的尿性，照这劲头，看来是不给钱就要天天去学校找尤真真闹，不占理也要闹得尤真真在同学面前没法做人，就算是报警都管不了。

“要多少钱？”他直截了当地说道。

“一万。”

“只给三千。”

“不行！”

“只有三千，你要是还闹，那这三千都不会给你，直接把你交到警察局去。”程野不咸不淡地说道。

“你别唬我，我又没犯法，警察凭什么抓我？你不要以为我一个乡下人就好欺负，我家里人可以随时来这里的。”农妇不屑地笑了。

“敲诈勒索，恐吓侮辱，一条条来，你没犯法，我们如果去提诉，你也要走程序，我有很多时间，我也知道你能耗，但你儿子那边能耗吗？”程野笑了，他非常清楚，如果非要和这类人打交道，那最好的办法就是一起耍无赖。

农妇不吭声了。

“你以为这只是你们家事是吧？我告诉你，如果你再整天骚扰她，她可以去报警的，警察可以对你进行治安处罚，如果你还敢叫上家里人去学校闹事破坏公物和秩序，我国有条寻衅滋事罪知不知道？不要以为这里是你们那小山村什么事都可以靠人情解决，我们这里讲法，家里人又如何？尤真真可以去法院起诉和你们全家人脱离关系。”

农妇被程野一席话忽悠得哑口无言。

“为什么要给她钱？一毛都不给她。直接报到保卫处去以后禁止她进入学校。”金闪闪在一旁添油加醋，和程野两人交换了个眼神。

“你们就是欺负人……你们欺负我没文化……”农妇一脸的委屈，仿佛要哭了。

“三千块，行就给句话。”程野的耐心已经快到极限了。

“行。”农妇抽抽搭搭地说：“可怜我的儿子哦……”

程野没搭理她，走出巷子去取钱了。金闪闪陪着尤真真，站得离农妇远远的。

十分钟后，程野回来了，点了三千块给农妇，农妇正准备伸手拿的时候，他又抽回了手。

“你什么时候走？”

“我买明天的车票回去。”

“以后再想来找你侄女撒泼的话，想清楚，在这个城市，有人情关系的是谁。”说完这句话，他将一沓钞票放进了农妇手里。

农妇瞥了尤真真一眼，一步三回头地走了。

只剩下她们三人，金闪闪看了看表，已经快半夜一点了。

“你宿舍有门禁时间吗？”她问尤真真。

“有的，现在已经进不去了。”尤真真擦干净眼泪，转身对程野和金闪闪鞠了一躬，“真的很不好意思给你们添麻烦……真的很谢谢你们……龙场老师，钱我会还给你的。”

“不急。你先好好读书准备毕业，这些事以后再慢慢想办法”

“嗯，我明白。”尤真真点了点头，“但是钱我一定要还给你的，我手里现在有一两千的生活费……”

“我说过不急。”程野打断了她的话。

金闪闪看了看尤真真，看她表情极其的窘迫，想起之前她神采奕奕向她说程野是她最喜欢最崇拜的作家。

女孩子这种倔强又脆弱的自尊心，程野不明白，但她明白。

“对了，你的稿费，可以预付30%。”金闪闪突然想起来。

“可以吗？”尤真真问道。

“当然可以，你已经签了合同，书也在走流程了，原本就该预付一部分稿费了的。”金闪闪肯定地说道：“我明天去公司和财务申请，这样除了支付给你婶婶的钱，应该还有结余。”

程野刚想再说什么，金闪闪迅速朝他使了个眼色，他不情愿地闭上了嘴。

“那麻烦你了，编辑姐姐。”尤真真终于笑了一下。

“你先去我那住一晚吧，明天再回学校。”金闪闪拉着她往外走。

“也只能这样了，真不好意思……”

三人走到金闪闪楼下的二十四小时便利店门口，尤真真进去买牙刷，程野和金闪闪站在店门口等她。

夜风习习，街上的路灯一闪一闪。

“为什么一定要这么急着还钱给我？”程野仍然不解道。

“说了你也不懂。”金闪闪想了想，答道。

程野偏头看了看这个平日里让他烦不胜烦的金闪闪，妆掉了一半，明明一脸的疲惫和憔悴，眼神却还亮亮的。

“你管别人的事倒是挺热心。”

“没你热心。”

“我是在夸你。”程野笑了笑，点了根烟。

“我也没骂你呀。”金闪闪撇了撇嘴。

便利店的霓虹灯招牌一闪一闪，程野与金闪闪并肩站着，一个叼着烟东张西望，一个看着店门口的招财猫发呆，一时无言。

“你什么时候接手她的书的？”程野突然问道。

“这个月。”

“她婶婶嘴上说明天就走，要是没走又来找她，可以打电话给我。”

“好的，知道。”

金闪闪毕竟喝了酒，又经过一番折腾，已经很累了，这一刻竟显得十分乖巧，程野叼着烟，默不作声的眯着眼瞧着她。

想着刚刚在小巷子里，他还没来得及和她使个眼色，她就提着裙子大步流星地走了上去，那股冲动劲。

半晌，他突然道：“你现在倒是不哭了啊？之前那个梨花带雨的样呢？”

金闪闪抿着嘴，不说话。

程野见她这副模样更想笑了。

“真失恋了？”他把烟丢了，正儿八经地盯着金闪闪。

“关你屁事。”金闪闪偏过头。

程野低头看着金闪闪的后脑勺儿，感觉一股委屈得不得了的倔劲都要从她的天灵盖冒出来了。他清了清嗓子，道：“对不起。”

“啊？”金闪闪回过头，没听清。

“……我为我开始对你说的话道歉。”程野看着她道。

金闪闪愣了愣，说道：“没关系……我开始也不该冲你大呼小叫……”

月亮藏进了云里，金闪闪咬着嘴角，有点儿不好意思，想保持严肃的样子被程野一眼瞥见。

程野不知道什么原因，每次一碰到眼前这个人，就感觉自己情智双商都被她拉低了，变得特别幼稚。虽然一边这样想着，他还是一边拿出了手机，往金闪闪面前晃了一下。

“嗒哒……”

金闪闪在程野一闪而过的手机屏幕上，看到了自己之前蹲在地上哭的照片。

照片里的金闪闪，蹲在地上，双手抱臂，虽然低着头，但隐约还能看到鼻涕……

程野勾起嘴角笑了，在她蹲在喷泉边哭个不停的时候，他站在她前方看了有好一会儿，顺手恶意满满的拍了两张她的狼狈照，才开口叫的她。

“你……！”金闪闪伸手就抢，“居然还拍照？”

程野人高手长，伸出另一只手就抵住的金闪闪的头，任她手舞足蹈也捞不着手机。

“老实点。”

金闪闪看着程野这一脸戏谑的笑，嘴都快气歪了，一把推开他的手。

程野忍俊不禁，还想说些什么，刚好尤真真买完东西从超市出来了，他掐断了话头，二人一路上互相不说话，他把金闪闪和尤真真送到了樱园楼下，就转身准备回家了。

“龙场老师！谢谢你！”尤真真依依不舍朝他的背影喊了一句。

程野没有回头，只是招了招手，就消失在了马路边。

顺着金闪闪家这条路走下去，没多远就到了他家。

程野进了家门，小王还没睡，客厅里亮着灯。

“你回来了？”

“嗯。”

“野哥，我可能要搬出去了。”小王满脸笑容的靠过来，“在你这借住了大半年，挺不好意思的。”

“嗯？”程野一边换鞋一边往客厅走，“房子装修好了？”

“嗯，而且……我准备结婚了，哈哈哈哈哈！”小王不好意思地笑道：“奉子成婚，我们打算尽快领证办酒。”

“哦？你小子，先上车后补票啊，恭喜了。”程野笑道。

“哈哈哈，定了日子就发请帖给你。”

“行。”小王搓了搓手笑道：“不过以后就剩下你一个人和编辑作战了，现在的编辑真是凶啊。”

程野又想起了金闪闪那亮亮的眼睛。

“是挺凶的……”

他完全没注意到自己脸上的笑意，就径直走进了自己房里。

小王在一旁看得莫名其妙，程野这反应和平时似乎不一样。

回到家，金闪闪整理了一张折叠床放在卧室里给尤真真，又给她找了床被子，尤真真早就精疲力尽，洗完躺下就秒睡了。

累坏了的金闪闪卸了妆，洗过澡，却又精神了，从浴室出来，她听见厨房里有响动，伸头去看，赫连周穿着睡裙站在厨房里倒水喝。

“你还没睡？”她小声说道，又看了眼卧室门，确认关上了不会吵到尤真真。

“睡不着，饿了。”赫连周答道，端着水坐到了沙发上，捏起个橘子开始吃。

指针已经指向了凌晨两点。

“对了，聚会好玩儿吗？”赫连周淡淡地问道。

金闪闪一时恍惚，光顾着尤真真的事，之前那些五味杂陈的感慨她倒是一股脑儿忘了。若是说心里还留下了什么余味，也不知道该怎么形容了。

“聚会倒是次要的了……出门遇上朋友有麻烦，处理到刚刚才弄完，我都没有心思去胡思乱想了。”

她也坐到了沙发上。这次两人没有开电视，也没有啤酒，只是呆坐在黑暗中，好像自从合租以来，靠着这个沙发聊天儿就是一种她们自我疏解的方式。

“你是不是不开心？”她的直觉告诉她赫连周有点儿奇怪。

“没有啊。”赫连周边吃橘子边答道。

“我今天出门的时候，看到有人在楼下等你。”金闪闪回想起来，她已经是第二次看见陈拓了。

“嗯……”

“你们复合了吗？”她问出了心中一直想问的八卦。

“为什么要复合？”

“我看得出他喜欢你，你也喜欢他，为什么不要在一起？”

“你有没有听过一句话，拥有就是失去的开始？”赫连周露出了无奈的笑。

客厅里静悄悄的，金闪闪没说话。

“有一类人，只能在激情中获得活力与光彩，角力追逐才是他们的最爱，对这类人来说，只有永远失去的，和从未得到的，才是最好的。因为再好的爱情，到最后也都是一样，要么走进婚姻埋葬于亲情中，要么死无葬身之地。”赫连周抬手将橘子皮扔进垃圾桶。

“这样不累吗？”金闪闪替自己问道。

“累难道比失去要可怕吗？”赫连周反问。

“可这样什么也得不到啊？你不担心他有一天会走吗？”

赫连周摇摇头：“一个人是玩不成这个游戏的，只有两个人势均力敌才有可能，换言之，他和我就是一路货色，不是一路人不会和我斗这么久。所以不要妄想这类人能与你细水长流。”

“你们俩到底有什么恩怨啊？”金闪闪实在不解，仅仅是与薛醒周旋一个晚上，就已经让她心力交瘁，赫连周认真地想了想。

“天底下的情人爱侣，恩恩怨怨无非就是，乍见之欢、久处生厌、见异思迁、同床异梦……其实都没什么好说的。”赫连周站起身来往自己房间走去，“去睡觉吧。明天还要上班。”

金闪闪若有所思地看着赫连周的背影，回了自己房间。

尤真真睡得极香，一点儿也没有被吵醒，金闪闪躲进被子里看着尤真真的睡脸，今晚薛醒给她带来的难过仿佛又是很久以前的事了，她有一瞬间有那么点儿冲动去周小美的社交账号上去调查今天那个叫钱颖颖的长发美女，但是很快她就打消了这个念头。

现代人真是麻烦，想要窥探一个人的想法，要把好几个社交网站都翻一遍，又是微博，又是微信，不能遗漏一点。

算了，懒。

她平复心情的时间已经一次比一次快了。

尤真真如此境地里尚且这样的努力，这样的不认输，自己又有什么资格无限放大自己的情绪和痛苦，再来自怨自艾。

“你知不知道你这种畏畏缩缩、委曲求全、得过且过的样子非常惹人厌？”

程野一针见血的话又回到她的耳边，他说的其实一点都没错，自己做事从来没有勇气全力以赴，这些年来她眼里就只有一个薛醒，一心努力地做一个好女友附和他，对世界上的其他事都失去了冲劲儿。

有什么资格自怨自艾？

金闪闪拉住被子蒙过头，在脑海里整理了一下明天的工作内容，很认真地入睡了。

赫连周在一墙之隔的另一间房里，点着一盏台灯枯坐着，她仍然没有丝毫睡意，拿着手机翻着陈拓的社交账号，寥寥无几的几条更新，全部都是工作相关。

只有凌晨时分分享的几首歌，她知道那是他是在想念她的暗号。

“喂，周嘉悦……”

陈拓的声音在她耳边响起，她一只手指无意识地抚着台灯的按钮，两眼放空。

“喂，周嘉悦，你在这干吗？”穿着校服的陈拓站在她身后，手臂搭在一个漂亮女生肩上，两人身影映在落地玻璃窗上。

“不干吗。”彼时的她还没有改名换姓，留着短发，站在一扇橱窗面前，看着里面的一套装饰品，没有回头。

“你先回去吧……”陈拓拍了拍身边女孩儿的肩，让她先走了。

赫连周透过玻璃反光都看得到女生临走之前对她敌意的眼神，轻笑了一声。

陈拓走近来，看她在看什么，原来是一对风铃，玻璃制品。

“你喜欢？”他问道。

“追到了？”赫连周挑眉问道。她指的是刚刚离开的女生，她知道陈拓追了这位校花好几个月。

“嗯。”陈拓眼神落在风铃上，嘴角不自觉撇了撇。

赫连周眯起了眼，对这个细节有些在意，说道：“撇嘴是什么意思？又不喜欢了？”

“也不是……”陈拓瞄了眼风铃的价格，也不是很贵。

沉默半分钟，他笑了一声，道："可能得不到的才好玩儿吧。"

赫连周看了他一眼，转身走了。

"喂，你干吗去？"

"回家。"她扬着头自顾自朝前走去，并不管他。

"你哥在不在啊？我找他踢球去。"陈拓有些无奈的喊了一声，可她连头都没回。

少年看着嘉悦的背影，他想，她大概是他认识的女生里最高傲的了，简直冷到让人没脾气。

没有人料到，往后的他与她会生出什么样的羁绊。

"不要放狠话。"

"我从不放狠话。"

夕阳漫射下的厨房，陈拓再次吻了她，这次她没有抗拒。

她抗拒不了。

幼时相识，陈拓是她哥哥的好友。初中分别，哥哥判给了爸爸，而赫连周则跟着离婚后的母亲去了另一个城市。大学重逢，陈拓在一场聚会上吻了她。好景不长，两年后陈拓出国，她决绝的切断了两人的联系，在这期间各自恋爱、各自发展，从不互相干涉。

但她从没有停止过对陈拓生活的关注，并且知道他也是一样。

感情在最浓烈的时候戛然而止，她清楚明白这意味着什么，断绝联系会给感情保鲜，使它不在长距离的猜忌争吵中消耗殆尽，而远隔重洋会加重思念，时间会让她在陈拓眼里越来越完美，越来越值得怀念。

她从小看着陈拓换女朋友像换衣服似的从没停过，知道他是个玩家，知道不可以当真。

赫连周百无聊赖地看着自己灯下的手指。

“嘉悦，天下乌鸦一般黑，男人没有一个靠得住的，唯一靠得住的只有你自己。”

“嘉悦，你爸爸爱的只有他自己。”

“嘉悦，身为女子，决不能做付出的那一方，明白吗？”

母亲的话在耳朵里跑来跑去，这么多年了都是一个音调。

她比他想象中要爱他很多很多，只是隐藏得极好，从来让他吃不够，抓不牢。

这一切都是她料到的，陈拓回国后的动作，以及今天的反应，她丝毫不意外。

什么是枷锁？

她笑了笑。

枷锁就是，她永远永远，都不会放他下钩。

清晨很快就来临，金闪闪觉得眼睛只不过一闭一睁，天就亮了。

尤真真很早就醒来了，站在洗手间里刷牙，赫连周在厨房里做早饭，时针指向七点整，金闪闪打开房间的窗子，外面是个大晴天。

这是这段时间以来的第一个晴天，万里无云，鸟鸣清脆，这样的早晨，仿佛夏天又临时杀了回来一般。

金闪闪站在窗前看着天空，听着外面叮叮当当的热闹。

“我做了三份煎蛋，一人一个。”赫连周动作迅速地把碗摆上桌，今天早晨她才发现尤真真的存在，还好冰箱里有存货。

“我也有份啊？”尤真真蹦蹦跳跳地跑到桌边坐下，“谢谢！”

“不客气，你是闪闪的朋友嘛。”赫连周眯起眼笑了笑，特别温柔，尤真真一瞬间脸都红了。

“真真，你学校是在这附近吗？”金闪闪洗完脸梳完头出来问了一句。

“没有呢，在南边，环海大道那边。”

“那我帮你叫车吧？”金闪闪打开了手机。

“环海大道那边的话，我可以送你去。”赫连周说道：“我要去机场上班，要经过那里。”

“会不会给你添麻烦？”金闪闪不好意思地问道。

“不会，环海大道是去机场的必经之路，我反正都要从那走。”赫连周吃完了最后一口煎蛋，“不过要赶快，不然会迟到。”

尤真真赶紧站起身收拾东西，赫连周把碗收进了厨房，两个人看上去都很忙碌，只有金闪闪一个人端着碗还坐在桌前，等着八点去上班，好像找不到什么事情忙。

正发着呆，手机在桌上震了两下，屏幕亮了起来。

【正文修改完，已发送你邮箱。】

程野的信息十分简短。金闪闪笑了一瞬，看了看时钟，也赶紧起身去换衣服，这个点早早去公司还可以多一点时间把稿子读一遍。

关上电脑，彻夜未眠的程野往床上一倒，一只手臂垫在脑后，被今天窗外耀目的阳光刺得睁不开眼，另一只手拿起手机，刚好遮住阳光。

【知道了。】金闪闪回过来三个字给他。

程野单手举着手机，动了动拇指，打了几个字。

阳光从他的指缝漏出来，他恍了下神，又抬起手指把刚刚打的三个字都删掉了。

算了，还是别惹她。

程野抬手把手机往床尾一扔，翻过身，闭上了眼睛。

屎坨坨三个字其实真是蛮适合她的。

这是他入睡前一秒，脑子里思考的最后的一个片段。

Chapter 07

如果我无法得到她，拿到这笔奖赏，至少我曾试图占有她，享有这份荣耀。

——《危险的关系》

把尤真真放在校门口下车后，赫连周驱车赶往了定昭国际机场。

航站楼是栋永不休息的建筑，从白到黑，迎来送往，像一个庞大繁杂但井然有序的系统。高耸的穹顶，冷峻的色调，复杂的结构，只有候机区的一片落地玻璃窗透进大段大段的阳光，旅客自此经过多多少少都爱偏头眺望停机坪，看着一架架客机拉升飞远，一架架客机降落滑行。

比邻停机坪的是机场现场指挥中心，赫连周换上制服，从休息室里走了出来。

近年航空公司与旅客之间的冲突频发，定昭机场今年新成立了公共关系科，赫连周年初从监察部门调了过来。

工作内容是调解处理控制区内外发生的一切投诉与纠纷，以及接待事宜。

“十一黄金周马上要到了，该做的准备都做一下。”

公共关系科老大周平是个沉默寡言的瘦高中年男人，做事一丝不苟，坐在会议室中央。

“去年的黄金周，我们机场的吞吐量是九十八万人次，今年预计会增长百分之十八到百分之二十五，国航和南航的班次是最多的，要多配合他们工作，另外，按照上面的文件指示要求，今年的安检力度加大加严了，到时候投诉和纠纷肯定不会少……”

整个科不过也就七个人，全部站在他面前接收工作指示，只有赫连周坐在一旁，写会议记录。

陈拓站在定昭机场的安检通道旁，正想拨赫连周的电话，就看见她从国际航班区走了出来。

她显然没看到他，他也没叫她，只是远远地跟着她，看她从一个航空公司的柜台穿梭到另一个，迅速又专注。

“对，从下月一号开始都要提前一天把人数报给我……”赫连周挨个儿给各个航空公司的人打招呼，记录旅客人数，巡视控制区外有无情况。从一个区域走到另一个区域，陈拓远远的跟在后面，不紧不慢地走着。

赫连周走路的姿势总是很有气质，背挺得笔直，这和她学生时代几乎没什么变化，他静静地看着她一举手一投足，脑海里却全是她穿校服留短发的样子。

那时候的她像个刺儿头，轻易靠近不了，现在的她温柔如水，浑身上下散发着要命的女人味，却依然还是轻易靠近不了。

记录完最后一组数据，赫连周打算原路折返，她回过头，陈拓就站在人群中。

赫连周愣了一瞬

“你在这干吗？”她问道。

“来送一个客户。”陈拓走到了她面前，“一起吃午饭？”

“我不知道有没有时间。”赫连周看了看表，她赶着回办公室。

“没关系，下次。”陈拓的声音很温柔，把她揽过来在额头上印了一吻，“自己记得按时吃饭。”

并不是没被他吻过，但此刻赫连周却心里一紧，她极力地压抑住某种充斥她全身的感觉。

“我走了。”陈拓摸摸她的头，像小时候一样，然后转身走了。赫连周看着他的背影，心跳得飞快，她愣在原地几秒，叹了口气，无奈的自嘲，摇了摇头，换回了工作中的那张脸，不再看他的背影，朝办公室走去。

中午，金闪闪已经快速浏览完了程野修改后的稿子，一共十六万字，讲述了一个家庭主妇被指控杀害自己丈夫，最后却发现是为了保护女儿而顶罪的故事。

故事不算特别有新意，但胜在心理与情感上的描写，法理与伦理间的探讨，其中浓重的悲剧色彩几次差点儿让金闪闪落泪。

不夸张地说，她认为这是一部非常精彩的小说，她惊讶于程野对细节的雕琢与情感的把握，看上去与他这个人平时的所作所为太不一样了……

只不过有一个问题。

“《最恶的荆棘》……这个名字要改。”老张大致浏览过文档后，向金闪闪说道。

“为什么？”

“因为今年出版总署不让书名里用‘最’字。”他摊手道。

这么一说金闪闪记起好像确实是有这回事，不但“最”字，连“超”、“神”、“仙”这类字都很难过关。

“而且这个书名也不够吸引人，一个好的书名是绝对能锦上添花的，能帮助上量的。”老张端着茶杯回到了自己座位上，“你跟作者商量下，看看换一个名字吧。”

金闪闪拿起手机拨通了程野的电话。

早晨才开始补觉的程野，被铃声吵醒时一阵头疼。

“喂……”

“喂，程野，我是金闪闪。”金闪闪听着程野沙哑拖沓的声音，大概猜到了他还在睡觉。

“我知道。”程野没好气儿地答道。

“你那个……书名要改。”

“你说什么？”电话那头的声音听上去莫名的凶了起来。

“我说……书名要改。”

“为什么？”程野从床上坐了起来，看了看表，他才睡了六个小时。

“因为，不符合规定……”金闪闪在想怎么简单明了的和程野解释。

“你吃饭了吗？”程野问道。

“啊？没有啊……”金闪闪莫名其妙，“问这干吗？”

“等我吃了饭再说。”程野睡眠不足，又熬了一整晚改稿子，什么也没吃，现在完全没有任何心思听金闪闪说话。

金闪闪一时不知道怎么接，想起程野昨晚对尤真真的维护，努了努嘴，说道：“你想吃什么？我给你带吧。”

“哦，想下毒啊？”程野挑了挑眉嘲讽道。

金闪闪直接挂断了电话，只剩下嘟嘟嘟的忙音。

程野皱了皱眉，看着手机。

……

那到底还给不给我带饭啊？

金闪闪将稿子全文打印出来装进文件袋里，向老张说明外勤原因后，从公司离开了。

门铃响时，程野正叼着牙刷，光着上身弯腰站在洗脸台前洗头发，听见门铃声，草草的拿毛巾擦了擦头，漱了口，径直走到门口，正准备开门，低头看了眼自己裸着的上身，又折回卧室套了件T恤。

打开门，金闪闪提着一袋水果，一袋饭菜走了进来，程野扔了一双小拖鞋在她脚边，粉红色的。

金闪闪挑了挑眉，这屋子居然还有女人住过？真看不出。

她把东西提到饭桌上放好，程野走过来翻了翻，里面是柿子、梨子、叉烧烧鹅双拼和一大份米饭。

“不知道你爱吃什么，楼下随便买的。”金闪闪把厚厚的一摞A4打印纸往桌上一放，坐到了他对面。

“这是什么？”程野打开饭盒，边吃边问。

“你的稿子。”金闪闪把稿子往边上推了推，举起手指道：“要修改的地方有两点，第一，书的名字。第二，对于尸体过于血腥的描写要适当删改。”

程野安安静静的吃饭，没回答她。

“我翻了下近十年来畅销的推理小说，基本都是国外的，国内的很少，不过你还是可以参考下他们的书名。”金闪闪递过来一张纸，上面列着阿加莎、柯南道尔、松本清张、东野圭吾等人的作品名称。“书名应该是能最直观的表现这本书的卖点，比如……”

“不想改。”

金闪闪话还没说完，程野就打断了她。

“你要知道，出版总署规定了今年不许乱用极限用语。”她叹了一口气，“实际上，不仅出版业是这样，连广告业也是，你不改也得改。”

金闪闪说着又递出好几张纸，上面写着许多词，程野抬眼看了一眼，几乎都是与他这本小说相关的元素，金闪闪把它们全都总结了出来，他有些惊讶，挑眉看向她。

“我们今天下午的任务就是把书名改好，想不到我可以陪你发散思维。”

金闪闪盯着程野，笑了笑。

傻了吧？老子可是做了功课才来的。

程野拿纸擦了擦嘴，把筷子放一边，没心情吃饭了。

就知道她要来肯定没好事。

“有剪刀吗？”她问道。

程野站起身，从茶几底下拿了把剪刀出来，把手朝外，递给了她，金闪闪把纸上的元素剪成了一张张小纸片，又抬头环视了一下程野家的客厅。

“干吗你？”程野看着金闪闪朝他家冰箱走去，跟了过去。

金闪闪用冰箱上的几个纽扣磁铁固定住小纸片，将它们反复排列组合。

“复仇……荆棘……守护……家庭……恨意……”金闪闪嘴里还念念有词，程野竟也一时忘了和她斗嘴，认真的与她两个人站在冰箱前看着这些重新组合的元素。

“家庭暴力……”金闪闪眼睛突然一亮，“《覆巢之下》，这个名字怎么样？暗示主题，体现社会意义。”

程野慢悠悠地瞥了她一眼。

“你这什么品位？”

“我觉得这名字挺好的啊。”

“还不如我起的，要不就叫《荆棘守护者》。”程野一脸认真道。

“啥玩意儿？荆棘？守护者？”

“总比你那个半截子标题要好。”程野哼了一声，“你对好名字的标准很一般啊？平时都看些什么书啊？”

“张爱玲，亦舒，毛姆。”

“只看这类？”

“不行吗？”

“最喜欢的小说？”

“《简·爱》”

“最喜欢的作家？”

“夏洛蒂·勃朗特。”金闪闪看了他一眼，“你呢？”

“空知英秋。”程野一脸正经。

“作家？没听说过。”金闪闪皱了皱眉，白了他一眼。

程野笑笑不说话，两人的注意力又转回冰箱门上。

银座商城的电影院里，正在上映一部最近十分卖座儿的动作片。

钱颖颖站在门口，焦急地等待着，还有五分钟电影就要开场了，可薛醒还没出现。

过了好一会儿，她才看见他出现在门口，手插在口袋里，眼睛懒洋洋地寻找着她。

怎么看怎么帅，迟到带来的不快一瞬间就在钱颖颖心中清空了。

“薛醒！”她冲他招了招手。

薛醒循声看到她，扬起嘴角笑了笑，带着一股不羁的自信，朝她走来。

“对不起，迟到了，想喝什么？”

他的手还是插在裤子口袋里，可钱颖颖已经有了想挽上去的冲动。

“喝可乐。”她甜甜一笑，“不过要快点，还有两分钟电影就开场啦。”

钱颖颖是个很主动的女孩儿，这点和爱保留的金闪闪截然不同。

可她笑起来的模样和她真像。

薛醒一瞬间有点儿恍惚。

入场的时候，片头已经播完了，两个人悄悄寻到座位坐下，几个主角一开场就来了个大爆炸，轰隆隆的大场面很快就吸引了钱颖颖。

金闪闪现在在做什么呢？

薛醒却没来由地想到这件事。

程野家的冰箱前面，两人还站在原地。只不过冰箱门上又多了许多小纸条，金闪闪把每个一闪而现的想法都用小纸条写下来，又多了许多可以组合的词汇。

未成年的女儿与母亲常年遭受来自父亲的暴力虐待，而外人甚至家族里的其他亲戚对此都一无所知，表面上和和美美的家，只要关上大门，就变成地狱。母亲没有经济来源，又受传统观念的影响默默忍受，但女儿却满心的仇恨，最终毒死了父亲，并嫁祸给母亲。面对警察和社工的问询，心理素质极强，完美的伪装成一个无辜又可怜的少女，并开始积极的替自己物色条件较好的领养家庭。母亲出于没能保护女儿的深重愧疚，也不愿意女儿的未来受影响，默默地接受了替罪羊的位置以期赎罪。

这样的情节，汇集了复仇，少年犯，赎罪，以及家庭伦理，法理人情等各种元素，却一直到黄昏都没能争出一个让两个人都满意的名字。

“《最恶的荆棘》，我还是觉得这个最好。”程野还是对原来的书名念念不忘，离开了冰箱，坐到沙发上点烟。

“都说了这个名字用不了，而且这个名字本身也不好听。”

金闪闪看了程野一眼，像个大爷一样靠在沙发里抽着烟，一点儿也没有身为作者的觉悟，一下午尽想些乱七八糟的名字给她添乱。

程野一边抽烟一边不动声色地瞥着金闪闪背对着他还在冥思苦想的样子。

真不该说她做事不认真。

他觉得头都开始疼了。

“随便叫个名字上市得了，爱买不买。”程野不耐烦地咬着烟说道，站起身走进了书房。

“赎罪……替罪……”金闪闪没理他，嘴里还在念念有词的钻研着，隔了半天，发现身后没有一点儿声响了，静悄悄的。

“程野？”她回过头，客厅里没人。

程野拉开书房的椅子坐下，打开了电脑，金闪闪探头进来。

“你在干吗？”

“做事，姑奶奶。”程野一边叼着烟熏自己，一边在键盘上快速地打着什么。金闪闪凑近了，看见他打开的是稿件文档。

“你不是说文中所有血腥的描写要删减吗，我现在来改，你去想标题。”

金闪闪跑回客厅从纸堆里又翻了一张出来，走回来递给程野。

“要改的地方，哪一页哪一段我都给你标注出来了。”

“这么多？”程野接过一看。

“嗯，都要改，不然送审还是会被打回来的。”金闪闪点点头，“你就稍微写的含蓄一点，不要那么直接粗暴……”

“哦？”程野语气不满，但还是接过了那张纸，“凶案现场本来就是这样可怕，现在的读者没这么脆弱的，一个个都重口味得很。”

“读者是没这么脆弱，可是搞审查的人怎么想就不一定了。”金闪闪转过身在程野房里踱着步，“再说你怎么就知道凶案现场都是这样，你去过啊？”

程野没说话，金闪闪走到窗边看了看远方，社区里大人们带着小孩儿在花园里玩耍，难得的好晴天，整个城市都仿佛变得热闹起来。

她收回目光，一边继续在脑海里组合书名，一边打量了一下程野的卧室，典型的男人风格，没有多少摆设，程野背后的书柜就占了一整面墙，上面满满当当的放了许多书。

怎么看程野也不像是爱读书的人啊……

金闪闪眯着眼凑近了，上面摆着许多社科类的书籍，还有大量关于刑法，解剖学以及心理学的书。

在这些书堆中，放着一沓寸照，金闪闪伸手轻轻地拿了起来。

照片中程野穿着一身警察制服，一头短发，眼里有光，嘴角挂着自信，有种英气逼人的感觉，看样子像是早几年拍的。

“龙场老师是在警察局工作的……”

金闪闪这才想起第一次和尤真真出去吃饭时她说的话。

“诶，程野……”她把照片放了回去。

“嗯？”程野没回头，还在认认真真的修改着稿子。

第一次遇见时，程野一手拎着小偷儿来到她面前，逆着光看不清模样；第二次遇见时，程野撞掉了她那天唯一的好心情，一时气愤，她没能认出他的脸。

金闪闪正准备开口，客厅里的大门哐的一声响了。

“我回来了！”小王提着一袋子菜，边换鞋边喊道。

金闪闪看了看时钟，已经快六点了，她从书房伸头出去，笑眯眯的向小王打了个招呼。

“嗨！”

毫无防备的小王僵在了原地，金闪闪冲他轻轻地招了招手，尽管笑得很甜，但他脑海里此刻只有她企图将头从门缝里挤进来的样子。

“嗨、嗨……”小王尴尬的也向她挥了挥手，走到书房门口看了一眼，确定了下程野是否存活。

“金闪闪，这是王竟成，我以前的同事。”程野头也没回，不咸不淡地说道：“王竟成，这是金闪闪，上次追了你三条街的人。”

“嘿嘿，我记得，记得，你好！”王竟成不好意思地摸了摸头，伸出手来与金闪闪握了握手。

“不好意思……那个……平时叨扰了。”金闪闪也嘿嘿嘿地笑了。

坐在书房里一脸认真改稿的程野也被这俩人莫名其妙的带笑了，花了好大的力气才重新板下脸。

“你们吃饭了吗？”小王问道。

“还没有，你呢？”这么一问，金闪闪也觉得饿了。

“没有呢！”

“我请晚饭吧？”金闪闪提议道：“总是跑来叨扰，挺不好意思的。”

“你知道就好。”程野从房里悠悠的飘出来一句话，金闪闪回头白了他一眼。

“哪用去外面吃呢！”小王举了举手里的袋子，他可是买了很多菜的。

定昭机场下午的最后一拨旅客进站高峰结束了，夜晚来临。

赫连周站在控制区内的落地玻璃窗前看着停机坪，跑道周围亮起了灯，登机廊桥缓缓的与刚刚降落不久的飞机舱门接驳，有人出发，有人回家，十数个部门每天联合运作来确保他们的安全。

“小周姐，去吃饭吗？”同事走过来轻轻拍了拍她的肩膀。

“我不饿，你们去吧。”赫连周回头笑了笑。

“都说了她是工作狂，你还特地问一趟。”

渐渐走远的同事压低声音议论着她，不甚清晰的飘进了她的耳朵。

电话响起，她看了看，是个熟悉的号码。

“赫连周小姐吗？这里是密山综合疗养院。”

“是的。”

“您母亲想见您，这几天您方便过来一趟吗？”

几秒后，赫连周挂掉了电话。

又一架飞机在夜色中起飞了，广播在用英语放送航班通知，她还站在落地窗前看着那些飞机，手里紧紧地捏着电话。

此刻她很想念陈拓，他的吻留下的触感又在她皮肤上重现。

赫连周拿起手机，打开陈拓的微信，想和他说些什么，打了两个字，又删掉了。最后，眼神停留在他的头像照片上，忍不住用手指轻轻摸了一下。

孤独就像夜航，只身在万米之上，地上的万家灯火仿佛和她没关系。

金闪闪站在厨房门口看着小王切菜洗菜，熟练得很。

“有什么要帮忙的吗？”

“不用不用，你是客人，等着吃就行。”

金闪闪为难的抿了下嘴，老实说，她对厨房里的事一窍不通，但是坐着等吃她又有点儿不好意思。

“不会就别添乱……”程野端着一杯茶一边喝一边坐在桌边慢悠悠地说道。

金闪闪瞥了他一眼，没答话，继续和小王聊着。

“你是做什么警察的呀？”

“我是负责公共信息网络安全的。”小王把菜盛出来，关火洗锅，准备吃饭了。

“哦……那是刑警吗？”金闪闪不懂。

“不是，刑警是专门负责刑事案件的，我这个差不多……有点儿像警察中的程序员。”小王腼腆地笑了笑，把菜端上了桌，金闪闪也跟着帮忙摆碗。

只有程野，坐着一动不动，依然像个大爷。

“野哥以前是做刑警的。”小王朝程野努了努嘴。

金闪闪其实很想问之前那个没问的问题，但是看到程野完全没有参与他们的话题，而是拿起筷子自顾自地吃菜，她又把话咽回去了。

四菜一汤，小王的厨艺看上去很不错，金闪闪夹了一筷子尝了尝味道。

“哦！好吃！”她睁大了眼睛。

听金闪闪这样大赞，小王笑开了花，又赶紧把菜往她面前推了推。

“嘿嘿！你喜欢就好，你吃吃这个蒸肉，也不错的！”

“好好好……”

金闪闪和小王在美食的默契之中竟然好像连成了同盟，程野眯起眼睛瞥了一眼小王，又看了看金闪闪，金闪闪显然两眼放光只顾着吃。

“平时你们俩在家都是你做菜吗？”金闪闪边吃边问。

“没有，我们平时很少做菜呢，野哥经常不在家吃饭，我自己一个人吃也没意思啊。”小王把凳子朝金闪闪靠了靠，积极的推销着自己的烹饪作品，“今天你来了，正好我又买了菜，就多做一点，你多吃点啊！”

“放心！我不跟你客气！”金闪闪笑眯眯的，“这个菜能让我吃两大碗！”

看着迅速混熟的两个人，程野坐在桌子另一头心不在焉地吃着白饭，眼神犀利地盯着金闪闪。

看不出来还挺会笼络人心的啊？

“所以书名你到底想好没有？”他挑了挑眉。

“呃……这个……”金闪闪愣了愣，一到饭点她就把这事给忘了，“我还在想呢。”

程野一脸的冷漠，说道：“就从之前想的名字里随便挑一个吧。”

“不行。”金闪闪摇了摇头，斩钉截铁地说道：“哎，你别急，吃完饭我一定给你拟好书名。”

“我不是急，我是在想你要在我家赖到什么时候去。”

程野放下筷子，慢悠悠地喝了一口茶，气氛一瞬间静悄悄的。

金闪闪叼着一根排骨，被程野噎得咬牙切齿，而程野吹了吹茶杯的热气，一脸的淡然。

“先吃饭先吃饭，吃完再想……”小王忙不迭地打圆场，生怕菜冷了。

这两人怎么总是一言不合就要开怼……野哥平时也不是这么毒舌的人啊……

他摸了摸后脑勺儿，盘算着吃完饭赶紧找个借口躲出去，免得夹在中间变成炮灰。

吃过晚饭，金闪闪主动帮小王一起把碗洗了，收拾完厨房已经有些晚了，小王赶紧脚底抹油溜去了女朋友那。

程野坐回书房继续删改稿子，听见金闪闪在客厅里小声地打着电话。

“真真啊……嗯……好的，没事就好。”

“嗯，今天我已经跟财务部提交了稿费申请单了。”

“没事的，别客气……放心吧……”

金闪闪的声音缓缓柔柔的，仿佛还在尽力宽慰尤真真。

挂掉尤真真报平安的电话，确定她婶婶已经回家了，她又站到了冰箱前。

程野的文字有一种很冷静的力量，几乎不会在他的文章中出现夸张或俗气的描写，只以文笔和情节引人入胜。每一次选择的题材也常常是冷门，虽然书卖得越来越好，但却从不以作家的身份活动在公共平台上，读者连他长什么样都不知道。

这意味着他从不讨好，不论是读者还是市场，他都不甚在意，他只是在完成他的爱好。

金闪闪一边想着书名一边考虑，如果要这样的作家接受商业化运作，恐怕是在强人所难。

所以给书起名这种事，他也完全凭喜好，不考虑市场偏好。

身后传来脚步声，程野不知道什么时候从房里出来了。

“改好了，所有要删减的地方。”他将那张打印了所有修改点的纸又还给了金闪闪。

“诶，程野，你觉得《少年残影》这个名字怎么样？”金闪闪问道：“你最想表达的其实不是什么家暴问题，也不是伦理道德，而是家庭对于孩子的影响，对吧？大人们总是小看孩子们在恶劣的环境中所产生的变化，低估他们所能感受模仿的一切。”

程野看着金闪闪。

很奇怪，虽然有时说不出的惹人烦，但她总是会偶尔冒出点惊喜来给他看。

“这就比那些荆棘、复仇之类的老套词汇要好些，原本关于未成年犯罪的讨论也很容易成为时下热点。你觉得还行吗？”金闪闪回头看着程野。

程野很快把自己的目光从她身上移开。

“我觉得可以。”他点了点头。

“真的啊？那就定了。”金闪闪咧着嘴笑眯眯地去沙发上拿包，“我走了，不烦你了。”

“诶！”时针指向九点半，程野看她要走，不知道为什么脱口喊了一句。

“嗯？”正在玄关换鞋的金闪闪，看见程野也走了过来。

“我和你一起下去。”他一边换鞋一边说道。

“哎呀哎呀……你不用送我啦，这么客气。”金闪闪笑着摆了摆手。

“……谁送你？我下去买烟。”程野瞥了她一眼，拉开大门走了出去摁电梯。

“……你妈个锤。”金闪闪小声地嘀咕了一句，也跟了出去。

看完电影后，薛醒和钱颖颖又在银座吃过晚饭，逛了会儿街，才出来。

“你家住哪？”薛醒陪钱颖颖一边往马路上走着一边说道。

“你要回家了吗？”钱颖颖似乎还想和他多待一会儿。

“我家离这不远，我先送你回家。”

薛醒暧昧的揽过钱颖颖的肩往前走着，钱颖颖对他的意思已经表露得很明显了，但他还没开那个口，总觉得少了点什么。

因为是晴天，夜晚的城市天空难得的可以看到星星，顺着这条路的延伸一路望下去，薛醒看到一个很熟悉的背影，像极了金闪闪。

“你上哪儿买烟啊？”

从香樟华园出来，程野还一直和金闪闪走在一起，路过超市也没进去。

“你管我去哪儿买烟。”程野手插口袋里自顾自地走着。

沿着这条路下去，再过一个路口，就要到她家了。金闪闪瞧了瞧程野的脸，从侧面都看得出严重的睡眠不足。

“诶，程野。”她问出了下午就想问的那个问题，“你为什么不做警察了啊？”

“为什么问这个？”

“好奇一下。”

“关你屁事。”

“你就不能好好说话？”金闪闪一下被他怼得又火大起来。

程野没瞧她，用眼角都能感受到她的暴躁，一下没忍住笑。

“笑什么笑？你到底要走到哪儿去买烟？再走就到我家了。”金闪闪现在只想赶紧把他赶走。

“我就乐意去你家买烟。”程野嘴角勾起，一字一顿地说道。

“你这人怎么这么招人烦！”

两人身后，远远跟着的薛醒带着钱颖颖，模糊地听着两人你一句我一句的斗嘴，他看不清程野的脸，只能看到一个背影，高高瘦瘦的，而金闪闪那十分熟悉的活泼声音一阵阵的随风飘来。

“后天中秋节，你和家里人一起过吗？”一直在努力找话题的钱颖颖感觉到了他的心不在焉。

“嗯。”薛醒答道，去年的中秋节，他是带着金闪闪一起在家过的。

“我也要回家，我家在外地，我还多请了一天假……”钱颖颖咬了咬嘴唇，“所以我大概有三四天都不在这里哦……”

“嗯。”薛醒仍然直直地盯着前方的程野和金闪闪，一路走着，马上就要到她家了。

“所以……”钱颖颖停下了脚步，伸手拉了一下薛醒的衣角，“走之前，我想确认一件事。”

“你喜欢我吗？”钱颖颖眼神温柔地注视着他。

程野陪着金闪闪走到了樱园住宅区门口。

“我到家了。”金闪闪准备走了，朝程野招了招手。

“诶！”看着她转身要走，程野又喊了一句。

“干吗？”金闪闪甩了个白眼过来。

“今天辛苦你了。”程野憋了半天憋出来一句这样的话。

“哦……不辛苦，分内事。”金闪闪迟疑着说道，不知道他想表达什么。

“有空可以常过来吃饭，反正小王做的菜除了你也没人吃。”程野挑了挑眉。

“好……”金闪闪点了点头，有些狐疑。

这人怎么突然这么好？

“你喜欢我吗？”钱颖颖的声音在薛醒耳边转了一圈，他看见程野和金闪闪道别，金闪闪朝他招了招手，进了门，程野转过身，点了根烟，边走边笑。

淡淡的月光洒在两人肩上，分别的道路两旁，有什么刺眼的感觉在发酵。

薛醒抿着嘴舔了舔牙，转过脸看向钱颖颖。

“当然喜欢。”

他把紧张到脸红的钱颖颖一把搂进怀里，用力地亲吻她。

“当然喜欢了，亲爱的。”

他偏过头看着金闪闪家的方向，重复着这句话。

Chapter 08

幸福的家庭都是相似的，不幸的家庭各有各的不幸。

——《安娜·卡列尼娜》

中秋节这天，金闪闪早上八点就接到了来自老妈杨云美的电话，要求她晚饭前必须到家。

在被子里滚来滚去的金闪闪好不容易在十一点起了床，出门看了看，赫连周似乎昨晚都没有回来。

根本不会做饭的金闪闪在厨房里瞎转了一圈，又回到了客厅。

手机里收到了许多群发的祝贺信息，她一一略过了，打开组长的通讯录，把昨天和程野定好的书名汇报给他。

【可以，你们俩决定就好。】

【中秋假后，公司打算好好办个读书会，你和程野说一下，正好来预热宣传一下新书。】

老张回过来两条信息。

金闪闪皱了皱眉，她觉得以程野的个性，这种面对面的宣传可能不会太配合。

刚想着，程野竟发了条信息过来。

【你要不要过来吃中饭？今天过节，没空就算了。】

金闪闪嫌弃地看着这透过屏幕还散发出来的傲娇，想了想，正好没饭吃，趁这个机会看能不能说服程野去读书会，动动手指回了条信息。

【好啊。】

十二点，她穿着一身厚衣服蹦蹦跳跳地走到了香樟华园七栋三楼。

敲开门，程野扔了双拖鞋给她。

“闪闪！”

金闪闪抬头一看，尤真真竟然也在。

“咦，真真，你也来了啊……”金闪闪笑道。

“嗯嗯，因为我不回家嘛……”尤真真扶了扶眼镜，“龙场老师看我一个人过节孤零零，所以把我叫来了。”

原来是怕尤真真一个人过中秋……之前闹得那么僵，只怕尤真真回家也不会有节过，只叫她来又显得突兀，所以把金闪闪也拉来作陪。

金闪闪看了眼程野，程野戴着副眼镜坐在沙发上看新闻，没说话。

程野比她想象的还要心细。

金闪闪笑了笑 ，问道：“谁做饭？”

“我！”小王在厨房里喊道。

“我也帮忙的……”尤真真举着手道，金闪闪才看见她一手白花花的面粉。

“你们在做月饼吗？”金闪闪凑上前去。

“对呀，冰皮的！”

金闪闪一眼扫过去，餐桌上已经有十几个成型的了，做得非常精致。

“那……那我负责吃吧……”对烹饪一窍不通的金闪闪摆了摆手打起了退堂鼓。

“嘁。”

她听见程野坐在客厅里不大不小的哼了一声。

尤真真和小王两人对视了一眼，默默躲进了厨房。

金闪闪撇了撇嘴，朝程野走了过去。

你嘁什么嘁，你不也只会吃。

“程野，商量个事呗？”她清了清嗓子，说道。

“说。”程野一手举着遥控器在随意换台，漫不经心地答道。

“那个……你这个书封设校对完，离上市就很快了。”

“嗯。”

“上市之前就要开始做点宣传，预热预热了……”

“嗯。”

“公司打算做个读书会，邀请了几位作家，你想来吗？”

“不了。”

直截了当。

金闪闪挑了挑眉，她一点不惊讶。

“你不用现在一下答应我，你可以好好考虑一下嘛……”

程野目光虽然盯着电视机，但余光已经瞥到金闪闪搓着手猥猥琐琐的凑了过来。

“你看啊……有的作家不肯露面，是怕掉粉，像你这种形象，是吧，这么高大帅气，绝对不会掉粉！”金闪闪忍着想要扇他几百下的冲动，把脸盘子笑成了一朵花，两只手上下比画着，使了劲的赞美他，“读者们本来就很欣赏你的才华，只是对作者你不够了解，万一他们一看见你本人除了才华居然还这么有颜值，那还不得疯啊……是不是？”

程野眯着眼睛瞥了一眼金闪闪，朝她勾了勾手指，示意她过来。

金闪闪把头凑近了过去，程野坐起身来，把脸凑近了她的耳朵，这一瞬间，金闪闪突然一下感到了紧张，这个距离是不是太奇怪了？

程野的气息都快呼到她脖子里了。

紧张不过一秒，程野那带着磁性的声音开口在她耳边轻轻地说了一句。

“你马屁拍得真烂。”

说完程野又慢悠悠的窝回了沙发里，金闪闪听到自己后槽牙磨得吱吱作响。

我去你大爷的。

一忍再忍，她还是尽力挤出了一脸笑容，看着面前这张出奇欠揍的脸说道:“反正你再好好考虑考虑,对你没坏处的,好好考虑……”

“吃饭啦！”尤真真在餐厅喊了一声，程野起身优哉游哉的逛了过去，故意没看金闪闪那吃了一嘴瘪的神情，转过背了却又不自觉地想笑。

菜摆上桌，小王给每个人都倒了一杯啤酒。

尤真真举起杯子，笑盈盈又有些害羞地说道：“虽然没回家，但这已经是我过得最开心的一个中秋节，谢谢龙场老师和闪闪姐姐对我的照顾，还有小王哥的款待，谢谢你们。”

程野和金闪闪互相对视了一眼，尤真真一口干了酒，眼睛有些亮晶晶的。

“真真是不是快毕业了？”小王拉开椅子坐下。

“是的！”尤真真笑了笑。

“毕了业想做什么？”小王随口问道。

尤真真想了想：“我觉得像闪闪姐姐这样，做编辑就很好。”

“我？”金闪闪边吃边笑，叹了口气“编辑工作可不好做哦。”

程野抿了一口酒，心里寻思金闪闪这话是不是在埋怨自己。

一顿饭毕，小王负责收拾桌子，尤真真在一旁帮手。

“真真吃完饭是回学校还是？”程野走过去瞧了瞧。

“嗯啊，有一部分家里离的远的同学也没回家呢，我们晚上一起聚餐呢，我就不叨扰你们啦。”尤真真不好意思地笑了笑，“龙场老师应该也要回去陪家里人吧？”

“嗯，我去看我爸。”程野淡淡地说了一句。

金闪闪坐在客厅吃着水果，看着程野那有些落寞的表情，感到有点儿奇怪。

“你呢？”他朝她努了努下巴。

“我当然回家啊。”金闪闪一口咬掉了苹果的一半，“我也不叨扰你，行了吧？”

程野愣了愣，看着金闪闪鼓囊囊的腮帮子，挑了挑眉。

故意逗她惹她的时候，她跟你嬉皮笑脸，这会儿态度端正的和她聊天儿，又好像惹她不快了一样。

他抿了抿嘴，走进了书房，坐在椅子上转了一圈。

“诶，金闪闪。”

过了一会儿，金闪闪听他在书房里喊了一声。

“干吗？”

“过来一下。”

金闪闪极不情愿地从沙发上抬起屁股，走向了程野的书房，进了门，程野背对着她坐着。

“封面设计出来了吗？”他问道。

“快了，出来了发给你看。”

“好，稿子送审了吗？”

“三校结束就送，送审前会再把校对意见给你看一遍。”

“好……”程野转过头看了看金闪闪，还在啃着苹果。他其实很想说些动听的话，毕竟今天金闪闪是他叫来的，把人叫来又总怼她好像确实说不过去……

奈何他翻遍了脑子也想不出什么好听的话，与他故意惹她生气时那个行云流水一气呵成的样子完全成反比。

“那个……下周省图书馆有个公益讲座活动，送了我两张嘉宾票，你想去吗？”

金闪闪闻言眯起了眼睛，这种活动你愿意去，为什么给自己推广的读书会你不愿意去？

“不去。”金闪闪硬邦邦地回了一句，转头就准备走。

“喂！”程野没料到她是这个反应，长臂一伸，扯住她的袖子，半晌，才又接着说了一句，“……活动里有你喜欢的作家。”

程野不知道为什么，感觉找出后半句话这个理由简直要了他命的难，

金闪闪抿了抿嘴，心想吃瘪事小，说服程野去读书会宣传事大，于是服了个软，道：“票。”

程野从桌面上拿起一张递给她，她接过看了看时间，下周三下午，可以请个假。

“那下周见，我先回家了。”她淡淡的招了个手，出去和小王与尤真真打了个招呼，就准备走了。

程野坐在房里没有去送她，还在一门心思的想自己刚刚到底又说错了什么？

从程野家出来，关上大门，金闪闪站在安安静静的楼道里等着电梯，看着手里拿的那张崭新的嘉宾票，方才觉得有一点儿奇怪。

嗯？他为什么……要约我去？

中秋是与爱的家人团圆的日子。

密山综合疗养院里，医护人员为中秋节准备了许多活动，赫连周陪着母亲坐在小单间里看电视节目，她不爱热闹。有护工过来送月饼，赫连周接过道谢，而母亲则目不转睛地盯着电视机，没理人。

“妈，是你爱吃的馅儿，莲蓉的。”赫连周撕开包装，递了过去。

“你不是都带了一盒过来给我了吗，自己吃吧。”

母亲穿着疗养院统一发的衣服，上面还绣着她的名字，赫连琴。

赫连周看着母亲，脸上永远是一贯的冷淡，秋深露重，她的风湿病又犯了，精神不太好。

“学校中秋放几天假啊？”母亲突然开口问了一句。

“三天。”赫连周小声答道。

“嗯，认真读书，放假了也不要松懈，别总想着去玩，知道吗？”赫连琴认真的叮嘱道，神情严肃。

“知道。”赫连周点了点头。

三年前确诊阿兹海默症之后，母亲的病情迅速的由轻度进入了中重度，从单纯的记忆减退到生活无法自理仅仅只有一年时间，如今像这样咬字清楚的说话，已经是很难得了，也许是今天心情还算好，她断断续续的和女儿聊着天。

“认真读书才有出路，你爸爸不会管你死活的，知道吗？”

“女人一定要自己有本事，有能力，不要妄想以后靠在男人身上。”

“自己要对自己有计划，这辈子你除了靠自己，靠不了别人……”

母亲来来去去的几句话和小时候没有什么两样，赫连周只是坐在一旁乖乖儿地点头。

黄昏来临，她推着母亲去花园里转了一圈，密山综合疗养院是这座城里条件数一数二的疗养院，母亲在这里得到很专业的照料，她尽力在照顾母亲和工作间平衡，与哥哥两个人平摊，还算负担得起这里的费用。

叶落凋零，秋意渐浓，花园里除了山茶冒出了花苞，已了无生机，赫连周看着母亲出神的双眼，她又陷入了沉默，不知道她的思维又不知道到了哪里，是否还在记恨那些陈年往事。活动室里点起了彩灯，隔着玻璃的热闹仿佛和母亲淡漠的世界没有关系。

护士朝她们招手，要二人进来吃晚饭，一起看电视里的晚会直播。

赫连周掖了掖母亲身上披着的毯子，缓缓地往那边的热闹走去。

天已渐暗，烈士陵园里，程野站起身来，给父亲点了一根烟，放在墓碑前，起身离开了。墓碑上是一对夫妻的照片，四十出头，两人一身警服笔挺，笑容端正。

刚走出陵园大门，他孑然一身，站在满月的夜空下。

自吃过中饭后分别，尤真真回了学校，而现在金闪闪应该已经到家了吧。

其实真正的孤家寡人是他才对。

他掏出手机，给王队打了个电话。

“在干吗呢？”

“值班啊。”电话那边语调透着无奈。

“要我来陪你不？”程野笑了笑。

“来，但是别带酒来啊。”

“不带酒，就给你带点小菜。”

挂了电话，程野迈着步子朝外走着，又顺手给金闪闪发了条信息。

【月饼好吃吗？】

正在帮忙洗水果的金闪闪擦了擦手，拿起手机看了看。中午做好的月饼，小王全装好给她和尤真真带回去了。

【还没开饭，没吃呢。】她回道。

“闪闪啊，叫你表弟们来吃饭！”杨云美把一大锅焗鸡摆上餐桌，一边喊道。

金闪闪叹了一口气，舅妈还有姑姑们都坐在客厅里看电视，没一个人愿意挪一下，她小步跑上了二楼，发现自己的房间门大开着。

两个表弟在她房间里简直要乐翻天了，她的橡皮章和绒毛娃娃被摆了一地，俩熊孩子也在地上打滚儿，丝毫没察觉到她站在门口。

“你俩干什么！”

两个小孩儿抬头一看表姐站在门口鼻孔都要喷火了，立马夺门而逃，嬉皮笑脸地冲向了一楼。

“慢一点！等下摔了……”金闪闪来不及叮嘱，两人就没影了。

她叹了一口气，赶紧弯下腰把地上自己的东西都收好，亲戚来了一屋子，吵吵嚷嚷，她不禁感到头疼。

手机铃又响了，她从口袋里摸出来看，薛醒两个大字出现在屏幕上。

【中秋快乐。】

这是自分手以来薛醒第一次主动联系她。

金闪闪的手指头颤了颤，犹疑了片刻，把手机放回了口袋里，发了几秒呆后，站起身下楼去吃饭。

应该是群发短信吧。

“吃饭啦！吃饭啦！”杨云美又喊了几声，一家人大大小小终于陆陆续续坐齐在餐桌前。

“来，小朋友们一人一个红包。”金朝阳给两个表弟一人发了一个红包，满桌的饭菜香，酒杯又交换了几轮，电视里的中秋晚会节目正在直播。

一屋子的和和美美，只有金闪闪似乎不在状态。

往年的中秋节，她总和薛醒坐在一起，就好像他们真的已经是一家人了似的。

而今年，他没在，好像也没有想象中那样可怕。

“闪闪现在工作得怎么样？”酒酣饭饱，姑姑问起话来。

“还行……”

“还是在原来的那个出版社吗？”

“是的。”

“你看，你们俩要学姐姐，要多读书，才有本事。”舅妈又对着表弟道：“杨昌琦，你看看你写的那个作文，每次分数都那么低。”

“闪闪啊，你是编辑，改天教教你弟弟怎么写文章呗。”

“好。”金闪闪低着头看手机，薛醒又发过来一条信息。

【替我向叔叔阿姨问好。】

原来不是群发。

但金闪闪依旧不打算回复。

“咦？今天薛醒怎么没有来？”舅妈突然想起来这回事。

金朝阳向杨云美使了个眼色，杨云美正准备说些什么岔开话题，谁知还没来得及开口。

“我们分手了。”她关上手机，淡淡地说道。

杨云美和金朝阳互相对视了一眼，亲戚们也有些尴尬。金闪闪原本根本不知道该怎么和家里人说起这件事，但现在脱口而出，好像也就那么回事。

“呃……你们俩还年轻，两个人在一起这么久了，有什么事不要斗气，好好说嘛。”舅妈开导道。

“没关系，分手就分手，只要闪闪自在 、开心，她不嫁人我也一辈子养着她。”金朝阳替女儿解围道。

杨云美立刻在桌子底下掐了一把老公的大腿。

“什么一辈子不嫁人，你能不能说点好听的？我闪闪这么可爱怎么会嫁不出去？”

“那我只是这么一说啊，嫁不嫁人本来也没什么了不起的！”

爸爸妈妈你一句我一句的抬杠，瞬间缓解了气氛的尴尬，金闪闪向爸爸报以感激的一笑。

家庭也许就是人在世上的唯一一座堡垒。

电视里的中秋晚会进入尾声了，赫连周一直陪在母亲身边，一边发着工作短信，一边听母亲断断续续的说话。

“当初如果不是为了给你爸生孩子，我的前途原本一片光明，傻呀……”赫连琴紧紧地抓着轮椅的扶手，“自以为我为了这个家付出那么多，他会懂得感激。”

赫连琴一边说一边冷笑。而赫连周只是静静地听着，她早已习惯了。

陈拓的电话打来好几个，她都没有接，怕母亲目前这个神志不清的状态会以为她在早恋……

放眼望过去，住在这疗养院的老人，今晚似乎都有三四个家人陪着，只有她和妈妈，安静地坐在角落里。

“你和你哥哥不同，你是女孩子，这世界是不公平的，不公平的……”

护士走过来小声提醒，到了回房吃药的时间了，赫连周点了点头。

“妈，我们回房吧？”

“这么早就回去？”赫连琴似乎不太愿意，“也好，你明天还要上学，走吧。”

护士看着这对母女朝电梯间走去，两人一对眉眼十分相似，关系却好像又比较淡漠。

警察局内，程野陪着王队坐在值班室里。

“你和你那个小宛，后来就没有联系了？”

今夜气氛轻松，王队也忍不住八卦了一下。

“嗯。”程野淡淡地答道。

“再找一个呗？”王队笑了笑，“这大过节的，省得这么一个人可怜兮兮的跑来找我啊。”

“懒。”

“怎么，还想着那个小宛？”

王队这个问题倒是让程野认真思索了几秒。

“也没有。”他摇摇头，“对我来说那已经翻篇儿了。”

王队叹了一口气：“真的吗？你要是想找，早就找着了，你是不想找吧？”

程野笑道：“真的早翻篇儿了，再说也没人要我啊。”

王队嗤了一声：“你刚来局里的时候，全局的未婚姑娘都看上了你，你要是脾气再好一丁点儿，会没人要？”

程野一听这老生常谈的调，不由得叹了一口气。

“老话形容人有句叫‘刀子嘴豆腐心’。”王队叹道:“说的就是你。可你要知道，嘴硬心软是最不好的，亏都是你吃，还落埋怨，你得学会说好话，别整天和人姑娘上来就嘴贱，往后打落了牙还得往肚里吞。”

“知道了……”程野装模作样地点了点头

“诶，我老婆的表妹，上次你见过，你觉得怎么样？要不介绍给你？咱俩做个亲戚？”

“唉去你的，少消遣我。”程野笑道，手机震了一下，他打开看。

【好吃。】

金闪闪发来这么两个字，导致他一下没反应过来，回想了几秒才记起她在回答他月饼好不好吃的问题。

这个智障……还当真尝完味道以后发信息给他汇报。

程野正想回一句什么，脑海里却突然出现那晚偶遇金闪闪蹲在喷泉边哭泣时的画面。

他问她，是不是失恋了，她就哭得更厉害。

程野把手机捏在手里转了一圈，又放回口袋了。

谁管你好不好吃……关我屁事……

晚饭吃完金闪闪脚底抹油地找了个借口溜了，虽然说家里人明面上对她和薛醒分手这事没有多大反应，但一会儿夜深人静了，肯定少不了一番嘘寒问暖、思想教育。

金朝阳说要开车送女儿回住所，都被拒绝了，只好替她叫了辆车，嘱咐她到家打电话报平安。

车子发动，家在后窗的视野里越变越小，金闪闪越来越觉得愧疚，这么大的人了还让父母操心。

靠着车窗，她又把薛醒刚刚发过来的信息看了一遍。

“不需要情报哦，他不想让你知道的，自然会藏起来，想让你知道的，也只会扰乱你。让你断开联系，就是要让你停止在他身上花心思花时间，也是要让他看不到你，不知道你过得如何，不知道你好不好，人心都是肉做的，他也会不习惯没有你的生活，也会想你离开他以后是不是就忘了他，他也会开始猜，一旦开始猜了，就不再有绝对的自信。这就是关系逆转的第一步。”

赫连周说过的话，她一直牢牢地记在心里，不得不说，此时此刻她隐约感觉到了一丝丝胜利的快感。

薛醒主动发信息过来，不是群发，而是单独问候，她隐约感觉到这是一个信号，她知道自己唯一要做的应该是按兵不动，之前已经删掉他所有的联系方式，现在更是，连一句客套话都不要给。

可她现在一个人独处之间，将这短短的几句话翻过来翻过去地看着，内心还挣扎着要不要装作礼貌回一句，最后还是作罢。关上手机，不再去想这件事。

坐在自己书房内的薛醒，也在看着手机，一整晚过去了，金闪闪没有一句回复。

他点开自己的微博，上面发了好几张他与钱颖颖的合照，评论里全是起哄的，而再看金闪闪的微博，除了工作就是吃……

毫无波澜，连一句感慨都没有。

凭他对她的了解，他不相信金闪闪会对自己的新恋情毫无反应，连一点蛛丝马迹都没有，这完全不符合他的想象，就像用力一拳打在了棉花上一样，空落落。

这种情况，只有一个可能，分手后金闪闪根本就没有关注过他的动态，连看都没来看过。

难道这次，她当真说走就走了？

想到这里，薛醒不自觉的苦笑一声，相处这么多年，他竟低估了她？

车到樱园楼下，金闪闪给司机师傅付了钱，提着包蹦蹦跳跳就往楼上跑去。

刚过楼梯转角，她抬头看见两个高大的黑影站在自家门口，逆着光看不清脸，这两个人也同时看向他。

“你是……金闪闪，对吗？”其中一个开口问道，金闪闪不由得后退了一步，两个陌生男人站在自己家门口，其中一个还知道自己名字，她汗毛都竖起来了，随时准备拔腿就跑。

看见她紧张的样子，对方突然笑道：“别紧张，嘉悦经常和我提起你，我有几次来找她在楼下也见过你……吓到你了，不好意思。”

陈拓往前走了一步，站到了灯光下，金闪闪看清了他的脸，认出了这是赫连周的前男友。

但是……

“嘉悦是谁啊？”金闪闪一头雾水地问道，她还是不太明白他在说什么。

“原来她没和你提过……”陈拓身边站着的另一个男人说道，他也往前一步走到了光下，金闪闪看见他的脸，说不出的……熟悉，竟和赫连周有些相像。

楼下传来高跟鞋的声音，叮叮当当，三人不约而同地朝声音传来的方向看去。

赫连周从楼梯间走了上来，一抬头刚好看见这三人，看见金闪闪的瞬间她愣了一下，旋即目光越过金闪闪直直地看向后面两人。

“嘉悦，怎么又不接我电话。”陈拓点了一根烟。

“周嘉琦，你怎么在这里？”赫连周问道，但却不是问陈拓，而是问他身边站着的人。

“哥哥来看下妹妹，犯法吗？”周嘉琦苦笑了一句，叹了口气“疗养院打电话给我，说妈情况不好，我来看一看。”

哥哥？妹妹？妈妈？

金闪闪站在旁边一边听一边觉得信息量爆炸了，赫连周走上去拿钥匙开了门，后面两人跟着进了屋，金闪闪想了想，好像有点儿尴尬，但还是跟着走了进去在门口站着。

“我刚从疗养院回来。”赫连周把外套脱下挂在门后。

“妈还好吗？”

赫连周摇摇头，接着又补了一句：“不过今天状态还可以。”

一屋子的沉默，金闪闪看了看赫连周，好像没有什么表情，再看看陈拓，陈拓正好看着她，冲她使了个眼色，金闪闪明白那个眼色的意思。

意思是：撤。

“我下去拿个快递，顺便买点水果上来，你们坐。”金闪闪一边说一边往外走。

“你去哪买水果，我送你去。”陈拓也接过话，跟着金闪闪往外去，一边说一边关上了门。

“这是上次检查照的片子，已经是重度了。”赫连周从包里拿出一份文件袋。

周嘉琦拿起来在灯下看了看，他不是学医的，看不懂，只知道片子上黑色的空洞区域越来越大了。

“妈有没有提起我？”

“提了一次，说我比你吃亏，她倒是一直记得爸爸，反反复复的念叨。”赫连周走到周嘉琦身边，从他口袋里摸了一包烟出来。

周嘉琦没说话，沉默着。

“总之就是情况不乐观，只要一生病就可能出现并发症，疗养院那边现在是 24 小时不离人陪护。”

樱园的院子里，陈拓和金闪闪站在他的车边，百无聊赖。

“赫连周总和你提起我啊？我是不是挺烦人的？”金闪闪有些不好意思地问道。

“没有，她说你很可爱。”陈拓笑了笑。

“你开始说的嘉悦，就是赫连周吗？”金闪闪又问道。

“嗯。她小时候的名字，那时候她叫周嘉悦，赫连是她妈妈的姓。”

“哦……”金闪闪终于理清了这一团疑惑，“周嘉悦……赫连周……两个名字都挺好听的。”

“可是嘉悦两个字听上去温柔一些吧？”陈拓朝金闪闪挑了挑眉。

“嗯……好像是的……很衬她。”金闪闪想着赫连周温柔如水的女神模样，和眼前陈拓的高大帅气是真的很配，简直是一对璧人。

“你没见过她读书的时候，短头发，孩子王，假小子一个，和现在完全不同的两个人。”

这句话倒是让金闪闪惊讶了一番，如果陈拓说的是真的，那赫连周的变化也太大了。

“对了，你是不是要去买水果？我送你去吧，站在这吹风也太无聊了。”陈拓有些抱歉的对金闪闪说道。

“啊，不了，我自己走走就好，我本来也想散散步，你上去吧，没事儿……”金闪闪摆摆手就和他告别了，也不管陈拓在后面喊。

原本就不熟，一起走反而比较尴尬，还不如她自己逛一会儿来得自在。

说是这样说，可是沿着街边走了不到一刻钟，她就开始发蒙了，看了看时间，九点不到，上哪去呢？

远处的银座商城在闪光，但应该也快关门了。

金闪闪顺着银座商城的方向往前走着，掏出手机。

程野刚下车，朝着家的方向走去，手机在口袋里振了振。

【你在干吗？】金闪闪的短信。

【怎么了？】程野回道，刚刚发出信息，抬眼就看到金闪闪。

她一边低头看着手机一边朝自己这边走来，但是太过认真以至路过程野身边她都没发现，程野也没叫她，就保持着一定距离跟在她身后。

【我正好在你家附近，请你吃个消夜？】不到十秒，金闪闪短信又来了。

【吃什么？便宜的不吃。】

看到程野回了一条这样的信息，金闪闪咬了咬嘴。

真是给点颜色就开染坊啊这人……

她停下脚步，抬头环顾了一圈周围，仿佛是在想这附近有没有吃消夜的好去处，程野站在她背后，与她隔着十米左右，看她的小脑袋瓜子扭过来扭过去，过了一会儿，金闪闪又迈着小步子往前信步。

程野轻笑一声，就这样不远不近的跟在后面，手机又振了振。

【带你去个吃鱼的好地方吧？】

他关上手机，长腿朝前迈了几步，站到金闪闪背后，低头道："在哪呢？"

Chapter 09

我们在谈论爱情时，说起来就像知道自己在谈论什么一样。

——《当我们谈论爱情时我们在谈论什么》

“啊！”金闪闪被吓了一大跳，回过头看见程野一脸轻笑的表情。

程野没对她的惊吓做出反应，倒是金闪闪，结结巴巴道：“你你你……你什么时候看见我的？”

“你怎么不叫我？吓死我了好吗？”金闪闪一边激动一边开始埋怨，“你是不是一直跟着我啊？”

程野叹了口气，刚觉得她可爱一点，就想起她有多么啰唆。

“走吧……”程野有点儿嫌弃的扯开话题，“你说的那地儿在哪儿？”

“就前面，十分钟路程。”金闪闪伸出手指了指方向，两片唇极其不满地噘得老高，都能挂油壶了，可她自己没发觉。

到了金闪闪说的地方，程野发现是一家藏在民居里的精致小店，老板坐在门口抽烟，笑眯眯的迎客。

“老板，来一份柠檬鱼。”金闪闪轻车熟路的在窗边找个位子坐下，又拿了菜单给程野。

“你点，我不挑。”程野看都没看就把菜单还给了她。

金闪闪也不磨叽，生蚝、青蟹、海瓜子一样点了一份。程野稍微环视了一圈，店里的装修风格偏日式，只有两三桌客人，这略带小清新的自然风，看上去确实像是金闪闪会喜欢的。

“老板，来罐啤酒吧。”程野摸了摸下巴，随口说道。

“那……我也……”金闪闪有些犹豫，程野抬起眼皮狐疑地看了她一眼。

“那我也喝罐吧……”

程野默不作声地笑了一下：“喝不了就不喝。”

“老板，那我要菠萝啤。”金闪闪立马改口。

“好嘞。”

金闪闪把菜单交还给老板，又转头看向程野，程野已经叼上一根烟了，正抬眼，和金闪闪目光相接，他想了想，似乎这样不太绅士，于是又把烟放下了。

金闪闪笑了笑：“没来过这里吧？这儿的柠檬鱼是招牌菜，特别好吃。”

“嗯。”程野摇摇头，他哪会来这么小清新的地儿。

“下周三校改红就完成了，我到时候给你送过来。”

“嗯。”

“我把全文的前三分之一部分放在杂志上连载，反响很不错。”

“那就好……”程野点点头，突然有种隐隐的预感……

“你之前出版的书的库存已经见底了，照这个势头下去，加印是肯定的……这一本还没上市读者询问度就很不错了，所以，读书会……你真的不考虑一下吗？”

就知道她请我吃饭没好事……

程野挑了挑眉，笑道：“诶，金闪闪，你到底懂不懂得谈判的技巧？”

“啊？”金闪闪一头雾水。

“菜还没上桌，酒还没开始喝，你就照脸来？”程野挑起一边眉毛，吸了一口气，“你这种脑子到底是怎么在社会上存活这么久的？”

“我……”金闪闪张口结舌，“我就随口提了一下而已……”

“所谓谈判，是得你手里有我想要的，我手里有你想要的，才能谈得下去，你明白吗？”

“哦……”金闪闪若有所思道：“……那你是什么意思？”

程野听她说这话，忍不住摸了一把额头。

“我的意思是……你这没我想要的……”他放慢了语速，极尽耐心地和金闪闪解释着：“所以，你好歹要先让人吃好喝好，再开口谈事，明白吗？”

“你晚饭是不是没吃饱？”金闪闪问道。

“我……”程野一手扶额，一口老血憋在喉咙里。

“不就是想要吃好喝好嘛，一会儿叫老板加菜不就行了！”金闪闪接着说自己的，完全没管他，“你知道吗？我们公司这次会拿出很多资源出来筹备推广这个读书会，读者见面加新书签售的形式，邀请了多家媒体，这么好的机会，不去白不去……”

“我说了，没有兴趣。”

“那个什么公益讲座你愿意出席，这个为什么不愿意去？”

“公益讲座是另一个出版社的朋友的邀请，而且不需要我站台上。”程野人往椅背上靠了靠，“再说我也是盛情难却，没办法。”

“原来你害羞啊？”金闪闪不怀好意地笑道：“难怪叫我陪你一起……”

程野张口想辩一句，又把话给吞了回去，继续听金闪闪说。

“读书会我也可以陪你啊，我是你的责编，理所应当！而且你完全不需要害羞，就你这外形，绝对的圈粉！你相信我……”

“停停停……”眼看金闪闪又要开始满嘴跑火车了，程野伸手打断了她，“你想说我帅，我知道。”

金闪闪话还含在嘴里，看着程野嘴角一勾，笑得痞里痞气的。

“你……”金闪闪觉得这时候应该添油加醋的夸他才对，其实程野的五官真的长得挺好，不是那种第一眼就觉得帅的类型，却非常耐看，端正里带点痞气。

但一想到他数次和自己作对，赞美的词实在有些不够由衷，金闪闪话到嘴边硬生生地咽了一下口水。

“还行吧……”她撇了撇嘴，又耸了耸肩，有些不敢看程野。

“是吧。”程野毫不在意，笑了笑，心想不承认就不承认。

老板端着鱼盘和炉子过来上菜，蒸发热气一时挡在两人中间，汤汁沸腾，噗噜噗噜的响，金闪闪不知道为什么突然觉得脸颊有些烧着热。

“不过你肯定是超出了你读者们的期待的，写书的的确没几个有你的长相身材。”金闪闪一边说一边往程野的坚实有型的胸腹部瞟了一眼，挑了挑眉，“只是我这个人眼光比较高而已，不代表读者，相信我，男读者会视你为偶像，女读者会变成你的迷妹，这稳赚不赔的事，你干吗和自己过不去。”她在心里绕来绕去才组织出这么一段百转千回的夸奖。

“行行行，你眼光高，眼光高到蹲在喷泉边哭……”程野一边伸筷子夹鱼一边不咸不淡地说道。

“诶？那是我自己的私事，和这没关系。”

“那我也想保留自己的私人生活，不愿意和读者分享，不愿意他们知道我长什么样，真名叫什么，写书只是我的一个业余爱好，我希望龙场野人和程野这两个身份没有重合。”程野认真道。

听他这么一说，金闪闪倒是也能理解，只是这么一来，她就很难向老张交差了。

“你怎么就这么难对付……”她长叹了一口气，看上去连鱼也不想吃了。

程野冷哼了一声：“我还没嫌你难对付……”

“我怎么了？”金闪闪闻言瞪圆了眼睛，“我这么为你鞍前马后来回跑的，你之前又给我找了多少麻烦？”

“我给你找什么麻烦了？”

“你什么时候知道我是你责编的？”

“见你的第一天啊，你工作证掉我这了。”程野理直气壮道。

“你是不是故意撞掉我冰激凌的？”

“真不是，我哪知道跑个步还能那么倒霉碰见你。”

“那为什么几次碰面你都不告诉我你是龙场野人呢？”

“那不是正好看你认错人了，就让你去找小王麻烦了。”继续理直气壮。

“你这人怎么这样？”

“哪样？是谁在大街上帮你把手机抢回来的？哭得跟个鼻涕虫似的……”程野语气里带着毫不掩饰地嫌弃。

“……你才鼻涕虫。”金闪闪白了他一眼，突然脑子里灵光一闪，道：“诶！要不这样吧？你戴个口罩？”

“什么意思？”程野没明白。

“读书会啊，你不是不希望读者知道你长什么样，叫什么吗？你参加活动的时候戴个口罩不就好了，现在有些网络红人段子手，出席活动不愿意露全脸，不就戴个口罩吗？”

金闪闪伸出手比画着挡住程野的鼻和唇，只露出眼睛。

“就这样……也挺好看的……”

程野盯着金闪闪白白的手掌心，伸手捉住了推开。

“你先陪我去了那个公益讲座再说。”他没回应金闪闪的想法，“哦，对了，那天到场的人每个人都可以捐一本书，你也可以带一本过去。”

“我陪你去了，你就会同意参加读书会吗？”金闪闪两只眼睛都发亮了，仿佛看到了希望的曙光。

“看你表现。”

“……切”金闪闪撇了撇嘴，伸出筷子夹起一片鱼肉，一口吃掉。

“我请了几天假的，明天中午我再去看妈吧，晚上你赏脸和我一起吃个饭？”

周嘉琦从沙发上站起身，时间已过十点，他看着自己的妹妹，她皱着眉抚了抚额头道：“嗯。”

“爸下个月过生日，让我问问你要不要去吃饭？”周嘉琦最终还是问出了这句话，并且对妹妹的反应抱着一丝丝希望。

“不了。”赫连周用两个极其简明的字，语气冷淡地拒绝了他。

“嘉悦……”周嘉琦扬起了声调。

“说了，我不叫这名。”赫连周从烟盒里拿出一根烟点上。

“妈给你改名字，不就是想把赫连的姓放在周姓前头……”周嘉琦道：“那是上一代的恩怨。”

“周嘉琦，你跟着爸爸一走了之，你当然说得轻巧，上一代的恩怨？世上哪有说停就停，干净利落的恩怨？”

“周嘉悦，那是你爸！十几年没有见过你一面。”周嘉琦也急了。

“他当年和我妈离婚时就不是我爸了！”赫连周压着声音，用力把烟摁灭在烟灰缸里。

“你都这么大了，为什么还说这么孩子气的话？他生你养你，怎么不是你爸？”

“这是孩子气吗？”赫连周笑了笑，回过头瞪住周嘉琦，“生我？养我？他生你我的时候不过是做一个决定而已，他在外面拈花惹草朝三暮四时有没有对我们这个家负过责？有时我真希望他没有把我带到这个世上……”赫连周的声音从激动渐趋平静，“再说了，这些年，一直是妈妈辛辛苦苦的养我，不是他。”

周嘉琦不再与她争辩，紧抿着嘴，他记得很清楚，父母早年的离婚闹得极其难看，妈妈带走嘉悦时，他十五岁，她十三岁，嘉悦哭着问爸爸为什么，而出轨在先的爸爸却推开女儿的手，说，是你妈妈非要拆散这个家。

他也记得很清楚，父亲一分钱都没有给嘉悦与母亲，而母亲是个异常倔强的人，从此再没有过多余的牵扯，他与嘉悦当时还在同一所初中，青春期的妹妹从爱笑的普通女孩儿，变得越来越沉默，叛逆，而后来随着他与爸爸搬去另外一座城市定居，他与妹妹的见面也就成了一年两次的例行公事。

“不说了，好久没见你，明天晚上我来接你吃饭。”周嘉琦轻轻拍了拍赫连周的肩膀，而赫连周也不再多说什么，只点了点头。

陈拓坐在车里，看见赫连周送周嘉琦下了楼。

“有点儿不好意思，把你室友赶出去了。”临走时周嘉琦突然想起金闪闪还没回来，“明天叫她一起来吃饭吧，我给她赔礼。”

“好。”赫连周点点头，抬眼对上陈拓的双眼，他正靠着车窗框看着自己。

不知道是因为与哥哥争论而接连想起往事，还是被母亲的病情影响才心绪不宁，与陈拓对视着，赫连周这一瞬间突然眼睛一酸，但她拼命忍住了，憋着呼吸，只半秒，便恢复了那张冰山脸。

转瞬即逝的痛苦却还是被陈拓捕捉到了，他嘴唇微微动了动，想说些什么，下一秒赫连周却移开视线，转身绕过了车头，走到了周嘉琦窗边。

“你住哪？”

“还不是蹭他家的。”周嘉琦下巴指了指陈拓。

“好，你们到家了说一声。”赫连周没有再看向陈拓。

“知道。”陈拓看着她，淡淡地答了一声，发动了车子，一路朝大门开去。赫连周的单薄身影在后视镜里越来越远，越来越小，他的眼睛一直落在这副画面上，直到周嘉琦出声叫他。

“陈拓，你和我妹妹现在是什么关系？”

“没有关系。”陈拓口吻平静。

“我不瞎。”周嘉琦道：“我没想到你们还保持着联络，回国以后联系上的？”

“在国外的那些年也打过两次电话。”

“她打给你，还是你打给她？”

“当然是我打给她……”陈拓笑了，“你又不是不知道你妹妹，倔得要死，哪里会主动找我呢？”

“她就是像极了妈妈的性格，打碎了牙往肚里吞，然后悄悄操着温柔刀捅人。”周嘉琦看着窗外，长叹一口气，“妈离婚后又越来越走极端，不许嘉悦见爸爸，我们家这边的亲戚想和她见面都是私下悄悄约，她怎么可能不受影响。”

“这能怪她吗，她和阿姨那些年，过得多苦。”

“那你们俩就这么耗着，高中大学时的把戏还没玩够？”周嘉琦想了想，皱着眉偏过头问道：“你是不是整个就拿嘉悦没办法啊？”

陈拓大声笑起来：“是，我就喜欢被她算计。”

“贱。”周嘉琦无奈地翻了个白眼，又叹了口气道：“你说我妈当年怎么就对我没这么执着呢？都不和爸抢一下我，只带着嘉悦就走了。”

拐过弯，后视镜里已经彻底看不见赫连周的身影，陈拓心思有些飘忽，看了眼好友，敷衍打趣道：“你长得没嘉悦好看呗。”

周嘉琦又气又好笑地哼了一声，正打算反驳，却看到金闪闪提着一袋水果从马路边走来。

陈拓缓缓靠右减速，按下车窗道：“哟！”

金闪闪偏头瞧了一眼车内的人，也伸手打了个招呼。

“今天打扰了，明天请你和嘉悦吃晚饭。”陈拓道。

“哦……好。”有饭必蹭是金闪闪的原则。

“真不好意思，可能还要麻烦你件事，回去请你多陪嘉悦聊聊天儿吧？”这时陈拓的语气突然沉了下来，言辞诚恳的在请求她。

“好的，知道了。”金闪闪心里有了个大概。

陈拓不好意思地笑了笑，走了，目送这俩车驶远，金闪闪才回头继续往家里走。

当她打开大门的时候，赫连周正坐在窗台边开啤酒。

“你回来了。”她朝门口看了一眼，“今天真不好意思。”

“没事，那是你哥哥吗？”金闪闪问道。

“嗯。”赫连周从窗台下来又坐到了沙发上。

“难怪和你长得很像。”金闪闪顺势坐到了她身旁，“今天中秋节你们回家吃饭了吗？”

赫连周没回答她，只是看着手里的啤酒罐子，笑了笑，道：“你呢？回家过节了吗？”

“别提了，听说我和薛醒分手了，家里那个气氛啊……我成了重点关照对象。”

赫连周笑了一声：“挺好的。”

“才不好，我爸妈这会儿还不知道在家胡思乱想些什么呢，他们觉得我一定伤心欲绝了……我说我没事他们都不信，可我真的还好啊。”

说完这一句，赫连周也只是低着头，没有接话，客厅里的两人陷入了沉默，金闪闪在脑海里搜刮话题，但瞥到赫连周盯着手中啤酒罐，满脸低落的神情，又不知道该从哪里开口了。

良久，金闪闪听到她叹了一口气。

“我真羡慕你。”赫连周偏头朝她一笑。

“啊？”这话说得金闪闪一头雾水。

“丢了一段五年的感情，还能有股不撞南墙不回头地执着劲，又很容易相信人，也不会喜欢端着姿态，对谁都友好……”

“你确定这不是因为我笨么……”

“不哦，你一点都不笨，你只是比较天真，你没有那种工于算计的聪明。可你有一种轻盈感，在你的眼里，大概世界都是美好的，你有美满的家庭，爸爸妈妈都很爱你，从小到大没见过仇恨，也没受过欺辱对吧？”

金闪闪这么一想，好像的确是……

“珍惜这种轻盈感吧，这是很稀有的。”赫连周将手中的啤酒一饮而尽，“人心防备的重墙，一旦筑起来，就再也拆不下去了。”

这番话，金闪闪觉得自己似乎明白，又似乎并不完全能懂这里面的意义，顿时觉得自己脑子真是迟钝，嘟囔道：“可我还羡慕你呢，我要是有你一半聪明就好……”

“这种聪明能用来做什么呢？”赫连周双眼直视着她，“只能用来算计各位前男友。”

说起这个……金闪闪突然想起，在今天薛醒发短信来之前，她似乎已经很久没有主动想起过薛醒这个人以及和他有关的问题了。

“对了，你那位前男友呢？”赫连周倒是想起了这个人，“找你没？”

“我也不知道算不算找我”金闪闪歪着头吸了一口气，“今天他单独编辑了一条信息给我。”

“说什么？”

“祝我中秋节日快乐外加向我爸妈问好。”

“哈哈哈哈……”赫连周爽朗地笑了起来，“这是你们决裂后他第一次联系你吗？”

“是的……”金闪闪觉得，好像一个节日快乐其实也说明不了什么，顿时有一些些沮丧。

“真会挑日子，啧，没诚意……”赫连周摇了摇头，又开了罐啤酒。

“什么意思啊？”金闪闪凑了上去，“意思是他只是随手一发，没有特别的意义对吗？”

“你回了没？”赫连周问，同时心里嗤笑了一声，薛醒这种甩人一方通过找存在来获取安全感，一旦确认对方心里还有自己就会立刻撒开手安安心心继续玩的行为，在她面前简直和小猫玩球似的。

“没回，一个字都没回！”金闪闪斩钉截铁道。

“很好，继续保持。”赫连周点点头，“这一次撩了没反应，下一次就更没底，你再也不给他糖吃，他总有一天要凑上来讨。”

“那这到底是什么意思啊？”金闪闪仍然执着于上一个问题。

“意思是啊……”赫连周转过头，又露出了狐狸一样的笑眼，伸手轻轻捏着金闪闪的下巴，笑道：“从现在开始，你要撕碎他的保留，撞烂他的装逼，让他必须拿出最大的诚意，否则他休想再从你兜里拿糖。”

坐在书房的薛醒突然觉得背后一凉，正将金闪闪各个社交账号翻了个底朝天的他，赶紧把网页往回翻了翻，看自己有没有留下什么痕迹或是手滑点赞的可能。

零点已过，金闪闪真的没有回他的信息，自从两人正式分手后，她竟真的一次都没有再找过他，而随着时间的增加，这为什么会让他心里时不时地出现焦虑，他不明白。

打开微信，他想去金闪闪的朋友圈里看看蛛丝马迹，却发现，她把他删了。

“呵。”薛醒哼了一声，金闪闪还从来没这样硬气过。

真有意思。他突然就觉得这件事充满了趣味。

正当他接着在微博上翻看着金闪闪的照片时，钱颖颖的电话打进来了 。

“喂？”

“我改签到今天晚上的飞机，现在已经回来了。”

钱颖颖的声音听上去很高兴。

“怎么提前回来了？不是说要在家里待几天吗？”薛醒有些惊讶。

“因为想你了呀！”钱颖颖在电话那头笑道：“骗你的啦，是我们报社要报道一个公益讲座，就在后天，结果一个负责现场的同事临时请病假，缺人，我赶回来补漏。”

“是吗？这么辛苦，公司不给奖励吗？”薛醒轻轻地笑了起来，有些沙哑有些疲惫的磁性声线让电话那头的钱颖颖听得心里一软。

“公司才不给奖励呢，你给吗？”

“我？说吧，想要什么奖励？”

“不如后天你陪我一起吧？有一些当红作家会来，后续还有一些活动和餐饮招待，就在省图书馆边上，我的工作量不大，很快就能完事，那边有好几个展览和活动，我们可以去逛一下！”

“我去不太合适吧，我又不是你们公司的。”薛醒心底里其实并不太想去，但又架不住新女友这么大的热情。

“有什么不合适的呀，我们每个人都有赠票的，我的那张给你就好了，你陪着我，我加班心情也好些哦。”钱颖颖一门心思说服着男友。

“好好好，我后天也没什么重要的工作。”薛醒有些无奈又觉得她有些可爱，但让他不快的是，钱颖颖撒娇耍赖时的样子也像极了金闪闪的风格，看着电脑屏幕上金闪闪笑盈盈的照片，他突然非常想她，当初迫不及待要离开她的也是他，如果回头似乎太打脸太没有气质，而眼前的这个新女友，好像也挺爱他，人美嘴甜，自己有什么理由不试着去接受？

“你还在听我说话吗？”钱颖颖在电话那头喊道。

“在呢。”回过神的薛醒答道：“你好好休整一天，后天见，宝贝。”

“好的，那我挂啦。”

挂上电话的钱颖颖，站在机场到达层的出租车点等着回家的车，她舍不得麻烦薛醒大半夜的来接她，也没有告诉他，自己是自告奋勇主动提出回来加班的。

她就是迫不及待地想见到他，与他分离两天都让她失去活力，甚至还有些不安全感。

把周嘉琦送到自家另一处房子安顿好后，陈拓驱车赶回自己的住处。

凌晨的马路上，空无一人，一排排昏黄的路灯从车两旁闪过。

赫连周那个转瞬即逝的眼神，让他的心安宁不下来，他察觉到她在隐忍痛苦，她骗不过他，脑海中嗡嗡作响之间，他索性手腕在方向盘上一绕，掉头赶往樱园的方向。

金闪闪已经睡了，赫连周独自坐在客厅里，望着角落里那盏台灯，什么也没做，什么也没想。

手机铃响，她慢吞吞地拿起来看。

【睡了吗？】陈拓问道。

【没有。】她抬起手指回道。

【想聊聊吗？】

【我没事。】

【你有事。】

陈拓的车停在楼下，他靠着车门站着，抬头看着她家的那扇窗，在黑夜里透着一点点微弱的灯光。

赫连周看着手机屏幕，睫毛在眼帘上颤了颤，良久，打出了一句话。

【妈妈状况不太好。】

【有多严重？】

【今天去看她，已经算很稳定的状态了，但平时常常乱发脾气摔东西，大小便不能自理，身体状况很差。上个月有些感冒，一直到现在都没好。】

陈拓知道，阿兹海默症患者到了重度期常常能把家人逼疯，如果不是赫连琴有专业医护人员照料，否则赫连周都连正常工作、正常生活都不可能。

【有什么我能帮忙的地方吗？】

【这几天要麻烦你安顿我哥哥了。】

【好的。】

在开车过来的路上，他想过很多种安慰，他想过要给她拥抱，而现在她就在离他两层楼的地方，他却止步于此。

近情情怯。

赫连周像一个在自己身上筑起堡垒里的人，当她向他说“我没事”时，他不知为何，就这样止住了脚步。

【你到家了吗？】她又发过来一条信息。

陈拓无言地看着她家的窗户看了良久，最后回道:【到了，放心。】

赫连周倚靠在沙发上，蜷缩着身子，看着手机屏幕上的四个字，打了几句话，又删掉，重新写上别的字，再次删掉，修修改改，最后变成了简短的几个字。

【那就好，早点睡。】

陈拓看着手机，关上了屏幕，倚着车门叼上了一根烟。

月夜下，一人一车一根烟，他看着她窗户的那点微弱灯光暗了下去，最后打开车门，缓缓驶离。

Chapter 10

那是在好久以前的事。等我发觉我自己开始爱上你的时候，我已经走了一半路了。

——《傲慢与偏见》

放假的最后一天，金闪闪一觉睡到了下午，直到被快递电话叫醒。

“您好，请签收。”她从快递小哥手上接过包裹，是寄回来的《少年残影》三校稿，她拆开放在书桌上认真看了看，改动的地方不多，于是拿起手机发了一条短信给程野。

【在家吗？】

“85、86、87……”正在数着数做俯卧撑的程野瞥了眼亮起的手机屏幕上隐隐约约是金闪闪的名字，于是他停在了第八十八个俯卧撑，拿起了手机。

【在。】

金闪闪看到程野的答复，便回道：【方便吗？我过来送三校稿。】

程野回了个“好”字，心想我一大老爷们儿在家，又不要化妆收拾，能有什么方便不方便。正想着，低头看了看自己裸着的上半身，浑身是汗。

半小时后，金闪闪提着稿子到程野家门口，程野开了门，又扔给她那双粉色的小拖鞋，金闪闪穿上拖鞋，心里摆起了八卦阵。

程野这家里实在不像是有女人的样子啊……

“要改的地方多吗？”他问道。

“不多。”金闪闪答道，偏头一看，程野似乎刚洗过澡，穿了件深蓝T恤，坐在沙发上，正拿着毛巾在擦头发，她走进书房，把厚厚的稿件放在了他书桌上。

过了一会儿，程野也走了进来，站在书桌边，大概翻阅了一遍批红的地方，只有九处而已，心里有了个数，朝站在窗边的金闪闪挥了挥手道："你过来……"

"嗯？"金闪闪走到了书桌边，程野在她肩头一按，把她按在了电脑前的转椅上，又打开了二校后的电子文档。

"我来说，你来写。"程野擦完头发，又开始拿棉签掏耳朵。靠在床头躺着，惬意舒适的拿着稿纸指挥金闪闪。

金闪闪瞥了他一眼道："好吧……"

前面八处都是一些不易发现的笔误与符号上的纠正，程野一边念，她一边打着字，改得很顺利，只有最后第九处，是一场着墨颇多的情色描写，气氛略微尴尬。

金闪闪最初要求程野修改初稿时，并没有想到这样一段隐晦的描写也不符合审稿老师的要求，而此时程野没有说话，思考了一会儿，道："从'作为一个刚成年的大学生，他从没有来过这样的声色场所'这一句后面开始删起，只保留下心理描写，删去动作描写。"

金闪闪听是听见了，但又怕自己理解得不准确，于是在键盘上敲了几下后问道："是这样吗？"

程野从床头站起，凑了过来，看了看金闪闪按照自己说法改的，又道："可以，然后再补充几句。"

"好。"金闪闪一边应着，一边觉得自己一边脸颊烫烫的，她坐着，程野站着，他弯着腰凑在她身边盯了会儿屏幕，手放在椅背上，并没有碰到她一点儿。

但这人体温怎么高得像火堆似的！离他近点儿都嫌热。

金闪闪一边腹诽，一边等着程野发号施令。

"他的手轻轻地抚上她的背脊，却紧张无比，手心直冒汗……"

“手心……直冒汗……”金闪闪一边按照他说的快速打着字，一边无意识地重复着他的话。

“而这位陪酒女不仅打扮妖艳，举止也十分大胆，举手投足都在引导着他……”

“引导着……他……”金闪闪一边打着字，闻到程野身上传来淡淡的肥皂香，很普通的气味，但很好闻。

“他不再那样胆怯，试着把她搂进怀里，闻着她的头发，他说道：‘小姐身上好香啊。’”

“闻着……她的头发……他说道……”金闪闪打字的速度跟不上程野说话的速度，脸越来越烫，又被他身上好闻的肥皂香所干扰，喃喃道：“程野你身上好香啊。”

“什么？”程野一头的问号。

“嗯？！”金闪闪一愣。

见了鬼，我怎么说出声来了……

金闪闪登时脸涨红了。

“你个脑袋里在想什么呢！”程野抬手在她后脑勺儿上就是一个爆栗。

“好痛呢！”金闪闪伸手抱住头，心想这一段让她改原本就很尴尬嘛！

下午，周嘉琦从密山综合疗养院出来，上了陈拓的车。

“怎么样？”陈拓问道。

周嘉琦张了张嘴，想说又不知道从何说起。赫连琴患阿兹海默症的年龄比较早，恶化得却很快，从失语、健忘、易怒到严重记忆丧失，生活不能自理，免疫力下降只有短短五年时间，今天赫连琴不仅认不出他，反而指着他与护士破口大骂，即使如此也听不清她在骂什么，语言支离破碎，毫无逻辑。好不容易等到她情绪稳定一点，愿意让周嘉琦推着她去花园里走走，却又两眼无神，双唇紧闭，再没和周围人说过一句话，因为失禁，垫着成人尿布，躺在床上像个空壳。

周嘉琦二十七八的男人，回想起母亲的样子，坐在陈拓车上没忍住红了眼睛。

陈拓也没发动车子，只是静静地坐在一边让好友独自宣泄情绪。周嘉琦偏着头把脸对着窗外，良久，声音哽咽道："走吧，晚上还约了嘉悦吃饭。"

"好。"陈拓应到，发动了车子朝市里去。

"改完就行了吧？我直接发给你了啊。"程野把改好的最终版文档发到了金闪闪邮箱。

"嗯，放完假我让设计部的同事替换内页内容就可以了。"金闪闪还觉得很尴尬，一直坐在客厅里，端着杯程野泡的茶慢吞吞地抿着。

门铃响了，金闪闪愣了一下，喊了声程野，程野慢吞吞地从书房里走了出来，站在猫眼前看了一眼。

金闪闪看到他站在原地停了三秒，然后伸手打开了门。

一个穿着藕粉连衣裙，白色针织衫的姑娘站在门外，气质优雅，一双眼睛像含着泪一样温柔。

"哇……"金闪闪一下就放下了手中的茶杯，坐直了身子舔了舔嘴，八卦之魂燃了起来。

"怎么了？"程野低头看着门外的人，语气冷淡。

“你换号码了？”门外的姑娘刚开口说话，抬头就瞥见了坐在沙发上探头探脑的金闪闪，立刻变了脸色，压低了声音。

金闪闪只听见程野隐隐约约的说了句：“不可以。”，其他什么也听不清，没过多久，姑娘还站在门外呢，就见程野干脆冷淡的关了门，转身进房了。

我的天啊，哪有对漂亮姑娘这样态度的？

金闪闪目瞪口呆的目送程野的背影进书房，她看着自己脚上的粉色小拖鞋，深深觉得这背后有大料。

“诶……”

“嗯？”程野背对着书房门，听见金闪闪走了过来。

“刚刚是你朋友啊？”

“嗯。”

“前女友？”金闪闪一脸坏笑。

“嗯。”

程野竟然如此干脆明了的回答了她，金闪闪有些惊讶，摸了摸鼻头，也不开他玩笑了。

“她找你……复合啊？”金闪闪没有察觉到程野心情的不悦，还在兴致勃勃地追问着。

“不知道。”

“你干吗对人这么凶呢？”她小声道：“还给人吃闭门羹。”

“我凶吗？”程野意味不明地笑了一声。

“你不凶吗？就算分了手也不要对人这样啊。”金闪闪想起那个姑娘楚楚可怜的眼神，又联想到了自己之前跑到薛醒家楼下，哀求他见她一面的样子，心底对程野突然生出了一丝不快。

“你还真是喜欢管别人的事啊。”程野顿了顿，令人不悦地笑了一声，回头道："你以为你是圣母啊？"

"我……"金闪闪被程野这种一言不合就翻脸的行为弄得一时语塞，于是脾气也上来了，拿起包就往外走，走到门口又想起三校稿没拿，又折返回书房，到书桌边飞快地抱起那一摞稿子，然后闪人。

"我先回去了。"

程野却迅速地伸出一只手抓住了她的手腕，抬起头，直刺刺的目光与她相接，金闪闪的眼神也不善，她眼里的程野，做着和薛醒一样伤人的事。

很快，只两秒，程野又收回眼神，松开手，转过身去。

"不要随意去评价别人的事，你只不过是个什么都不清楚的外人。"程野淡淡道。

金闪闪憋着一口气，咬着嘴就往外走，直冲到大门外，嘭的一声关上了门，气鼓鼓地站在电梯间。

莫名其妙……

"我再也不要来了！"

她觉得自己委屈死了。刚踩进的电梯，电话又响了起来。

"喂……"

"……你怎么了？"赫连周听到电话那头的金闪闪开口就气鼓鼓的。

"没什么。"金闪闪噘着个嘴，目露凶光的从楼里走出来。

"你在哪儿？晚上一起吃饭。"

"啊，我就在离家不远的地方。"金闪闪猛然想起陈拓说叫她一起吃饭这个事，她忘得一干二净。

"那你发个位置过来吧，我来捎你。"赫连周正开着车从樱园出来。

金闪闪站在路边等了一刻钟，就看见赫连周的车靠边开了过来。

“我们去哪儿啊？”她坐上副驾驶座，一边系安全带一边问道。

“江边。”赫连周一边说着，一边拿余光瞥了眼金闪闪，“怎么好像不高兴啊？”

“没有……”金闪闪垂着头道：“工作上的事。是和你哥哥他们一起吃饭吗？”

“是的。”

“你和前男友吃饭，会不会尴尬？”金闪闪突然想到这个问题。

“不会。”赫连周答道。

“为啥？”金闪闪想到如果让她和薛醒同桌吃饭，她大概要尴尬到爆炸吧。

“我、他、和我哥，很小就认识了。有这层关系在，即使做不成恋人，也不会做不成朋友。”

“哦……”金闪闪点了点头。

赫连周也没再接话，一上午拿着母亲的病例跑了两三家医院找熟人，她实在累得很。

车到江边，两人进了一家中餐厅。陈拓和周嘉琦已经坐在桌边了，看见她们来了，招了招手。

“还没正式和你介绍过吧。”赫连周笑道：“这位叫周嘉琦，我哥哥。这位叫陈拓，你见过几次了。”

金闪闪笑着点了点头，虽然在自己楼下看见过几次，但确实今天才知道他叫什么名。她还发现，赫连周介绍陈拓时，是不看着他的。

真的不会尴尬吗？还是大家都心照不宣的演绎太平呢？

她端着茶细细的抿着，四人点过菜，周嘉琦问起金闪闪的职业。

“我啊？我是做编辑的。”金闪闪答道。

“做编辑的，文化人啊，挺好挺好……”周嘉琦道。

“呵呵……呵呵……”金闪闪一脸无奈地笑了笑。

所有人都觉得编辑这个职业听上去很不错，实际呢？她感觉她根本就是个丫鬟，还是贱价大甩卖收进府的那种，每天追在程野这个少爷屁股后面操碎了心，还要挨骂。

一想起这个人她就气不打一处来。

程野坐在书房里，没有开灯，一室昏暗，只有电脑屏幕闪着光。

他把三校过后的稿子又过了一遍，确认下连贯性，正拿起手机，电话却刚好打了进来。

“野哥，在忙吗？”小王在电话那头问道。

“在做事，怎么了。”

“呃……”小王有些犹豫地道：“刚刚小宛姐打了个电话给我……”

“嗯。”程野语气平淡地等着他说下文。

“她问我，你是不是有女朋友了，说在你家看见一个女人。”

“嗯，你怎么答的？”

“我说我不知道……”

“不好意思，我的事又给你添麻烦了。”程野叹了一口气。

“野哥，你有新对象了？”小王还是问了一句。

“没有，下午在我家的那个是闪闪。”程野无奈地笑了下。

“哦……哈哈哈……”小王尴尬的清了清嗓子，又补充道：“野哥，小宛姐那个语气，听上去好像在哭……你的事我是局外人，不好说什么，但是，事情都过去一年多了，做不成恋人，做个朋友还是……”

“不用说了。”

程野直接打断了他，小王也不再往下说，换了个话题：“行吧，晚上一起吃个饭吗？正好我下午在你家这边有点儿事，我媳妇儿又回娘家了。”

“来吧。”程野关上了电脑。

饭局毕，赫连周提到自己还要回机场值班。

“我还以为你中秋是放假呢……”周嘉琦道。

“机场哪有法定节假日，你们放假的时候正好是我们最忙的时候，我是因为妈的事才请了两天假，今晚要回去接班了。”

一行四人朝外走，陈拓问道：“闪闪，嘉悦去机场，你怎么回去？”

“简单呀，我打个车就好。”

“要不这样吧，我送闪闪，陈拓，把你车借我开开……”

“那我呢？”陈拓问道。

“你和嘉悦一起啊。”

周嘉琦打的什么主意，三个人全看出来了，金闪闪有些忍俊不禁。陈拓乖乖交出了车钥匙，她看了眼赫连周，赫连周似乎没什么表情，于是便跟着周嘉琦走了。

只剩下赫连周和陈拓两人，临江站着。

“你呢？”赫连周问道。

“我既没车，又没地方去。”陈拓双手往裤兜里一插，爽朗一笑，“不介意你的前男友蹭下你的车吧？”

赫连周不置可否地笑了笑，两人走到停车处，陈拓却打开了驾驶座的车门。

“我来开车吧。”他早已看出赫连周一脸的疲倦。

一路上都没有堵车，去机场的路，陈拓开得又稳又快，一偏头，赫连周似乎又在副驾驶座睡着了。直到他在停车场停好车，她才睁开眼。

“最近好累……”赫连周揉了揉肩膀，对自己一上车就睡着了的事感到抱歉，正准备坐起身，陈拓伸手把她揽了过去。

“别什么事都自己扛。”陈拓温柔的声音把她紧紧圈在怀抱里。

赫连周猝不及防，眼眶一红，连日来的焦虑、难过、担心让她紧紧地攥着自己的心，而陈拓这一瞬间却让她的心酸得像一片雨云，即将要崩落。闻着陈拓怀中熟悉的味道，她已经好久好久没有放任自己靠近过他，而此时她把脸埋在他胸膛，紧紧地捏着他的衣角，像小时候那样，轻轻地哭了起来。

如果妈妈没了她该怎么办？她不敢想。

陈拓紧紧地抱着她，下巴抵着她的头，什么也没说，轻轻抚着她的头，让她慢慢地释放自己的情绪。

“你怎么回去？”良久，赫连周清了清嗓子，平复了情绪。

“我开你车回去，你交班那天我来接你。”陈拓伸手轻柔地替她整理头发。

“嗯，开车注意安全。”赫连周点了点头，叮嘱道。

“知道。”陈拓在她额头上轻轻一吻，这一次她没有拒绝。

他知道这是她最脆弱的时候，最需要他的时候，她没有力气再拒绝他，他很满意她的反应。

撇开情感上想要守护她、心疼她的冲动，猜度人心的天分在这个时候变成了一个多么残酷的招数。

但他知道这是抓住她的最佳时机，必须一击即中，他不会放过。

“我在这下就好。”

在离家不到一公里的地方，金闪闪下了车，与周嘉琦道别了。抱着那一袋三校稿，她去水果店提了一袋柿子打算散步回家。

左右手都腾不开的情况下，电话又响了，她手忙脚乱地掏出手机来看，是尤真真。

“真真啊。”

“闪闪姐，假期愉快吗？”

“愉快……”金闪闪口不对心地说道。

“嘿嘿，我想问下你，你们出版社现在招实习生吗？”

“你想来实习吗？”金闪闪手臂夹着稿件文件袋，又把水果袋从左手换到右手，电话打得相当艰难。

“对啊，这学期大四了嘛。”

“明天上班我帮你问问吧，奇幻部好像是一直有招实习生的。”

“那就拜托你啦，谢谢哦。”尤真真在电话那头特别开心。

临街的小饭馆里，小王坐在门口，正和程野喝着酒聊天儿，看到一个姿势特别怪异的人站在街边扭来扭去，眯着眼一瞧……

“诶，那不是闪闪吗？”小王兴高采烈地喊道：“闪闪！”

“闪闪！这儿！”

金闪闪刚刚挂断尤真真的电话，听见有人在叫她，左顾右盼，不管小王怎么叫唤，她老半天都没找到人。

程野瞥了一眼她那个傻样，嘴里冷冷的冒出来两个字：“智障。”

这两个字她倒是迅速锁定了，转过身，看到小王和程野坐在她身后的店里。小王一脸喜庆地挥手招呼她过来，而程野就只是自顾自地喝酒。

哼。

金闪闪扬头就走，不明就里的热心群众小王立刻喊道：“别走啊！

找你有事呢！”

“干吗啊？”金闪闪回过头道。

“发请帖给你。”小王笑嘻嘻的招手示意她过来，金闪闪一步挪一步地走进了店里。

“谁结婚啊？”她瞧见程野面前桌上有张红色请帖。

“下个月我结婚，来喝酒啊。”

“哟，那恭喜了。”金闪闪接过请帖，笑道。

“你站着干吗？坐啊。”小王给她抽了张凳子，金闪闪犹豫了一下，坐也不是，不坐也不是。

“我出去买包烟。”一直坐着没说话的程野这时候起身走了出去，小王这才稍稍反应过来，这俩人刚刚连招呼都没打。

“你们俩怎么像在闹别扭啊？”他把金闪闪拉过来小声问道。

金闪闪撇着嘴不说话，程野一走，好似气氛就没有那么尴尬了，小王顿时有一种很奇怪的感觉……

“你和野哥现在……是不是真的在谈恋爱啊？”小王眯着眼问道。

“你摸着你自己的良心问问你自己……”金闪闪一脸生无可恋地转过头看着他，“可能吗？可能吗？可能吗？”

“不可能吗？”小王笑道。

“可能吗？”

“不可能吗？”

两个人大眼瞪小眼，金闪闪突然反应过来：“诶，不对，什么叫‘真的在谈恋爱’？谁跟你造的谣啊？”

“这还不是你整天去催稿，被人家前女友撞上了嘛，以为你是情敌。”小王一边喝着酒一边调侃道。

“算了吧，我得造多少孽才能和程野成一对啊？还情敌，今天就为这事我莫名其妙被他凶一顿。”金闪闪一提到这就来了劲，“人家姑娘来找他，他不让人进门就算了，还直接把人关在外面，我就劝了两句让他别这样……”

“闪闪，这事问不得。”小王看了她一眼，欲言又止。

“为什么，我没问人隐私啊，我就说别对人这么凶……”

程野从便利店买了烟出来，走到小饭馆门口，又没进去，转过身点了一根烟，站在转角抽着。

“野哥是因为她才不做警察的。”小王瞧了一眼门口，没看见程野的身影，继续说道：“野哥爸妈都是烈士，他从小的志愿就是做警察……”

“那为什么为了她不做了？”

“哎……小宛姐平时人还是可以的，但是遇到事情就拎不清……”小王皱了皱眉，“她把和程野在一起时，无意中听到的案情泄露了。”

“为什么？”金闪闪十分惊讶，“泄露给谁了？”

“一起性侵案，嫌疑人有两个，其中一个是温小宛父亲家那边的亲戚，发案当时我们并不知道这层关系，但是接到报案时，温小宛正好和程野在一起……”

“然后呢？”

“然后，因为温小宛通风报信，嫌疑人很早就外逃了……”

“那最后抓到了没有呢？”

“抓到了，但是费尽了周折，花了很长时间，加上嫌疑人家属一直想方设法对被害人进行骚扰……”

“骚扰？这是什么道理？没人管的吗？”

小王意味深长地看了金闪闪一眼："因为办案过程的一些事……以及一些被害人的情况……温小宛和野哥在一起的时候一直有留意、偷听，再透露给自家人。加之嫌疑人外逃，很久都没能归案，所以被害人精神上受到了很大打击。"

"那后来抓到没有呢？是怎么发现有人偷听的呢？"

"后来抓到了，野哥自己察觉到是小宛姐，察觉到以后他没有隐瞒，把这个情况主动上报给了局里。"

"那这也不是他的错吧……他是被开除的吗？"

"那倒不会开除，就是吃处分，通报批评。倒是小宛姐，是要负法律责任的。"

金闪闪听着，没有说话，她想起曾经在程野家看到过的那张证件照，穿着警服的程野从容帅气，自信满满的样子。

脱下警服的时候，大概很难过吧。

"那他是因为什么离开警队的呢？"

"野哥父母在世时都是老警察，他走动了关系，加上又是主动承认，才想办法替温小宛把这个锅扛了下来，然后主动辞职了。听说野哥自己去看了受害人，大概心里不好受吧，他父母因公殉职都是烈士，警察这个职业在他心里是神圣的。"小王说到这里顿了顿，"程野在这方面……有点儿精神洁癖，对自己的要求特别高，和小宛姐也因为这个事分手了，小宛姐也就是不懂事，不懂法，当时和我们每个人都道过歉，我们王队看都不想看她一眼，她又天天来哭着求我说好话，但野哥无论如何都不回头了。"

金闪闪越听越沉默，今天在程野家门口的那个就是温小宛没错了，也难怪程野会是那样的态度。

"不要随意去评价别人的事，你只不过是个什么都不清楚的外人。”

程野说这句话的声音在她耳边响起。

原来是她冤枉人家。

她看了看小王，又看了看门口，想道歉却不知道从何开口，一瞬间连面对程野都有些不好意思了。

站在店门外的转角后叼着烟的程野，一边吞云吐雾一边看着脚边的蚂蚁来来去去搬着家，一根烟抽完，才慢腾腾走回去。

“她呢？”走进来的程野发现只有小王一个人坐在桌边。

“说有事先回家了。”小王又给他倒上了酒，“也不知道什么事，脚底抹油似的溜了……”

程野没再说什么，想起自己下午莫名其妙冲金闪闪发的那些无名火，大概她也不想理睬自己吧。

控制脾气真是件很难的事啊。

中秋假后的第一个工作日，金闪闪早上再次迟到了。

“组长，我们组还招实习生吗？”她顶着两个大大的黑眼圈从老张身后冒了出来。

“招啊，怎么了？”老张一回头差点儿被吓到，“你脸色有点儿难看啊，放假在家没好好休息？”

“《少女心的奇幻旅程》的作者想来实习，可以吗？”金闪闪没有回答老张的问题，昨天晚上因为不知道该怎么和程野道歉，躺在床上翻来覆去，良心不安。结果抱着手机组织语言组织到两点都没憋出个屁来。

“可以啊，尤真真是吧？她文字功底挺不错的。”

“那行，我今天下午要请个公事假，龙场野人有活动。”

中午吃过饭，她就从公司离开了，上了出租车后就开始给程野打电话。

程野横在床上，被子踹到了角落里，手机掉在了地上，以至响了八九遍后才把他吵醒。

“喂？”

“你怎么还在睡觉！”

金闪闪的声音直穿他整个大脑，原本连眼睛都还没能睁开的程野瞌睡彻底醒了。

“你这么大声干吗！”程野在电话那头也凶了起来。

“还有四十分钟你要参加的那个公益讲座就要开始了！”金闪闪站在程野家楼下已经二十多分钟了，宛如一座活火山。

程野看了眼时钟，发现自己的确睡过头了。

“知道了，在我家楼下等我。”说完便挂断了电话。

“谁惯的你！”电话挂断，金闪闪忍不住还朝着话筒抱怨。又站了二十分钟后，她听见程野的脚步声不急不慢的下来了。

明明是要作为嘉宾参加公益讲座，他却穿了一身极其随意的短袖T恤和牛仔裤，金闪闪觉得就算把他脚上的鞋换成一双人字拖也毫无违和感。

“放你包里。”他走过来就往金闪闪的通勤包里塞进一本书，金闪闪还没反应过来，只见程野摸着头顶的几根傻毛，就朝住宅楼的另一边走去。

“你干吗去？快要赶不及了啊！”金闪闪追在他屁股后面着急。

程野走到一间车库前拿钥匙打开了大门，金闪闪伸头一看，空空的车库里面只停了一辆锃亮的黑色机车。

“戴上。”程野丢给她一个头盔。

“骑……骑这个啊？”机车在金闪闪眼里，是个特别不安全的东西，她这辈子已经安分到连电动摩托都没敢坐过。她上下打量了一下这辆车，上面写着KAWASAKI NINJA 650，然而这几个字母什么意思她也看不懂。

“等出租来不及了，快点。”程野在她说话的空当已经把头盔戴好了。

金闪闪手忙脚乱的戴上头盔，穿着裙子和高跟鞋的搭配又让她费了老大劲才爬上这辆车的后座。等着她笨手笨脚的坐好后，又发现她在后座摸来摸去，好像不知道手该放哪似的，程野忍不住翻了个白眼。

“抓着我……抓紧了，别乱动。”他叹了口气，叮嘱道。

“哦……”金闪闪撇了撇嘴，觉得莫名尴尬，手扶上程野的腰。

沿江大道堵车，程野骑车穿梭在车队长龙中，速度倒是当真很快，一路畅行，就是金闪闪全程紧张，抓得他腰疼。到了省图书馆门口，下了车，金闪闪走到门口才发现场面比她想象中热闹，读者粉丝已经聚满了整个大厅，她进门后才发现这里是个新开张的艺术书店，面积很大，装潢十分有风格，进门的屏风后有很大的两个编织篓，来参加的人把要捐的书放在里面。

“书。”程野指了指金闪闪的包。

金闪闪低头从包里拿出程野之前塞进来的书——《月亮与六便士》。

“毛姆的书……”金闪闪挑了挑眉，有些惊喜，程野偏过头看着她，金闪闪拿出自己要捐的书——《面纱》，也是毛姆的书。

程野不自觉地笑了，金闪闪看了看他，好像昨天的不愉快他已经忘了似的。

“程野……昨天……”她正想开口道歉，人群中走过来一个高个子的女人喊了声程野的名字。

金闪闪伸头仔细一看，认出这是近两年新晋的当红小说家季萌，外面那些慕名前来的粉丝大概都是来看她的。

“好久不见。”程野笑道。

“你这‘放荡不羁’的风格还真是没变……”季萌一走近，就调侃起程野的穿着，“我还打算叫你过去和几个作协的老师认识一下，你也不穿正经点。”

“我就是来给你的新店新书捧捧场，介绍就不麻烦了……”程野打起哈哈，显然是不太想去交际。

“不行，你对别人不感兴趣，别人对你可很感兴趣。”季萌伸出手直接挽上了程野的手臂，金闪闪从她不断向他靠拢的肢体语言就能读出来，这个季萌对程野是相当的有好感。

“你想一起去吗？”程野转过身小声对金闪闪问道。

“我不去，我自己在这逛逛……”金闪闪摇摇头，心想我才不当这个电灯泡。

“那你自己在这逛逛，我去打个招呼，一会儿来找你。”

“嗯。”

程野迈着步子和季萌肩并肩的朝演讲台那边走去，金闪闪把包包挂在肩上，优哉游哉地在店里逛了起来。作为一个私人书店，这间店确实相当大了，一边是阅读区，书架和书桌错落有致的摆放着，一边是休闲区，有茶饮咖啡供读者消费。整个店的装潢一看就花了不少钱，金闪闪在阅读区转了两圈，从别人的交谈中发现这个店正是季萌开的，这个公益讲座活动的发起人也是她，正好也为新店开张做宣传。

金闪闪又伸头朝演讲台那边看了一眼，程野的身高站在人群里很突出，在和一群人聊着些什么，嘉宾席那边还有好几个记者在拍照采访。

钱颖颖在休闲区的长廊给几位作家拍过照以后，任务就已经完成一半了。

“这里还可以吧？”她找到坐在休闲区的玩手机的薛醒。

“嗯，挺好的。”薛醒敷衍道，他对这些文艺青年的东西真是提不起一点兴趣。

看出男友兴致不高的钱颖颖柔声道：“要不我带你去逛一逛吧，等讲座结束后，我去做一个小采访就完事啦，要不是你来陪我，我一个人要在这等好久呢……”

薛醒放下手机，抬起手摸了摸她的头，笑道：“你还挺会哄人的啊，走吧，去逛逛。”

他牵起钱颖颖的手往阅读区慢悠悠地逛过去，畅销书展示台边围了一群读者，两个人边走边看，绕过了人群最密的地方，钱颖颖说要去艺术书籍区看看。

薛醒陪着钱颖颖站在书架前，随手拿开了一本书。

从书籍间的空隙，他看到前面是一面装饰墙，墙上挂着一些抽象画，一个熟悉的背影站在那些画前。

薛醒任何时候都可以一眼认出金闪闪，哪怕只有一个背影，这大概是交往时间太长的坏处之一，他看着金闪闪沿着装饰墙，迈着小步子，左瞧瞧右看看，脚步不自觉地跟着她往前挪。

金闪闪一个人逛过了所有的书架，正无聊到把装饰画都看了个遍的时候，听到有人叫她。

“闪闪。”薛醒的声音响起。

她的心像瞬间踩空了一拍，回过头，薛醒牵着钱颖颖，十指相扣，站在她面前。

Chapter 11

每个人都很孤独。在我们的一生中，遇到爱，遇到性都不稀罕，稀罕的是遇到了解。

——《柔软》

“有一阵没见了。”薛醒的一双桃花眼弯成了好看得要命的弧线。

纵然经过赫连周的几次教诲，金闪闪此刻还是大脑一片空白，心都跳得不规律了。

她很努力地想要表现得自然，但最后只是干巴巴的挤出了一个“嗯。”

“今天好巧。”薛醒继续朝她笑着，一只手插在口袋里，姿态潇洒地站在她面前。金闪闪脑子里已经俨然是一出惨案现场。

早知道今天会碰到前男友我早上就该把头发也卷一下，换件漂亮裙子出来……

早知道今天会碰到前男友我昨天晚上就不该那么晚睡，连组长都嫌我脸色不好……

刚刚吃完午饭都没有补口红，为什么不补下口红……

觉得自己今天很丑的金闪闪，忍不住把目光移向了钱颖颖，只瞥了一眼，她心里就有了结论。

好他妈美！

讲道理，这下她连薛醒的眼睛都不敢直视了，现在她恨不得能遁地逃走，恨不得能凭空消失。

“是……挺巧的。”她努力保持微笑，幻想毕竟只是幻想，修罗场的酷刑还是得继续下去。

“这位是？”钱颖颖觉得金闪闪似乎有些眼熟，但想不起在哪儿见过。

“哦，这位是金闪闪，我……同学，闪闪，这是钱颖颖。”薛醒介绍道，金闪闪想了起来，这个钱颖颖就是上次周小美叫来的同事里，那个问薛醒要电话号码的长发美女。

果真在一起了……他们果真在一起了……

钱颖颖个子高，身材匀称修长，衬得自己越发平凡，薛醒正紧紧地把她的手握在手心里。

金闪闪知道狭路相逢这一天迟早会来，但她没有想到自己还会这样狼狈、自卑，赫连周教她的那些话，已经全部被她丢到了脑后。

上一次见面，有备而来的她尚且还能争一口气。而现在，原来有了新欢之后，她在他口中，不过就是原来的一个旧同学而已。

输了，这场赛跑，她还是输了。这一刻，她觉得自己应该有自知之明，缴械投降了。

薛醒的眼睛捕捉着金闪闪脸上的每一丝表情，握着钱颖颖的手不自觉出了汗。

她并没有他之前想的那么淡然，她胆怯了，难受了，她心里明明就还有他。

薛醒的嘴角扬起一丝求胜欲和安全感得到满足的微笑，眼前的这个窘迫的金闪闪简直可爱极了，让他非常满意，正想再说些什么的时候，他看到一个身影站到了金闪闪身后。

“你在干吗呢？”程野低头问道。

金闪闪闻声回头，脸上红一阵白一阵的，眼神还透着一股丧气……

程野心里嘀咕了一下，看了看另外两人又看了看金闪闪，敏锐地察觉到似乎有一种很微妙的氛围。

“你朋友吗？”

“嗯。”金闪闪点点头，连头都不敢抬，窘迫全写在脸上。

程野心下了然，双手插兜，嘴角一勾，抬头朝薛醒和钱颖颖笑了笑。

“你好，程野。”他直视着薛醒，朝他伸出一只手。

“薛醒。”薛醒也伸出手和程野握了下手。

两人面对面礼貌地笑了下，程野和金闪闪并肩站着，比薛醒还稍微高一丁点儿，和平时吊儿郎当的样子好像有些不太一样，她觉得程野一来她好像突然就没有那么怯了。

“这边你都逛完了吗？”他低头问道。

“嗯……你和作协的人谈完了吗？”金闪闪道。

“嗯，要去那边看看吗？”

“好啊。”

“那我们先走了。”程野手轻轻搭在金闪闪肩上，礼貌的朝对面两人点点头，带着她走了。

薛醒客气的笑容一直挂在脸上，低头朝钱颖颖道：“走吧。”

钱颖颖边走边回头，盯着金闪闪的背影一直看，女人的直觉，怎么会察觉不到刚刚气氛的微妙？

“我和你在KTV认识那次，刚刚那个女生是不是也在？”钱颖颖问道。

“嗯？”薛醒心不在焉，脑子里正一遍又一遍的回放着刚刚程野和金闪闪之间的细节，没听清钱颖颖的话。

“没什么……”钱颖颖咬了咬嘴，没再追问下去，在她看来，薛醒这时的反应已经说明了很多问题。

“是继续逛还是回家？”走远后，程野的手从她肩上放了下来。

“你不是嘉宾吗？还能说回家就回家？”逃离修罗场的金闪闪，心情放松了几分钟，很快又开始沮丧起来。

偏偏这人一难过，就全都写在脸上，程野挑着眉打量了一下她这个衰样，叹了口气。

“能，我想什么时候走就什么时候走。”他道。

“那走吧，我肚子饿了。”回想着钱颖颖的漂亮动人，站在玻璃反光处都能照出自己黑眼圈的金闪闪，一刻都不想在这里待了。

两人走到程野停车的地方，程野替她带好了头盔，又扶着她上了车，下午的阳光斑斑点点，气温正好，他一拧油门，一路沿着江边大道驶去。

车行至一片宽阔高耸的江堤边停下，堤下是一片斜坡草地，不远处有卖零食小吃给游客的小车。

“喂，下车了。”他皱了皱眉，偏过头，金闪闪一路上像一只衰考拉一样趴在他背上，动都不动一下。

“哦……”衰考拉笨手笨脚地爬下来，“这是哪儿啊？不是回去吗？”

“你不是说你肚子饿了吗？”程野下巴朝小贩车那边努了努，“这有吃的卖。”

“嗯……”金闪闪好像根本就没朝那边看，就只点了点头，失魂落魄的朝草地上走去。

程野顿时有点儿崩溃，道：“……嗯是怎么样？你要吃什么，我去买，行不？”

“不想吃。”金闪闪呆呆的低头看了看草地，迅速往地上一赖，不动了。

“喂……”程野一口气憋到了胸口，只见金闪闪把头埋在膝盖里望着江面发呆，她这浑身的丧气就差没化成烂泥瘫在地上了，瞧着她这模样，他又将话吞了回去，把头盔往车头上一按，挠挠头走了。

金闪闪两眼出神地望着江，明明最近已经很久都没有想过薛醒这个人了，为什么还是会有一种，难过到痛恨自己的感觉。她看着下午的阳光照得江面波光粼粼，有些刺得眼睛疼。

过了一会儿，程野又折返回来，手里拿着一支冰激凌。

“吃不吃？”他索性也坐到草地上，偏头一瞧 ，金闪闪两只眼睛红红的，像是刚哭过。

“他就是之前让你哭成鼻涕虫的人？”程野叹了口气。

“嗯……”金闪闪点点头。

“你这么喜欢他，为什么不争取一下？”程野撕开冰激凌，打算自己吃了。

“我现在也没有很喜欢他……”金闪闪一把从程野手里把冰激凌抢了过来，“我就是气不顺。”

程野挑了挑眉，笑了：“怎么个气不顺法？”

“他甩的我……”

“谁先甩谁有这么重要吗？”程野疑惑道。

“也不是……”金闪闪无奈地叹了口气，“大概是因为我从没有扬眉吐气过吧。”

“读书的时候，他就很招女孩儿喜欢，我总是在想，为什么他就喜欢我呢，会不会有天见到更好的就会明白我有多普通。”金闪闪垂头丧气的 ，说到这里，又自嘲地笑了一声，程野静静地听着没出声。

“所以我把他当作我的地球，我就是月球，围着他转啊转，现在想想，真是蠢到家了。付出这么多，还要被人嫌，被人甩，就是这气不顺，做梦都会梦到他嘲笑我。”金闪闪一边说着一边都快把冰激凌吃完了。

“那你刚刚还不争口气？”程野笑道。

“我……我慌了。”金闪闪嘟囔道：“我觉得我今天好丑。”

“丑吗？还好啊，你平时不一直都这样吗？”

本来是句玩笑话，谁知金闪闪居然点了点头道：“也是……”

太阳向西滑去，黄昏将近，整个江面闪着金灿灿的光，晚霞铺洒了整片天。

程野其实很想夸夸金闪闪，说她并不丑，还有点儿漂亮，但怎么就是开不了口，他偏过头看着金闪闪的侧脸，她还有些郁郁寡欢，不知道为何，他仿佛觉得自己的心情也受了碍。

“你其实一点都不普通。”片刻，他叹了口气。

“真的吗？”

“真的，傻子才会不喜欢你。”

金闪闪回过头，程野正看着她，两人并肩坐在夕阳下的绿堤上，落日把他们的身影照成剪影，程野没有移开目光，他说：“你要对自己有自信，知道吗？”

金闪闪看着他片刻，道：“程野，对不起，昨天我不该说你。”

“没关系，我也不该冲你发火。”

一群小孩子从河边笑闹着跑开，对视之间，两人都觉得气氛简直有些和谐得不习惯，双双移开了视线。

“季萌把你介绍给谁了？”金闪闪扯开话题。

“不认识，几个老头儿。”

“你们都聊了些什么呢？”

“没什么……”程野皱了皱眉，“季萌想推荐我去参加评选。”

“创文奖？”金闪闪知道国内有名的推理小说奖项就这么一个，每年会从当年出版的推理小说中评选年度冠亚季军以及新人奖，圈内关注度还算高。

“嗯。”

“参啊！你想送哪一部作品参加？你今年就只写了《少年残影》这一本吧？”金闪闪终于兴奋了起来，虽然程野写小说好像只当是一种娱乐而已，但在国内推理小说这个种类是个冷门，能多累积一点知名度当然更好。

“参加干吗？又不发钱。”程野笑道。

“……我懒得和你理论。”金闪闪早知道他会百般推脱，“我回家去查下参评规则，我来送审。”

“你怎么老对别人的事这么上心？”

“上心也有错？”金闪闪白了他一眼。

“你知道吗？”程野看她终于有心情和自己斗嘴了，笑道：“你为了增加销量绞尽脑汁的时候，为了尤真真打抱不平的时候，还有为了催我稿，臭不要脸的时候，才是金闪闪，不是屎坨坨。你要是对自己的事也能这样积极才好，见个前男友就把你怕成这样，你以前那股劲头哪儿去了？”

“那还不是因为昨天一直想着怎么和你道歉，所以没睡好，今天丑丑的，当然抬不起头来。”金闪闪抱怨道。

“一直想着和我道歉？为什么？”程野调侃道：“你昨天不是挺理直气壮的生气走了吗？”

“因为……”金闪闪感觉自己好像不该出卖小王。

“小王和你多什么嘴了？”程野却一猜就中。

“没多什么嘴，就是说你的好话来着嘛……”金闪闪挥了挥手，企图打哈哈敷衍过去。

“我昨天对她那个态度，是不是的确太恶劣了？”程野思考了几秒，问道。

“嗯……从你的立场来看，无可厚非，完全不算过分。”金闪闪也认真地答道。

过了一会儿，她斟酌了几秒，又说道：“之前我问你为什么辞职不做警察，你不愿意回答，其实你很热爱警察这份职业吧？”

程野看着夕阳没说话，晚风把他的衣角吹得作响，他一会儿瞧着天，一会儿又瞧着自己衣角，金闪闪看着他的侧脸。他的鼻梁，颌骨、下巴和喉结的线条像他的性格一样硬，好像什么事都能扛一样，放在夕阳的余晖中，又显得有些落寞。

“从责任上来说，因为我的疏忽造成了被害人遭受更多折磨，情感上，没法真的看着自己交往多年的女朋友吃官司，理智上，又不能容忍自己的私心对这个职业的不尊重。所以我扛下这个锅，离开警队。对当时的我来说是唯一的选择。”良久，程野终于开口。

“离开警队后很不习惯，遇事很消极，闲得没事的时候，就把自己以前看过的、经手过的案子，编成故事发网上，结果被一些编辑看中，就这么莫名其妙的入了作家的行。”说到这里，程野笑了笑，“用心做的事没能做下去，做着好玩儿的却又成了事业。其实我压根儿不知道我现在是在干吗。”

金闪闪没说话，她想了想，好像大部分时候她也压根儿不知道自己在干吗……

“难道人生不就是这样吗？”她歪着头问道：“计划永远赶不上变化，大部分时候都得走一步看一步，我去年这个时候还以为我今年会结婚呢，现在我连自己明年还做不做得成编辑都不知道。”

“还明年？明天的事都不知道呢……”程野笑道，金闪闪也笑了。

“是啊，所以为了我明年还能有口饭吃，你老老实实去参评、去读书会吧大爷，求你啦，做人不要这么孤高好不好，让大众也欣赏一下你的魅力。”金闪闪又开始了没皮没脸的打趣游说，“写书不好吗？既然入了作家的行，态度就积极一点嘛，既来之，则安之，你看你教育我的时候头头是道，怎么就不端正一下自己的人生态度？”

程野笑笑没说话。

金闪闪又接着说道：“现在是 IP 时代了，作家这一行饿不死了，你这车怎么买的？”

“之前的书卖了点版权，拿那个钱买的。”

“所以你看，写好故事又能警醒世人又能赚点儿小钱，有什么不好？”金闪闪已经渐渐忘记了之前的不快，开始摇头晃脑了，“诶，对了，今天那个季萌和你是怎么认识的啊？”

“怎么了？”

“问一下呗，我看她好像挺喜欢你。”

程野甩了个冷漠脸给她，道：“你脑子里成天都摆些什么八卦阵，她是我第一本书的责编，就这层关系。”

“噢，责编晋升成作家，很厉害啊！”金闪闪叹道。

“嗯，她是个很重事业的人，人很善良也很勤奋，是个明白自己要什么的人，别说对我有意思了，她根本就没这份心思。”程野瞥了眼身边的金闪闪，语重心长道：“一个女人可以有千万种活法，情感不该是一个人的全部，女孩子存在的意义不在于此，明白吗？”

“知道啦，知道啦……”金闪闪站起来拍拍屁股，“还回不回家了？”

“走。”程野朝车边走去。

这次金闪闪自己熟练的戴好了头盔，一踮脚就迅速在后座上坐好了，看着程野挑着眉的笑，她一抬下巴，道：“我学东西很快的。”

她双手规规矩矩地环着程野的腰，又小声道：“诶？不对啊，你之前不是说今天这活动有我喜欢的作家出席吗？谁啊？我怎么没看到？”

程野没说话，赶紧油门一拧，朝着落日的方向奔驰而去。

吃过晚饭后，唐泽理正坐在家里玩着游戏，接到了薛醒的电话。

“在干吗？”刚刚送钱颖颖回家的薛醒站在街口点着烟。

“玩。”

“聊聊？”

“你来。”

薛醒到的时候，唐泽理已经把零食啤酒都备好了，两人瞎扯了几句，就一人一个手柄坐在客厅里玩射击游戏。

“不能这么打，你怎么老打不准啊？”唐泽理一口啤酒一口零食的抱怨道：“没手感。”

薛醒没说话，半晌，按下了暂停，把手柄一放，道：“我想闪闪了。”

“什么叫作你想闪闪了？”唐泽理笑道：“你现在这个女朋友呢？”

薛醒叹了一口气：“也不是不喜欢，就是总想起闪闪，和她谈不起劲。”

“那你就断了这边，去找闪闪呗。”唐泽理开了一罐啤酒递给他。

“我不知道她到底对我还有多少喜欢。”薛醒思量着，“我这次话说得太狠，可能真的结束了。”

“你想多了吧，金闪闪对你完全就是痴心一片好吗？你还怕她跑？”唐泽理满不在乎道：“就算是你甩的她，只要你肯哄一哄，她保准又回来了。”

过去数次闹别扭，薛醒的确是有这个自信的，他知道自己只要勾勾手指，金闪闪就会乖乖回来，屡试不爽。

但是这一次，他总觉得情况不对，今天那个程野，和金闪闪之间有种说不出的感觉。

“要是我去找她复合，她不答应，我岂不是很没面子？”薛醒皱着眉左思右想。

“那你肯定要态度好一点哄一哄才行，谁让你当初非要甩了她。”

“我不是想甩她，是我们谈得太久，真的腻了，我随便路上碰到一个妞都感觉新奇有趣，在这种情况下，我真的想一个人自由自在玩会儿。”薛醒仰头喝了一口酒，对唐泽理他向来是实话实说，毫不掩饰。

“你就是吃准她够爱你。”唐泽理笑道：“怎么现在又慌了？”

“不知道……”薛醒摇了摇头，“我有点儿受不了她不再围着我转的感觉。”

“那你去找她啊，她肯定等着你找她来着，你们都在一起那么多年，实在复合不了……”唐泽理两手一摊，“你又不缺妞，怕什么，诶，上次那个找你要微信的妞呢？”

“哪个？”

“就是上次来看你打球的那个，还有之前吃消夜时看上你的那个妞，我看都挺带劲的。”唐泽理戏谑道。

“拉倒吧，一个就够应付了，我哪有那么多闲工夫。”

薛醒白了他一眼，没再说什么，拿起手柄接着玩游戏，可眼前总出现今天程野兴致盎然，朝他一伸手的样子，明显就是护着金闪闪。

他忍不住舔了舔后槽牙。

真是千百倍的不爽啊。

周一，尤真真一大早就来风潮社报道了。金闪闪带着她办完实习证，整理好工位，正好印务的同事送来《少女心的奇幻旅程》的打样。

“哇！”尤真真一把抱过自己的作品，激动的抚着彩色的封面纸，“接下来是宣传了吧？”

“对，上市前一个月要预热。”金闪闪道：“营销部的同事会帮忙联系平台，我来写文案和策划。今天下午你要和我一起去读书会场地。”

说到这里，金闪闪突然眼睛亮了一下，凑到老张桌边拍了拍他。

“组长，能不能让龙场野人在读书会上帮忙带一下《少女心的奇幻旅程》的宣传啊？”她问道，虽然这次读书会请的都是公司销量较好的作者，尤真真作为新人没法参加，但让程野帮忙宣传几句应该也是没问题的。

“可以，但你要先问过龙场野人的意见，他愿不愿意？”

“他会愿意的，我替他答应了。”金闪闪回到桌边抬手就拿起手机打程野电话，一看时间才上午九点半，想着程野的暴脾气，又悻悻的挂断了，转念给赫连周发了条信息。

【你今晚回来吗？】

她觉得，赫连周好像已经好几天没着过家了。

密山疗养院里，赫连周坐在赫连琴身边，替她擦身，按摩。给她换过身上的衣服后，她才抽空回了条金闪闪的信息。

【回。】简短的一个字，她关上手机，一抬头，赫连琴正看着她。

“不要玩手机，跟你说了好多次，读书要认真，成天抱着手机。”

“知道了，妈。”赫连周把手机合上。中晚期患者到最后往往会进入缄默状态，赫连琴最近时不时地还能说几句完整的话，其实是件很好的事。

“我把你带走就是要争口气……”赫连琴开始自言自语。

“妈……”赫连周忍不住打断了她，她已经很久很久没有和自己母亲有过实际性的交谈了，她多希望母亲能对她说说别的话，从过去的阴影里脱离出来，看看女儿现在的样子。

“妈，您知道我今年多少岁吗？”赫连周小声地问道。

赫连琴睁着眼睛看着她，回答不上来。

“妈，我二十六岁了。”赫连周抚着母亲的双手说道：“您记得起来吗？”

赫连琴仍然沉默着。

赫连周完全不惊讶这样的反应，早已习以为常，可她想到陈拓，想到自己，想到现在他和她的关系，想到这些年自己凡事本能的步步为营，想到陈拓看着自己的眼睛，她不想再如此下去了，她仍然忍不住有好多话想和母亲说。

“您不要倔强，不要再折磨自己和我了好不好？”赫连周诚恳地说道。“我想好好生活，好好恋爱，我有想结婚的对象了。”

“谁？”赫连琴听到女儿提到结婚两个字，瞬间皱紧了眉。

“陈拓，小时候您见过的。”

“不行，你还太小了！”赫连琴厉声道。

“妈，我刚和您说过，我二十六岁了，您忘了。”赫连周握紧了她的手。

“妈妈跟你说过多少次，婚姻不是儿戏，你还想嫁给他？！”

“被男人骗得还不够吗？你为他生下一儿一女有什么用？全心付出有什么用！”

赫连周听着母亲的胡言乱语愣了一秒，眼睛转瞬红了。

“他还不是不要你！他还不是不要你！”赫连琴情绪激动起来，一把甩开了女儿的手。

“就是不要你！宁愿要外面的也不要你！你以为你是个什么好东西？你以为他会爱你？我告诉你，天下乌鸦一般黑，谁付出得多谁倒霉一辈子！”

赫连琴手指着赫连周，气得浑身发抖，两眼通红，赫连周头低低的，静静听着，妈妈根本分不清现实和过去，也分不清自己和女儿。

“你就不能争口气？你为什么不替我争口气？还是离不开男人？”

“我一辈子就毁在你爸手里，我和你说的话你都当耳边风了是吗！”

赫连琴时而言辞清楚、时而毫无逻辑地破口大骂持续了近五分钟，引得护工都来到门口驻足张望，直到赫连周再也受不了了，噌地一下站了起来。

“够了！您不要再说这样的话了！”她的一张脸上全是泪，从小到大，赫连琴教她的都是这些话，她都记着没忘，才养成了这样八面玲珑、谁也不能信的性格。

赫连琴一把抓过她的手将她拉过了来，抬手就在她背上狠狠打了几下。赫连周挣脱开来，情绪彻底失控。

“那您要我怎么办？一个人孤独一辈子吗！”她近乎哭喊道：“我不是您！他也不是爸爸！您为什么就要这样折磨我呢！”

“我折磨你？”赫连琴眼神发怔，流下泪来，“你是我唯一的宝贝女儿啊，我必须得保护你啊……”

“我宁愿您没有生下过我。”

赫连周哭着推门走了出去，留下赫连琴一个人在房中发呆，喃喃自语。

午饭后，金闪闪带着尤真真搭出租来到虹茂，读书会在明天举行，风潮社租下了虹茂生活中心的文化展厅，一共三位作家出席活动，两个现场签售，程野负责打酱油亮个相。直到她们到了场地内，才发现所谓文化展厅，是购物商城大厅中心的一大片空地，边上是一个 24 小时书店和无印良品，签售后会有作家朗读环节在书店内进行，整个空地是商城内往来人群穿梭的必经之地，整个商城装修也很精致时尚。

展台已经由新媒体和仓库的同事搭建好，金闪闪忙着和他们确认活动流程顺序、《少年残影》的宣传画布以及易拉宝的摆放位置时，程野回了电话过来。

“喂？”金闪闪接起电话。

“找我？”电话那头的声音有些沙哑，又是刚刚起床的状态。

“我把明天读书会的流程表拍照片发你，你一会儿好好看一下。”

程野从床上坐起身，丈二和尚摸不着头脑，道：“我什么时候答应你参加读书会了？”

“你答应了呀，你心里悄悄地答应了。”金闪闪耍赖似的笑道。

“是吗？”程野挑眉道。

“别不满意，真真的书要比你早半个月上市，你后天来还正好可以帮她宣传一下。”金闪闪摸准了程野假无赖真好人的性格，知道他没法拒绝，越发笑得开心了。

尤真真一只手撑着脸，坐在一旁静静听他俩打电话，一只手摸着下巴若有所思，眼镜片隐隐反射出了犀利的光芒……

“我跟你说认真的，流程表要好好看看，后天早点到，别记错时间。”金闪闪又反复叮嘱道。

“知道了……烦人。”程野打了个哈欠，“你吃饭了吗？”

“吃了，你呢？”

“没，现在去，挂了啊。”

“嗯。”

金闪闪直到挂断电话，嘴角还一直扬着，尤真真坐在一旁，意味深长地瞧着她。

“闪闪姐，你和龙场老师现在不吵架了啊？”

金闪闪偏头想了想，道：“有吗？”

“有啊。”尤真真凑过来笑道：“刚刚不就挺好吗，化敌为友了啊？”

“并没有，这是一个责编的基本素养。”金闪闪摇了摇手指头，比画了一个NO，“再说……程野也没有每时每刻都和我作对啦……”

“其实……你们俩真的是在作对吗？我看你们好像明明就是互相欣赏嘛。”

“……什么互相欣赏，我之前能忍住没揍他一顿已经是个奇迹了，拜托。”金闪闪一本正经的反驳道。

“是因为你打不过他吧……”

“闭嘴。”

两人收好文件，准备返回时，隐约听到展台前方传来有人吵架的声音。循声望去，不远处的一间服装店外有个男人和女人在拉拉扯扯，女人穿着店员的制服，只见店里又陆续出来几个店员制止男人吵闹推搡的行为，争执间男人扇了女人一巴掌。

尤真真见状就要上前去，金闪闪一把拉住了她。

“你一个女孩子别自己冲过去，我去叫商场保安。”金闪闪正准备起身，只见一个店员已经领着商场保安前来了。

几分钟后，男人跟着保安离开了服装店。

“下次遇到这类事，切记要先保证自己的安全，再去想办法帮别人，你这小胳膊小腿的，不要贸然往前冲，知道吗？”金闪闪叮嘱道，尤真真点了点头。

程野不在，遇到这类事，金闪闪心里还是有点儿怕，她再次回头看向服装店，门口已经没人了。

陈拓站在自家厨房里，打开锅盖看了一眼煲好的粥，转身走进了卧室。

“嘉悦。”他轻轻地叫了她一声。

“几点了？”赫连周睡眠浅，一叫就醒，从被子里坐起身来。

“六点了，你睡了两个小时。”陈拓声音温柔。

从候机楼交接班出来后就直接去了疗养院陪护，又和妈妈大吵一架，赫连周整个人都累坏了，被陈拓接来家里休息。

“睡一觉起来，心情有没有好点？”陈拓问道：“妈妈脑子不清楚，你干吗和她较真儿呢？”

“你做饭了？好香。”赫连周揉了揉眼睛，没有回答他的问题。

“没有，我熬了点儿粥，我只会这个。”陈拓笑道：“睡得香吗？饿了没？”

“嗯……”赫连周点点头，下床穿拖鞋。

陈拓摸了摸她的脸颊，起身朝厨房走去。

这所房子，自两人在大学时分手后，赫连周已经有数年没有来过了，她走到窗边看了一下外面的街景，又转身仔细打量了一遍陈拓的卧室。

装修没变化，依旧是极简风格的书桌和衣柜，只不过小摆件似乎多了一些，她慢慢踱着步沿着床头朝书桌走去。

她看到书桌边放着一盆小小的仙人掌，再往前走，书柜上用缎带挂着一只圆形的石膏香片，她用手指轻轻抚过，是橙花香调，再往前去，柜子角落里整齐地摆着几本书，铺着一层薄灰。

她能一眼看出这里不属于陈拓的东西，这些年，有什么样女人在这里落过脚，留下了什么样的片段。

“过来喝粥。”陈拓在餐厅里喊了一声。

“来了。”赫连周走到餐厅拉开一把椅子坐下，陈拓盛了一碗粥摆在她面前。

“先吃点，一会儿饿了我再带你出门去吃饭。”

“好。”赫连周笑着尝了一口，“味道不错。”

陈拓笑了笑，目不转睛地看着她。

赫连周的焦虑从这碗粥里获得了短暂的疏解，能暂时不去想与妈妈之间的冲突，两个人在吊顶温暖的灯光下，面对坐着，陈拓静静地看着她吃完了，把碗收去厨房。

赫连周走回卧室，穿上外套，整理好包包，正打算回家，陈拓伸手一捞，把她环进怀里。

“今晚就住在我这吧。”他贴着她的脸说道。

“我明天还要去疗养院。”赫连周笑道。

“我送你，从我这走近。”陈拓挑眉笑道，做好见招拆招的准备，看赫连周接下来还找什么借口。

赫连周低头笑道：“我认床。”

“这床你以前就睡过，挺好。”陈拓一脸的从容，伸手捏住赫连周的下巴，转过她的脸，吻住。

她终于没有拒绝，但他另一只手却还是不由自主的勒紧了她，恨不得把她按进自己胸膛，才能满足他这一刻的愉悦。

她和他的战线，这些年实在是拉得太长了，终于握在手中都仿佛似梦非梦。

赫连周只觉得自己的心有时真是脆弱，明知道与他一起总是痛苦多过快乐，却在这一刻混忘了教条，只想自由下坠。

陈拓抱起她坐到床上，一吻接一吻地印在她脖颈儿上，赫连周身段柔软，轻轻倒在枕头上，捧着陈拓的脸，仔仔细细地看着他，嗅着他的气味，尝着他的吻，一偏过头，床头一只闹钟正好映入眼中，精巧的外观，指针下有一朵朵可爱的笑脸云朵。

她笑了一声。

又一个。

她当然确定他是爱着她的，但她也比任何人都清楚他的心。

“你房里，有没有留着我的东西？”

“嗯？”陈拓抬起头，没听清。

“你有没有留着什么属于我的东西。”赫连周又重复了一遍，眼神温柔又平静。

陈拓被这突如其来又莫名其妙的问题逗笑了，叹了口气，伸手拉开了床头柜抽屉，拿出一个风铃。

“这个算吗？”他问。

赫连周接过风铃握在手里，轻轻抚了一圈。

闹钟、绿植、书、香片，还有她的风铃。

征服者的勋章。

她低头一笑，道：“保存得挺好。”

陈拓伸手揽住她的肩膀，觉得有些奇怪：“怎么突然问这个。”

“没什么，突然想到了。”赫连周靠在他肩膀上摇了摇那只风铃，竟然还有声音。

“还会响呢。”她喃喃道，她知道这些猜度不好，可她控制不住，有那么一瞬间，她觉得她和妈妈，其实根本没有区别。

陈拓静静地看着她，观察着她的奇怪表现，正琢磨着她又在想些什么，手机却突兀的响了。两人伸头看去，是赫连周的。

她走过去拿起电话，号码显示是密山疗养院。

“是赫连周女士吗？”电话那边的人声音听上去有些焦急。

“我是。”赫连周的心一下提到了嗓子眼儿。

“您母亲情况有些不好，已经送往省人医了，您现在赶紧过来一趟吧。”

赫连周赶到省人民医院的时候已经是晚上九点，赫连琴已经在 ICU 里了。陈拓陪在一旁，疗养院的人花了很长时间才说清楚情况。

“下午你一走，你妈没多久就又发脾气，把护工大骂了一顿后就开始不太舒服，估计是情绪太激动，吐了一床，呕吐物进入了气管，再加上感冒一直没好，晚上就不对劲了，咯血，气促，呼吸困难。我们就赶紧送过来了。她现在肺里全是血和痰，每隔一段时间就必须要用仪器吸痰。”

医生又花了一些时间，尽量用他们能听懂的非专业术语解释着赫连琴的情况。

赫连周怔怔地站在 ICU 门外，看不见里面的情况。从赫连琴患病的那一天起，她就针对阿兹海默症做过很多功课，她知道这个疾病的患者，大多数都是死于并发症，其中最多的，是肺炎。

“我什么时候能进去看她？”她尽力维持着镇定。

“ICU 有固定的探视时间，你们先去办好入院手续，明天中午再来吧。”医生答道。

陈拓办完入院手续出来，看见赫连周颓然地坐在椅子上，双手捂着脸。

“会没事的……明天我再陪你来。”他轻轻地抱住赫连周。

“嗯……”赫连周深呼吸了几次，让自己冷静了下来，“我去和单位请假。”

她拨通了领导周平的电话，对方安静地听她陈述完家里的情况后，同意给她半个月的假，但因为有一个同事休婚假还有两天才会回来，下一个轮班科里没有人，所以希望她后天还是来顶一个早班。

“嗯，好的。”赫连周答应了，想着一个早班很快就过去了，周嘉琦还没回去，她不在的时候，可以让哥哥盯着这边的情况。

挂断电话，看着医院的大门，赫连周又忍不住流眼泪。

“妈妈脑子不清楚，我为什么要和她计较呢？”她心里一万分的悔恨，把头埋在陈拓肩头大哭起来。

深夜，金闪闪坐在电脑前帮程野整理创文奖的材料时，收到了赫连周的短信。

【今晚不回，记得锁门。】

金闪闪望着手机呆了两秒，最近完全不知道赫连周在干吗，她有很多想和她说的话，可是都见不到她的人。

电脑屏幕亮着微绿的光，她的眼神落到了“程野”两个字上。

“真烦，搞得人大晚上还要加班。”她打了个哈欠，接着整理起材料，争取明天能送去参评。

程野坐在书桌前，桌上放着的自己穿警服的那沓寸照，这照片是刚进警队时照的，也有好几年了。

照相的时候一共印了二十张，后来用得只剩四张，离职后他一直把它们扔在书柜上吃灰。

今天再看看自己穿制服的样子，好像现在确实颓废了很多。

他呆坐着看了几分钟，伸手将它们收进了抽屉。

夜静了，城市的灯光暗了下去，没睡的人却各有各的思虑。

Chapter 12

人永远都无法知道自己该要什么，因为人只能活一次，既不能拿它跟前世相比，也不能在来生加以修正。

——《生命不能承受之轻》

读书会当天，金闪闪一清早就像打鸡血一样从床上蹦了起来。

到了公司，却发现尤真真比她还早到，今天她不用去现场，却早早来公司替金闪闪把要带去现场的东西都点了一遍。

“给读者准备的小礼物我都清点好了。”尤真真显得比她还激动还紧张，“一会儿你去找龙场老师吗？”

金闪闪看着她俨然一个小迷妹替偶像激动的样子，笑道：“程野都没你积极，他根本就只打算去串个门就走，要不你去接他也行。”

“我？”尤真真连连摆手道：“不行不行，我不去，得你去接他啊。我留在公司，我还没琢磨透图书制作流程呢。”

“好吧，我把你的样书带过去，让程野帮着宣传两句，要他给你签个名不？”金闪闪一脸坏笑的拿她打趣。

“走开啦！”尤真真怪不好意思的锤了她一拳。

手机铃响，金闪闪一看，竟然是程野，自他们认识以来，这大概是程野起得最早的一次了。

“喂？”

“你来我这一下，有急事。”

金闪闪站在程野的卧室里，看着他坐在床尾挠头，床上一片狼藉，裤子 T 恤乱七八糟的，摊得到处都是。

“你跟我说的急事……就是你不知道穿什么衣服？”她感到自

己的眼角的肌肉忍不住抽了两下。

"嗯。"

"还嗯，嗯个屁啊你……"金闪闪气不打一处来。

"你说是穿T恤好？还是穿衬衫好？"程野目光呆滞地看着自己的衣柜，直接无视了她的抱怨。

金闪闪还想开口怼他两句……转念一想上次去讲座时，程野那个旧T恤大裤衩儿的穿着搭配，还是闭嘴了，老老实实的帮他挑衣服。

她仔细地打量了一下直男的衣柜，除了黑白两色的T恤、外套，就是深色的休闲裤和牛仔裤，程野的衣柜，色彩毫不意外的单调。

"穿这两件不就挺好的吗？"金闪闪拎出来一件白T恤，一条深蓝的休闲裤。

"真的吗？"程野眯着眼疑惑道。

"不然还要怎样，西装革履吗？整洁合身不就好了。"金闪闪突然觉得程野有些可爱，不重视一件事的时候极其随性，可重视起来也太重视了。

"看不出来你偶像包袱挺重啊……"她笑嘻嘻的拿他打趣道。

程野冷冷地瞥了她一眼，走到窗边点了一根烟道："那没办法，被你逼着要上台见人，我平时不注意这些，你得负责把我收拾好了。"

"要不再加件外套吧？"金闪闪又拎出来几件休闲夹克，"这几天降温了。"

程野靠在窗边，看着金闪闪站在自己房间里，左一件右一件认真帮他选外套，嘴里还念念有词。

这样一个画面，他静静端详了好一会儿，直到金闪闪出声叫他。

"诶，程野。"金闪闪伸手递过来一件深色外套道："再加一件这个吧，不然会冷。"

“好。”他移开目光，把烟熄了。

金闪闪朝客厅走去，顺手带关了卧室的门。

“啊！”

程野在卧室里脱了衣服，换到一半，听见金闪闪在客厅里叫了一声，又走过去打开门。

“那个……忘了给你买口罩了！我现在去买，来得及。”

她手忙脚乱地抓起包就准备往外跑，程野走过去伸手一捞，抓住了她的手腕，往回一拉。

“没关系，不用了。”他看着她说道。

“真的不用吗？”金闪闪挑了挑眉，“你不是不希望读者知道你长什么样吗？”

“既来之，则安之，积极一点也挺好。”他看着她说道，眼睛里有一股淡淡的笑意。

“这么好？”金闪闪惊讶了一下，也笑了，“那你下午是要好好表现了？”

“我会的。”

程野还光着上身，金闪闪才发现两人面对面离得很近很近，她能听到程野的呼吸。

程野也察觉到了这一点，金闪闪低着头，脸红红的又不敢看他，她的手还被他捏在手里，凉凉的，他低头看着她，不自觉的笑，片刻，他手微微一松，往后退了一步，咳了两声清了清嗓子。

“那走吧，分头行动，我先过去，你自己吃点儿东西到展厅也差不多了。”金闪闪笑了笑，转过身走到门边穿鞋子。

打开门，天气的确很凉，多加一件外套果然没错，金闪闪莫名的心情大好。

“喂。”程野在身后又叫了她一声。

金闪闪回过头。“我这个态度，打几分？”程野像个小孩儿一样，一边笑一边挠挠头。

“满分！”金闪闪又小跑几步回来，给了他一个大大的笑容，眼睛弯成的一双月牙。

阳光从她斜上方映下来。笑容灿烂，她这样认真鼓励着他。

程野听见了自己心跳的声音。

他感到自己的大脑有一根久未出声的弦，突然绷紧了，警铃大作。

大事不妙……

“行了，你快去吧，一会儿见。”他冲她摆了摆手，转身回到客厅，背对着她。

“那我走啦。”金闪闪转身朝电梯间走去，程野偏头瞥见她裙摆消失在门边。

他坐在客厅里，叼上一根烟，又没点燃，舔了舔后槽牙，总觉得今天这个烟抽不出味儿。

省人医 ICU 门口，一到十二点的探视时间就挤满了人，赫连周站在门口等了十多分钟，终于有护士叫她进去了，周嘉琦排在她后面。

进了第一扇门，换上无菌服、手套和口罩，她才被允许进第二扇门。

走进 ICU 病房里，左右两边各有一长排病床，她没有来过这样的病房，今天进来才发现，原来到了 ICU 这种地方，所有的人样子都一个样。

嘴里插着差不多的管子，穿着一样的病号服，一样的消毒水味，一样的形容枯槁。

护士领着她来到赫连琴床边，赫连琴嘴里插着管子，嘴边贴着胶布，没有醒。赫连周一看到母亲这副模样，眼泪夺眶而出。

“妈……我来看你了。”她轻轻在母亲耳边唤道，赫连琴睫毛抖动了几下，仍然没有醒。

“您不要生气，是我的错，是我的错……”赫连周小声地在她耳边说道，也不知她是否听得见。

“您要挺过来……我再也不和您吵架了……”

她像个小孩儿一样蹲在床边，不停地向妈妈认错，直到护士叫她出去。

周嘉琦站在外面，听医生陈述情况，目前的状态没有继续恶化就是好消息。

陈拓站在一旁，看见赫连周从ICU里出来了，眼睛鼻子都红红的，脸上的眼泪已经被她擦干净了。

“你进去吧。”赫连周朝周嘉琦示意道：“不过她还没醒。”

周嘉琦伸手拍了拍妹妹的肩膀以示安慰，便进去了。

“我半小时后要回公司。”陈拓走过来轻轻拢住她的一双手，“我先走了，有事给我打电话。”

“嗯。”赫连周点了点头，一直低着头没有看着他。

陈拓也没再说什么，只当她心情低落，在她额头上印了一吻后离开了。

赫连周独自在医院的长廊找了个椅子坐下，计划着时间安排，后天还要进机场上半天的班。

她越是想冷静，脑海里越是嗡嗡作响，一刻不停。

下午的虹茂购物中心很热闹。

金闪闪左看右看，把两个特大易拉宝摆在了最显眼的地方，易拉宝上面是《少年残影》的大幅立体封面图和预售二维码，展台是个半圆形，以三位作家的位置为中心，边上是垒出各种造型的图书码堆，程野去年的作品因为加印，也被摆了上来，整个场地已经差不多布置完毕，许多读者已经买好书在一边开始排队等待，新闻媒体也在指定区域就位了，在商场里逛街的年轻人路过，都放慢了脚步，很快，整个文化展厅就聚集了许多人。

程野骑着车从江边过来，在广场边找了个位置停好车，东逛逛西逛逛，终于找到了文化展厅，他站在人群外，一眼就找到了金闪闪。

还有十分钟活动就开始了，金闪闪伸着脖子左看右看，以为程野还没来，正准备打电话催，程野的声音沉沉的在身后响起。

“我在这呢。”

她回头，看见他不知道什么时候已经从工作人员区域进来了。

“来了怎么不叫我？”

“看你在忙，我也才刚到。”他漫不经心地说道，没提自己在她背后站了大概有五分钟。

“你的位置在正中间，等会你直接上去就好。”金闪闪指了指展台。

“好。”程野点了点头，流程他有认真看过，其实他一点也不担心，反倒是金闪闪挺忐忑的。

“你紧张什么？”他笑道。

“我怕忙中出错……”

“金闪闪！你的作者一会儿是不是没有朗读环节？”新媒体的同事在展厅的另一边扯着嗓子问道。

“你在这等我会，我先过去一下。”她和程野招呼了一声。

“知道了，快去。”程野看着她一路连跑带跳像个小麻雀一样钻过人群。

金闪闪好不容易穿过人群到了展厅的另一边，她今天一点也不觉得累。

《少年残影》马上要上市了，创文奖那边今天早上她也送审参评了，这里至少三分之一的读者是等着来看程野的。第一次读他的书时，她就知道他还有很大潜力，最重要的是，程野现在也变得愿意接受自己作家的身份，如今她是打心底替程野感到高兴。

金闪闪一边想一边忍不住笑，突然被一个快步走过的男人撞了肩头，她回头看，男人侧身瞥了她一眼，面色发青，一句道歉也没有，迅速朝前走了。

金闪闪忙着去找新媒体的同事，只觉得似乎在哪看到过这个人，也没有多在意，到了展台后的工作人员区域，她都被人群挤得喘气了。

“龙场野人只负责签售，没有后面的朗读环节。”她好不容易找到了之前叫她的同事。

“那有没有互动环节？”

“有，有个新书介绍。”

“那行，五分钟后开始，你记得跟他说要配合记者照相。”

“知道了。”

金闪闪点了点头，正打算朝着展台走去时，却听到背后传来骇人的惨叫声。

她还没看清发生什么事，围着展台挤了好几圈的人开始骚动，紧接着又爆发了几个人的尖叫声。

“杀人了！”有人喊了一句。

这句话话音一落，人群终于知道发生了什么事，陷入大恐慌中，金闪闪第一反应想朝程野的方向望去，却一转身就被撞倒在地，人们一个个全部一窝蜂拔腿而逃，有人在大喊，有人在报警，展厅瞬间乱成一团，装饰、码堆都被慌不择路的人们推倒、撞倒，什么东西重重地砸在了她身上，把她整个人都压住了，她眼前一片黑。

还明年？明天的事都不知道呢……

她突然想起夕阳下程野说这话的脸，害怕得怎么都爬不起来。

新闻区的两名记者跑到了门口却舍不得出去，拿着相机对准了现场。

商场的服装店边一名穿售货员服装的女子倒在了地上，一直捂着脖子，满手满脸都是血，靠近展台的地方还有一名男性受了伤，捂着腹部在哀号，血糊了一地，一名持刀男子两眼通红，状似发疯，似乎在无差别的追着人砍，但展厅内的人已经四散奔逃了，他回头注意到之前被割喉的女子还在呜咽。

正当他还想折回去补几刀时，被人从背后猛地锁喉。

程野左手手肘死死的绞住他的脖子，右手迅速夺刀，一挥手扔到了角落里，接着用力将歹徒往地上一摔，将他的双臂反扣在背后。

有几个青年冲上来帮忙，死死的摁住了歹徒，程野从被踩得乱七八糟的展台装饰里找到了塑料线，三两下将歹徒双手绑了起来。

歹徒被按在地上还在发狂，嘴里骂骂咧咧大声号叫着，程野抬手就是一拳，安分了。

他微微喘着气，一切发生得太快，都没时间过脑子，他凭着本能制服了这个不明嫌犯，抬眼一看，展厅早已空了一大半，现场至少有三个人不同程度的受伤。

程野突然脸色一白，猛地站了起来，他发现没有看到金闪闪。

“金闪闪！”他大声喊道：“金闪闪！”

程野一颗心揪到了喉咙里，一手掀开倒在他前面的装饰柱，一边找一边喊。

“金闪闪！”

“金闪闪！”

好一会儿，才有一个微弱的声音传来。

“程野……我在这。”金闪闪颤抖着勉强伸出一只手。

程野迅速跑了过去，发现她被压在一堆书和掀翻的桌子下，还被两个巨大的易拉宝给盖住了。他三两下的掀开那些杂物，小心地将金闪闪抱了出来，仔细地检查了一下，没有刀伤。

金闪闪听见程野长长的松了一口气。

“你没事吧？”她声音颤抖地问道，她吓坏了，手指头还被人踩了好几脚，疼得眼睛里都是泪。

“我没事。”程野柔声道，用手指替她擦了擦脸上的泪珠，将她打横抱了起来，找到一块平地轻轻放下，让她先坐着，自己转身又去了其他伤者那边。

手指的疼痛提醒着金闪闪，确定自己不是在做梦，不到三分钟时间，整个展厅都变了样子，地上不规则的大滩血迹，有人在哭，远处的传来警笛声，大部分人都才刚刚缓过神来。

其他伤者看上去还不是致命伤，程野跪在服装店门口，替那位被割喉的女士止血，她的气管和颈静脉都被刀划伤了，不幸中万幸的是，伤口不是太深，没有割到颈动脉。程野用手摁住她脖子上的伤口，用手指找到了最大的出血口，堵住。

警车来了好几辆，救护车也来了，有民警冲了进来，医护人员也抬着担架跑了进来，女伤者意识已近休克，程野的手指一松，脖子上的血就汩汩地往外冒，他不敢拿开手，只好扶着担架一起上救护车。

出商场大门前，他看向金闪闪，不放心想交代些什么，金闪闪冲他说了什么，声音太小他听不见。

程野没有耽误半秒，直接上了救护车，跟着去了医院。

“快去。”

他读出了她的唇形，说的是这两个字。

警察已经将嫌疑犯铐了起来，押上车，原本为了读书会准备的展台被踩踏得一片狼藉，原本等着拍几张照片发通稿的记者，现在全部在现场拍照。她擦了擦眼泪站了起来，找到了几个同事，确认了另外两个作家的安全，再一起去看看有没有什么能帮忙的。

收拾完活动现场的残局，从附近医院包扎完手指出来时，已经是黄昏了，金闪闪给老张打了电话说明了今天的情况，老张听得一身冷汗，给她批了三天的假，让她好好养伤。

一起去医院的同事将她送到家楼下，无论是网络上，还是电视新闻上，都在报道与谈论这件事，金闪闪站在家楼下水果店门口的小电视前看了好一会儿。

嫌疑人因破产以及妻子要求离婚而报复社会，企图将妻子割喉，随后随机刺伤路人以发泄，此前曾多次家暴妻子。

金闪闪呆呆地站在电视前，终于想起那天和尤真真布置现场时所见的那一幕，原来就是那个人。

新闻接着报道着后续的细节，记者在现场拍摄的程野的照片出现在了屏幕上，照片里是他把金闪闪从易拉宝下抱出来的样子，媒体称他是见义勇为者，还不知道名字。

手机铃响，金闪闪一边往家的方向走，一边笨拙的用没受伤的左手掏出手机。

“乖女啊！你没事吧？”杨云美在电话那头大声喊道：“我和你爸爸看新闻都吓死了！”

“我没事，你们放心，我已经到家了。”

从来没有过这样惊悚的经历，怎么可能没有事，金闪闪一听到爸妈的声音，眼泪就涌出来了，声音却尽量保持着平稳。

“没受伤吧？”金朝阳抢过电话道。

“没有没有，我好着呢，就是吓到了。”金闪闪连忙安慰道。

“我和你妈现在来看你！”金朝阳始终不放心。

“不用了，爸，我今天还收拾了现场，好累呢，我一点伤都没有，就是需要睡一觉，我明天就回来，你别特地跑一趟了。”

“……行吧，你累了就早点休息吧，那你明天想吃什么？我让你妈给你做。”金朝阳关切道。

“随便吃点什么就好，你别搞得怪吓人的，说了我什么事都没有。”金闪闪一边擦眼泪，一边拿钥匙开门。

下午从医院辗转到警局的程野，做完笔录后一直站在警察局门口打金闪闪的电话，却始终占线打不通。

四名伤者，两名轻伤，两名重伤，所幸的是，两名重伤者在医院都度过了危险期，伤势最严重的嫌疑犯妻子，因为程野及时用手堵住了出血点，而捡回了一条命。

他搭警察局的便车又回到了虹茂看了一眼，金闪闪已经不在这里了，连为了读书会布置的展台都收走了，他站在门外点了一根烟，手机开始频繁的响，程野拿起来一看，全是陌生号码，不想应付媒体的他直接全挂了，手机还剩1%的电，他又再打了一遍金闪闪的电话，依然还是占线。

事件刚结束找不到她时，他只觉得心底瞬间一凉，大脑都空白了，这个感觉太过清楚，清楚到他没法忽略，他有话要对她说。

几秒后，他把烟一扔，径直走到自己停车的地方，头盔戴好，一拧油门，朝着樱园的方向飞驰而去。

金闪闪好不容易才挂断电话，亲朋好友接连打电话过来确认她的安全，手机通话一直就没停过。好不容易挨个儿汇报完情况，她拨通了程野的电话，从虹茂分开后，她一直没有他的消息。

片刻，听筒里响起了关机提示音。

“怎么回事？”她一个人坐在客厅里，突然就不安起来。

金闪闪拿起遥控打开电视，搜索了一圈新闻也没有看到新的消息。

没有新的消息，程野却联系不上，她的脑子开始不受控制的胡思乱想起来。

程野空手夺刀，会不会其实也受伤了？会不会在去医院的路上出了什么事？

金闪闪不甘心的又打了两遍他的电话，依旧是关机。她坐不住了，从沙发上站起来就去房里拿外套，拎起包就打算出门去。

大门却突然响起了大声又急促的敲门声。

程野？

听到这一阵重重的敲门声，金闪闪眼神一亮，松了一口气，几乎要笑起来，立刻跑去玄关。

拉开门，一个高高瘦瘦的人影站在门外。

金闪闪的笑凝在了嘴角，愣住了。

“你怎么来了？”

她看着面前的薛醒。

薛醒伸手一揽，把她紧紧地环抱在怀里，有些微喘。

“我看到新闻了，还好还好你没有事……”薛醒一手抚着她的头，声音温柔。

金闪闪眨眨眼，今天发生的事情太多她还没反应过来，薛醒把她抱得太紧，她有些透不过气。

斜阳夕照下，程野背过身，独自站在这层走廊楼梯拐角的地方抽着烟，没有出声，片刻，转身下楼，骑上车走了。

Chapter 13

嵌不进模子才是人之常情啊。嵌不进去的才是真正的自己啊。

——《一个人的好天气》

没开灯的客厅里，金闪闪与薛醒面对坐着，却相对无言。

半晌，电热水壶的响声打破了尴尬的寂静，她站起身，走到厨房里，准备泡一杯茶端给薛醒。

金闪闪正倒着水，薛醒的手又环上她的腰，从背后抱着她，问：“是我不好，我们和好好不好？”

金闪闪放下水壶，没有说话。薛醒见她没反应，又扶着她的肩头把她转过来面对自己，他以为金闪闪会有些小女儿家的嗔怒，会不敢看他的眼睛。

但她却没有，她平淡的与他对视着。

这不就是她一直想要的结果吗？

金闪闪看着薛醒。

他终于回头了，这算兵不血刃的胜仗吗？为什么她一点儿也高兴不起来？

“你不是谈恋爱了吗？”半晌，金闪闪问道。

“我昨天和她分手了。”薛醒道：“我和她不是来真的，我就是想气下你，想看你在乎我的样子。”

金闪闪低下头，沉默着。

“闪闪，对不起，回我身边来吧。”薛醒摸摸她的头，让她靠在自己胸前，“是我自私，但我从来没想过真的离开你。”

金闪闪闻着久违的薛醒身上熟悉的味道，两个人还小时，他身上就是这样淡淡的香，她眼睛突然酸了。

“手指头疼不疼？”薛醒轻轻的握住她的手关切道。

金闪闪点点头，眼泪又不争气地落了下来。

看到她落泪，薛醒才稍微安了一点点心，金闪闪好像连这样劫后余生的时刻都不太需要他了似的，居然要让他这样求和，才肯给一点情感反馈。

程野躺在床上看着因为没电关机而黑掉的手机屏幕，却也不想去充电。

金闪闪被薛醒抱在怀里的那一幕，在他脑海里闪了一瞬。

他静静地看了一会儿天花板，坐了起来，打算走到客厅，看会新闻，刚走到沙发边，门铃响了。

程野愣了一会儿，走到猫眼处看了一眼。

温小宛。

他叹了一口气，整理了一下自己的心态。

“怎么了？”他拉开门道。

“你还好吗？”温小宛怯怯地问道：“我看到新闻上……”

“我没事。”程野声音平静。

“我能……进来坐会儿吗？”温小宛见程野态度比平时温和了许多。

程野很想回绝，但莫名想到那次金闪闪一脸委屈的替温小宛抱不平，不知怎的，就点了点头，让温小宛进屋了。

“喝茶吗？”程野问了一句，打算进厨房烧水。

温小宛突然从背后一把抱住他。

“你不生我气了？”她声音柔柔弱弱，带着点哭腔。

程野握住她的手，缓缓的掰开，从她怀里出来，与她保持距离。

“我没生你气。”他尽量温和地说道：“你看过我了，我没事，你可以放心回去了。”

温小宛怔了几秒，低头说道：“我今天看新闻时，不知道你到底怎么样了，有没有受伤，我吓坏了。你一直不肯理我，不愿见我，我知道你是怪我做错事，可我真的不能没有你，我无法想象今天你要是出了什么事，我该怎么办……”

“我没有怪你，我自己也有责任。”

“我不知道会搞出这么大事的 ，那个女的自己也不是个正经人……”

“够了。”程野脸上的表情一冷，温小宛愣住了。

“对不起……你原谅我好不好？”她一看程野的脸冷下来，眼泪噼里啪啦的就落下来了，“这么久了，你也该消气了好不好？”

“我不是在和你怄气，我们之间早就结束了。”程野觉得这一年多来自己每一次的表述已经说得够明白了。

“你不是认真的。”温小宛还是不肯接受事实。

“我是认真的，我不再爱你了，勉强自己对你对我都不负责任。”程野平静地说道。

温小宛擦了擦脸，收起眼泪，问了一个自己早就想问的问题：“你是不是心里有人了？”

程野沉默了几秒，回答道：“是。”

“是那天在你家的那个女孩儿吗？”

“是。”

他没有遮掩，坦然的回答了她。

温小宛低着头沉默了好一阵。

“我不怪你，我知道你当时是糊涂，但过去的已经过去了，你该往前走了，好好过自己的生活。没有谁离了谁是不能活的。”程野声音终于温柔了一点。

温小宛自嘲地笑了两声。

良久，她长叹了一口气，转身朝外走，临到出门前，又转身说了一句：“你知道你的照片已经在网上火了吗？小心点。”

程野还没琢磨出她这话什么意思，温小宛已经将门一摔，走了。

金闪闪靠在沙发上看着电视，右手手指还一阵阵疼得厉害，薛醒叫了外卖，替她拆开包装，看她右手不方便，就靠到她身边来，打算喂她吃饭。

这样亲密的举动，以前恋爱时常有，但这一刻，金闪闪觉得莫名反感，她轻轻推开了薛醒的手。

“没关系，我自己来。”她笨拙地伸出左手拿起筷子。

“不喜欢我喂？”薛醒心里一沉，但声音仍然温柔地问道。

金闪闪低头吃饭，没答话。

奇怪的是，她一次又一次地回避与拒绝，反而让薛醒更想把所有的温柔都拿来补偿她，重新驯服她。

金闪闪根本没有心思去思量这些东西，程野还没有给她回电话，她总觉得不放心，又伸手去拿手机打他电话。

电话这次通了，却没有人接。

程野坐在客厅里，看着手机在茶几上振个不停，上面是金闪闪的名字。一直等到她挂断电话，他才拿起手机发了一条短信过去。

【到家了，太累，先睡了。】

金闪闪看到信息总算放心一些了。

“上次和你在一起的那个男人，程野，今天是他救了你？”薛醒看着金闪闪，语气平淡的提了一句。

“嗯。”

“替我谢谢他。”薛醒轻笑了一声，道：“你好好休息吧，我明天再来看你。”

“不用了，明天我回家。”金闪闪道。

“知道了。”薛醒弯腰在她额头上一吻，走了。

听着他的脚步声消失在楼道里，金闪闪又从沙发爬到窗边趴着，看着他从楼下走远，看不清表情。直到他消失在院子门口，她还趴在窗台上没动，心里面完全不知道自己到底想怎样。

她没有主动向薛醒示过一次好，没有示过一次弱，可是就像赫连周说的那样，不给他糖，他反而杀了回来。

这算她赢了吧？她怎么一点胜利者的喜悦都没有？

薛醒突然间的回头和甜蜜让她很警惕，是真心实意？还是心血来潮？

金闪闪回头看向空空的客厅，赫连周还是不在，连个出主意的都没有，她突然很想念她。

定昭机场的候机楼里，航班信息显示屏一片全红。

因为从下午开始的空中流量管制加上晚上起雾，导致航班大面积延误，公共关系科手忙脚乱，赫连周被提前一晚叫回来顶班。

时至夜晚十点整，控制区外还有大量的旅客滞留，周平带着赫连周和两个机场警察一起，负责和被滞留的旅客沟通，防止冲突事件发生。

“三个小时了，到底能不能飞给个准信行不行？”

国航和南航两大公司的值机柜台前挤满了人，旅客的耐心明显已经快到头了，值机人员也没有办法左右航班是否起飞，只能尽量维持秩序。

“航空公司那边怎么说？”周平皱着眉头问道。

“还是一句话，起飞时间待定。”赫连周答道，谁能想到公共关系科最缺人的时候，恰好就撞上了今年到此最大的一次航班延误。

“去和机场宾馆那边联系好，让他们报一下还有多少空房，通知下巴士管理处，做好安顿过夜旅客的准备。”

“知道了。”赫连周点了点头，赶紧去联系各处，刚迈腿就觉得有点儿头晕，今晚连轴转的工作节奏让最近心力交瘁的她有些应付不过来。

省人民医院边的酒店里，周嘉琦在这里开了一间房住下，如果ICU那边有什么紧急情况，他从这边赶过去也很快。

从母亲进ICU的那天起，他就给父亲发了短信告知情况，而父亲除了交代他这段时间好好陪护赫连琴，照顾妹妹以外，没有提过要来看望前妻。

降温了，周嘉琦站在窗边抽烟，冷风呼呼的往里灌，父母离婚后，他一直和父亲以及继母生活，对自己母亲是有些生疏的，对他来说，记忆里的赫连琴，从带着嘉悦走的那天起，就变了样子。

窗外的夜景很繁华，他打开电视打发时间，就这么在沙发上躺到不知不觉睡着。

直到突兀的手机铃响将他惊醒，他坐起身，墙上的时针指在十一点，是医院的电话。

当周嘉琦气喘吁吁地跑到医院时，医生告诉他，赫连琴突发急性肺衰竭，鉴于她目前的身体状况，很有可能并发多器官衰竭，只能尽力抢救，家属要做好心理准备。

眼看着时间到了十一点，滞留在机场的大量旅客还在等着各个航空公司的答复。

有不少的旅客直接退改签走了，还有一部分人依然在等着。

南航柜台边又围上来一圈等得不耐烦的乘客。

“小姑娘，雾已经散了，是不是能飞了啊？给个准信啊。”

值机的小姑娘正在接领导的通知，抱着电话点了几下头后，抬头道：“不好意思，航班取消了。”

赫连周带着两个同事在另一边，给每个还在等待的旅客派发咖啡，一边逐个赔礼道歉，一边统计有意在机场宾馆过夜的人数。

领导周平走了过来，朝她招了招手。

“航班全部取消，今晚不飞了，一会儿通知的时候注意措辞，旅客估计要闹。”周平凑到她耳边小声道。

“宾馆和大巴已经安排好了。”赫连周一边说着，一边感觉到手机在口袋里振个不停。

周平示意她先接电话，赫连周放下手里的东西。

“喂？”

“现在能回来吗？妈情况不好，可能熬不过今晚。”周嘉琦在电话那头尽量保持声音镇定。

赫连周脑子里嗡的一声炸了。

“科长，我妈……”她看向周平，刚想开口请假，身后突然爆发一阵喧哗。

“等了一晚上你告诉我航班取消？！”

“叫你们领导出来！。”

“等了五个小时！要取消不早点说？！”

南航柜台边的乘客听说航班取消，积压了一晚上的不满爆发了。开始破口大骂，对着柜台的员工拉拉扯扯。

周平赶紧跑过去制止，赫连周第一反应也是放下手机，赶去现场。

“请大家冷静一下。”周平喊道。

航空公司的数名员工都被情绪激动的旅客围住了，有一个男员工还被人揪着领子，边上的女员工一直不停地道歉，双方仍僵持不下。

“先生，请您先放手，航班飞不飞也不是由值机员工决定的，他们只是在做好自己的工作而已。”赫连周一看气氛紧张，费力地拨开两边的人，试图让揪着别人领子的男士放手。

“你们有没有尊重过我们消费者？”

“一帮混账玩意儿，不把别人的时间当回事！”

“我们为各位准备了酒店和大巴，请各位少安毋躁。”周平大声喊道。

然而情绪激动的乘客们根本听不进去，赫连周和周平都被人推搡了几把，航空公司的员工也开始有了情绪，双方一人一句，直到机场警察过来维持秩序。

两边冲突的人群被拉开，赫连周和周平的制服都被人扯皱了。

正当警察努力地将乘客和员工分开时，一位妇人一把推开了前面拦着的人，手一甩，将一杯咖啡狠狠扔了出来。

“我女儿等我回去过生日等了一晚上！你们就这样的态度！”她怒斥道。

热咖啡淋了赫连周一头，胸前染开了一大片污渍，顺着她的发梢和额头全滴进了领子里，她低着头吸气，只感到头一阵晕，周平赶紧把外套脱下来罩着她湿透了的衣服，护着她离开了冲突中心。

“科长，不好意思，我妈情况恶化了，我想赶回去一趟。”赫连周还没坐稳，就抓紧周平的手道。

周平回头看了一眼，现场情况还算控制住了，说白了，他们这个工作免不了要受气。

“你这样行吗？”他看着赫连周狼狈不堪的样子，从口袋里拿出一包纸让她擦擦头发。

“我没事，我开车去。”赫连周拿纸在脸上擦了一通，还好咖啡不算烫，没有受伤。

“那快去吧。”

赫连周点了点头，站起身就朝电梯跑，直接下到停车场取车，上机场高速，驶往市区，一路开到一百二十码。

ICU 内，急性肺衰竭并发心脏衰竭，医生结束了最后的抢救，在周嘉琦的同意下拔了管子，赫连琴于零点二十一分去世。

赫连周车下了高速，在路口等着红灯，因为焦急和恐惧，她手心出了一层又一层细密的汗，整个人都绷得紧紧的，只想前面的红灯能快一点……再快一点。

直到她的手机响起。

周嘉琦没有打电话过来，而是一条短信。

【妈走了，一分钟前。】

赫连周看着这条简短的短信，握紧方向盘的手松了。

妈妈就这么走了。

之前耽误了那么久，现在再快的速度好像也没必要了，没什么区别。

绿灯来了，她发动车子，缓缓地往前开，没擦干净的咖啡液还顺着她的脖子往下滑，头发凉凉的搭在她额前，湿衣服在秋天的气温里变得冰冷，她没有回周嘉琦的信息，嘴紧闭着，一路上连哼都没哼一声，就这么平静地把车开到了省人医。

“是家属吗？”护士看见赫连周一身狼狈地站在楼道里，周嘉琦闻言抬头，立刻起身走了过来。

“怎么回事？”他看着妹妹身上一大片的咖啡渍和湿淋淋的头发。

“没什么，旅客闹事。”赫连周摆摆手。

“家属去见最后一面，然后过来签字吧。”护士冲他们招了招手。

“还没签字的，我想等你来签。”周嘉琦声音些许哽咽。

赫连周沉默地走到护士身边，只觉得腿好沉，病房的光好刺眼难看。

赫连琴被推了出来，她躺在病床上，被白布罩着，赫连周伸手掀起来。

赫连琴紧闭着双眼，像睡着了一般，这让她突然觉得，妈妈好像还没有死一样。

白布盖上，殡仪馆的车已经到了门外，一个工作人员将赫连琴推走，赫连周站在原地没有出声，她看着妈妈的病床在楼道里被越推越远，就快要消失在尽头。

她再也没有妈妈了。

赫连周追了出去。

“妈妈！——”

“妈妈！——”

周嘉琦听见妹妹带着哭腔的喊声，撕心裂肺，眼泪也落了下来，赶紧追上前去。他害怕赫连周受不了这个刺激。

“妈妈……妈妈……”赫连周扑到病床上拦着，抱着妈妈的双腿，“妈妈，您别走，您再叫我一声！我是嘉悦啊……”

“还能不能再抢救一次？”她眼睛里全是泪水，抓住工作人员的袖子哭喊道：“我妈妈她还没死，再抢救一次好不好？”

周嘉琦跑过来想抱住赫连周，却怎么都抓不住她，她用尽全身的力气抱着妈妈的病床不撒手。

“妈妈……妈妈……对不起……别丢下我一个人……我害怕……”她像一个小孩儿一样趴在床边，哭得声音都是破碎的。

“都是我不好，妈妈，您原谅我吧！原谅我吧……再和我说说话吧！求您了！”她死死抓着妈妈的手，妈妈的手还没有凉。

殡仪馆和医院的工作人员左右为难，站在原地不知道该不该继续推走死者，周嘉琦忍着泪，使劲将赫连周从病床上拽了下来，搂在自己怀里，示意工作人员继续自己的工作。

“妈妈，别丢下我一个人……妈妈！！！我害怕啊！”赫连周被哥哥紧紧抱在怀里，用尽全身力气喊道。看着妈妈的遗体被转移到殡仪馆的车上，她还挣扎着想去追，车门关上，没多久就开走了。

周嘉琦紧紧地抱着妹妹，任她在怀里扭打，赫连周双腿几乎都站不稳，最后终于脱力地靠在周嘉琦怀里，哭声越来越弱。

陈拓来接他们时，连日来都几乎没有休息过的赫连周，已经精疲力尽地在周嘉琦怀里哭到睡过去了。

“整个人都崩溃了。”周嘉琦把赫连周小心的放在车后排座上，“你这两天多看着她一点，丧事这边就由我去操办。”

陈拓点了点头，载着赫连周往自己家开。

金闪闪锁上门，想来今晚家里还是只有自己一个人，她躺在床上发呆，一颗心静不下来。

薛醒今天一连串的深情脉脉告诉她，她对他有多重要，可她一点心动的感觉都没有，反而还有一种，生疏的距离感。

这和她想象的太不一样了。

她以为自己至少会有扬眉吐气的感觉，可是没有，她只有疲惫、难受、不痛快。

烦躁地翻过身，她拿起手机点开微博，随手就往下刷。

这一看，让她完全愣住了。

【虹茂伤人案见义勇为者曾被清除出警察队伍】

【虹茂伤人案见义勇为者身份竟是推理小说家】

【虹茂伤人案空手夺刀的小哥真实身份是推理作家龙场野人，曾做过刑警】

【见义勇为者程野原为警察，曾严重违纪】

金闪闪不停地往下翻着，热门里十条有四条都在讨论程野。再看看评论，有夸的有踩的，但程野的真实姓名和笔名，连带出过哪些作品，已经全部被人肉出来了。

网友在肆意的议论他的家庭情况，评论他的外表、挖掘他的感情史。

某些评论的恶意揣测触目惊心。

金闪闪关掉了客户端，心里又是气愤又是担心，想给程野发信息，却想起他早早就睡了。

手机屏幕开了关、关了开，她最终还是没有发出信息。

第二天，金闪闪收拾完自己刚下楼，薛醒的车就到了院子里。

“你干吗？”她愣了下。

“我陪你回家。”薛醒顺手就接过她的包，打开副驾驶的车门，“好久没有去看叔叔阿姨了，走吧？”

他把一切做得自然而然、理所应当，金闪闪有些尴尬的坐进了副驾驶座。

车一路朝城西驶去，车内很安静，安静得有些不自在。

“手指好些没？”薛醒率先打破了沉默。

“好些了。”金闪闪看着指间的纱布道。

“有没有换药？”

金闪闪点点头，脸朝着窗外，不知道该跟他说什么。

不知道程野现在起床没有。

她把手机拿在手里翻来翻去，不想打扰他休息，可又没有他半点儿消息，心里总觉得焦躁，也不知道程野有没有看到网络上的那些讨论。

片刻，她还是发了一条短信给他。

【还好吗？】

车缓缓开着，曾经他们去过的旧公园又出现在眼前，金闪闪微微侧身，看着那个公园慢慢消失在车的右后方。

金闪闪心里微微的发酸，绕了这么一大圈，他还是回到自己身边了，和他长长久久难道不是她一直想要的吗？

她试图努力跨过心里那道不知为何的坎。

“你还记得这个公园吗？”她终于露出了笑容，偏过头来看着薛醒。

“哪个？”薛醒看了看四周，“哦，是不是我们原来在这玩过啊？”

“嗯……”金闪闪声音低了下去。

原来他已经不记得了啊。

车到了家，一开门，杨云美和金朝阳就围着金闪闪转了好几圈。杨云美嘴里又是阿弥陀佛又是观音菩萨的，看到她手指受伤的时候还是大呼心疼。

金朝阳看到薛醒来稍微惊讶了一下，随即便招呼他一起进来坐。

回到家，金闪闪的心情还是好了一些，放下包坐到沙发边吃着妈妈切好的水果，薛醒坐在她旁边，金朝阳坐在另一侧的沙发上，一边陪女儿看着电视，眼睛一边时不时地朝薛醒身上瞧。他正想开口问他俩什么情况时，杨云美一屁股坐到了两人中间。

“小薛今天不上班啊？”杨云美大大咧咧地拿起一块蜜瓜边吃边问道。

“今天请了假。”薛醒微微侧身道：“闪闪昨天一定吓坏了，我放心不下。”

杨云美听到这话满意地笑了，金闪闪坐在一旁不知道为什么听着觉得浑身不自在。

“我上去拿点东西。”她放下果盘就朝二楼走。

进了自己房间，金闪闪思量着要不要提前把冬天的衣服带到租屋去。

薛醒从后面伸手一环就把她抱在了怀里，金闪闪身子一紧绷，吓了一跳。

“你什么时候上来的？”

“跟在你身后来的。”薛醒把下巴靠在她肩上，“你一个人躲房里干吗？”

“我……看看有没有什么要收拾的。”

“你在躲我。”薛醒轻笑了一声。

金闪闪一时无言，薛醒将她转过身来，将一串亮晶晶的东西放进她手里，是当初金闪闪一气之下扔给他的戒指和项链。

“好好收着，不要再丢掉了。”薛醒声音温柔。

“你还留着呢……”金闪闪没想到薛醒会把这两个纪念品还给她。

“舍不得丢啊。”薛醒低头在她额前一吻，不动声色地观察着她的反应。

这本应该是一个很甜蜜的片段吧。

金闪闪这样想着，她的心很用力地想要体会薛醒给她的甜蜜，很想投入他的怀里，两人和好如故，哪怕就当作享受一下胜利果实也好，可奈何却毫无感觉，无法享受。

她始终感觉，有一道坎，横在她与他中间。

“我下去看看有没有什么要帮忙的。”她一溜就从薛醒怀里跑了。

薛醒回过头，笑容消失在脸上，他再没有过去那安全感过剩的做派了，他看出了她的心不在焉。

金闪闪现在简直像个滑不溜丢的泥鳅，抓都抓不住。

“啧。”他微微有些恼怒，这女人以前根本不是这样的。

越是抓不住，他越是想使劲。

晚饭前，杨云美在厨房里忙得不可开交，金朝阳和薛醒坐在客厅沙发上谈论时事，金闪闪在父亲的小花园里左瞅瞅右瞧瞧，不知为何，就是不想待在客厅里，直到杨云美喊开饭。

“小薛好久没来吃饭了，今天多吃点。”杨云美今天格外地高兴，招呼着三个人落座。

“诶，好的，好香啊。”薛醒讨杨云美喜欢很有一套。

“喜欢吃阿姨做的菜，以后就常来。”杨云美一边给丈夫盛汤一边笑道：“以后最好每周都能和闪闪回来一次，这孩子老不爱回家，每次都得催几回。”

金闪闪刚想开口反驳老妈，谁知薛醒立刻点头笑道：“好的，阿姨。”

她不自觉地叹了一口气。

客厅的电视传来新闻播报的声音，金闪闪坐的位置刚好能够看见电视屏幕。

仍然还是虹茂伤人案的后续报道，金闪闪瞧了一眼，接着低头吃饭，金朝阳和杨云美有一搭没一搭的旁敲侧击着，想问清楚薛醒对两人的未来规划。

电视里原本在详述伤人者的家庭背景和动机，接着突然话锋一转，提到了程野。

“有关昨天及时制止凶犯的青年作家，截至目前为止，本台记者仍然联系不上龙场野人本人。”

金闪闪听到这里，把头从碗前面抬了起来，一双眼睛专注地在看着电视屏幕里说什么。

程野的消息传来，不管是大是小，她都想知道。

坐在旁边的薛醒，一双眼睛把她的动作、神情捕捉得一清二楚。

“阿姨，我想今年先和闪闪把婚定了。”薛醒脸上笑着，声音沉沉地说道：“我和闪闪也恋爱这么久了，也该是时候把这事敲定了。”

杨云美两眼放光，正准备开口，金闪闪回过头诧异道：“订婚？”

薛醒轻轻握住她的手，却不看向她，只对着杨云美说道：“阿姨您意见如何？”

“我当然是希望你们早点把事情定了好哇。”杨云美笑意盎然，全然没看女儿脸色，倒是金朝阳坐在一边还没有出声。

金闪闪一脸懵逼，桌边的手机突然振动了一下，跳出一个小信封标志，她瞥见两个字：程野。

还在惊吓当中的金闪闪立刻把手从薛醒手里抽了出来，没管杨云美还在说些什么，拿过手机就打开短信。

【我没事，怎么了？】

短短的六个字，她心里突然就松缓了，舒展了。

程野坐在没开灯的客厅里，电视上正在播新闻。

他看着手机里金闪闪的名字，想了好久，又发了一条短信过去。

【别担心。】

看着他发来的第二条信息，她发现自己不自觉在笑。

担心了一整天才等到他的消息。

金闪闪看着程野的名字，又偏头看了看薛醒，终于明白横在她和薛醒中间的那道坎，是谁。

“改天我请阿姨叔叔，和我爸妈在一起吃个饭吧。”薛醒还在和杨云美说着，“闪闪现在的工作也不好做，如果结了婚，她不上班了就在家也挺好。”

“我不愿意。”

金闪闪放下手机，声音不大不小，却打断了薛醒和杨云美之间欢乐的气氛。

薛醒回过头，金闪闪与他对视着，又再说了一遍：“抱歉，我不愿意。”

开什么玩笑，这么大的事你有问过我的意见吗？

“爸、妈，我吃完了，有点儿事，先走了。”金闪闪放下碗就走到门口拎着包出去了，薛醒站了起来，回头道了一声歉，也追了出去，留下金朝阳和杨云美面面相觑。

金闪闪出了门，从快步走变成一路跑着，她只想尽快走出小区，到马路上拦一辆车。

薛醒一路跑着在后面追，终于耐不住脾气大吼了一声：“金闪闪！”

她停下了脚步。

薛醒追了上来，在她身后站定了，皱着眉道：“你什么意思？”

金闪闪回过头，认认真真的道：“对不起。”

“对不起什么？”

“对不起，我不想继续下去了。”她平静地说道。

“是吗？你又在闹什么情绪。”薛醒冷冷地看着她，金闪闪当着父母的面这样驳他的面子让他非常不爽，“哄完一遍又一遍，你还要我怎么样？把你当菩萨供着？”

金闪闪没说话，只是静静看着这个曾经让自己要死要活的人，曾经她也想象过，她以为这样的时刻，她会很想打击他，鄙视他，像所有影视剧里逆袭前男友的女主角一样。

但真到了这一刻，她发现原来不是这样的，真到了这一刻，连多和他说几句话来辩驳，都没必要。

“你说不想继续下去了是不想复合了是吧？”薛醒冷笑道：“你口口声声说得那么离不开我，结果分了手才几个月就不爱了？”

金闪闪笑了笑，没否认，无意再指责薛醒过往的自私、自我，过去那些争吵在此刻已经毫无意义。

她和他之间的的确确是回不去了，这些年，关于爱他这件事，她尽心尽力，毫无遗憾，但也明白了，这个人心里爱的只有他自己。

“说话啊，怎么哑巴了？”薛醒那个公子哥儿式的盛气凌人，随着被拒的愤怒一起，再也掩藏不住了。

“对不起。”金闪闪再一次的低头道歉，随着她抬头出现的，是一个大大的笑容。

“以及，祝你以后好运。”她眼神坚定，看着薛醒，随即转身离开了。

薛醒愣在了原地，秋风越来越寒，他不能相信，金闪闪竟然给了他如此大的挫败。

金闪闪觉得一刻都没法等，拎着单肩包，踩着一双小单鞋，在深秋的寒风里朝前跑着，一路小跑到马路边，伸手拦了一辆出租车。

“师傅，到城东的香樟华园。”她坐进副驾驶座。

“好嘞。”

程野出门到楼下的便利店里买烟，一边往回走一边点着火，还没走到楼下就听到来自金闪闪的声音。

“程野！”她站在他楼下喊着他的名字，“程野！”

程野站在原地疑惑了几秒……

这又出什么事了？

“程野！”金闪闪在楼下按了半天门铃没人应答，以为程野又早早睡了，叫了几声没人理后，她都快泄气了。

“程野！——”

“干吗？”

程野沉沉的声音在身后响起，她回过头，他就站在她身后，一脸不满地看着她。

金闪闪几乎是一瞬间就笑了，转念又觉得不妥，赶紧把笑容收了起来。

“没……没事，我来看看你。”她乖巧地看着他说道。

“看我干吗？”程野挑着眉疑惑道，低头又看到金闪闪手指上扎眼的白色绷带。

“手怎么了？”他皱了皱眉，伸手抬起她的手，“昨天弄伤的？”

“嗯，小伤，没事。”金闪闪摆摆手，抬眼悄悄地看着他。

按照程野一直以来的脾气和耐性，被网友这样人肉议论、侵犯隐私，只怕已经火山爆炸了，可她看他好像脸上没什么坏情绪似的。

“换药了没？”程野的注意力还在她的手指上。

“你不生气吗？”金闪闪问道。

“生什么气？”程野的眼神落到她脸上。

“网上的那些议论……说得很过分。”

“啊……”程野总算明白金闪闪为什么跑过来看他了，不禁伸手摸了一下她的头，笑道：“你听过《父子骑驴》这个故事吗？”

“听过……”金闪闪道。

“那为什么还要那么在意别人说什么？”程野一双笑眼看着她，

宽慰道。

金闪闪想了想，好像也是这个道理，程野不气也不想去争辩，倒是她气鼓鼓的。

两个人站在灯下，影子被拉得老长，交叉在一起。

金闪闪一颗心乱跳个不停，刚想开口，程野却突然噢了一声。

“对了，创文奖那边来通知了。”他突然想起来要告诉她这个消息。

“嗯？”

“《少年残影》入选了，有几个活动要参加，组委会要我去北京。”

金闪闪愣了一下，问道：“什么时候动身？”

“不是明天就是后天吧。”

一阵寒风刮过，树木被吹得沙沙响。

“噢。”金闪闪有些高兴，又有些失落地点了点头，“那……那你早点休息。”

程野见她表情有些怪怪的，想问什么又止住了嘴，脑海里闪现出她被薛醒抱在怀里的画面。

“不知道要去多久，可能半个月，可能一个月。”他想了想道：“你……手指头记得别沾水。”

“我知道的。”金闪闪还是笑了笑，对他说：“你好好加油。”

Final Chapter

他们彼此深信，是瞬间迸发的热情让他们相遇。

这样的确定是美丽的，但变化无常更为美丽。

——《一见钟情》

秋天总是有些短，一个多月的时间，街上的树，叶子纷纷落下，只剩下光秃秃的树枝。

气温急转直下，只有不到十度。

青春事业部的办公室里开足了暖气，但金闪闪还是忍不住打喷嚏。

“明年会有些人事调动，青春部这边缺人，你要不从奇幻事业部那边调回来吧？”曾经的上司坐在办公桌前对她说道。

“我们组长估计不愿意放人哦。”金闪闪只管装傻，“而且我觉得我能力还是有些欠缺，在奇幻事业部多锻炼锻炼挺好。”

青春部的老大脸色不太好看，她也装作没看见。

十分钟后，老张看见金闪闪从七楼下来了。

“找你回去？”老张试探道。

“嗯。”金闪闪点了点头，坐到自己位置上“我说你不放人，回绝了，你记得别露馅儿了。”

老张笑了一下，心情愉快地走开了。

《少年残影》在这一个月里已经全部卖断货，连带程野过去的作品都卖得很好，持续加印中。

网民对于他警察身份的过去，讨论了两天也就抛诸脑后了。对制服暴徒的称赞远远多过对他的猜疑，互联网的记忆更迭如此之快，取而代之的是一群书迷追在他身后大呼“老公”。

这一届的创文奖也办得比过去火热，在北京举行了几场活动，都有记者跟踪报道，程野是其中的焦点，多家出版社希望与他合作，可他似乎都没有回应。

程野书卖得那么好，眼看又入选了创文奖，作为他现在唯一的责任编辑，青春事业部当然想把金闪闪这个资源要回去。

但她已经习惯了奇幻事业部的氛围，并且觉得自己更喜欢这里。

“闪闪姐……”尤真真凑过来道：“明天平安夜诶，是不是创文奖出颁奖结果的日子啊。”

“嗯。”金闪闪点了点头，但按理说组委会颁布结果也要有个过程，不会这么快发布出来。

“不知道龙场老师在北京都忙些啥呢，也不给个信。”尤真真若有所思地趴在金闪闪的办公桌上念叨。

金闪闪瞧着窗外，不知道北京今天是不是也很冷，程野去了北京就没有联系过这边。

平安夜前夕，大街小巷都挂满了灯，她和尤真真在外面一起吃过晚饭，尤真真一高兴就喝了点儿酒，偏偏酒量还和金闪闪一样差，喝了一瓶就开始走不稳路。

“哎哟，你早说你是这个酒量我就不让你喝了。”回到家已经是凌晨，金闪闪扶着尤真真，好不容易才回到樱园。

“我哪有酒量。”尤真真一边扶着墙喘气，一边絮叨。

金闪闪摸出钥匙开门，连拖带拽把她搀了进去。客厅里安安静静，赫连周这个月一直住在陈拓那，金闪闪基本没见着她人。

刚把尤真真在沙发上摆好，门铃又响了。

金闪闪走到猫眼前瞄了一眼，一个长头发的女人靠着墙，看不清脸，难道是赫连周回来了？她打开门。钱颖颖站在门外，喝得烂醉。

“你是金闪闪对吧？”钱颖颖扶着墙，还没来得及说下一句话，就弯腰吐了一地。

金闪闪眨了眨眼，不太相信眼前的画面，她弯腰仔细瞧了好久，再次确认了这真的是钱颖颖……

那个薛醒曾经牵着站在她面前的钱颖颖。

她回头瞧了眼趴在沙发上好奇伸头看的尤真真，又看了看蹲在门口的钱颖颖。

屋里一个醉鬼，屋外一个醉鬼。

“呵呵……”金闪闪觉得自己右眼直跳。

好不容易把钱颖颖也扶到沙发上摆好，金闪闪才喘了口气，进屋烧水，一边站在厨房好好思考了一下今晚到底是个什么样的奇葩情况。

“金闪闪……”钱颖颖在沙发上缓过劲来，又开始扯着嗓子喊道。

尤真真趴在一边瞧着，酒劲退了一些，人也清醒点儿了，她看着这个漂亮小姐姐，似乎脸上还有泪痕。

金闪闪从厨房端了两杯温水出来，放了点儿蜂蜜，给她俩解酒。

“喝吧。”她把杯子递给钱颖颖，钱颖颖正渴，端着杯子咕咚咕咚喝了个精光。

金闪闪坐在一旁打量着她，说到底，她和钱颖颖也就见过两面，曾经还是情敌关系。她真不知道她到这来到底要干吗。

“我跟踪过薛醒来你家。”钱颖颖把杯子一放，看着金闪闪道。

“你还玩跟踪啊……”金闪闪觉得自己背后一凉。

钱颖颖沉默了一会儿，突然就哭了：“我忍不住……我不知道他为什么突然提出要分手，后来才发现是因为你。”

“那你们现在还有联系吗？”金闪闪问道。

“后来他又来找我复合了，我装作什么都不知道。”钱颖颖眼泪不停地掉，“我是真的很喜欢他，可是他心里有个你，你知不知道，屈居第二是很难受的。”

金闪闪听闻这话，叹了一口气，钱颖颖是当真哭得很伤心。

薛醒在她这受了挫，又回头去钱颖颖那找补偿。

“他对你好吗？”金闪闪问道。

“挺好的，挺温柔的，可是我知道那不是真的，他是因为和你没戏才来找我的，那我算什么啊。”钱颖颖一肚子的委屈。

“你有和他聊过这些吗？”

“没有。”钱颖颖一边说一边坐不稳朝地上倒去，金闪闪赶紧扶了一把。

尤真真趴在沙发的另一侧，眼睛瞪得大大的，没想到还有这么劲爆的节目，听她俩说话把她的醉意都听没了。

“那你找我是想说什么？”金闪闪说话的声音很柔和，她心底里，一点也不讨厌钱颖颖。

“他对你好吗？他和你在一起的时候是怎么样的？”钱颖颖睁着一双泪汪汪的大眼睛看着她。

“他……是一个非常自我的人，对我，有好有不好，我们常常有矛盾，经常冷战，说起来，可能他对我，还没有对你好。”金闪闪笑道。

“我不信，那他这么喜欢你？”

因为控制欲，因为失去了，人就是这样好斗。

金闪闪这么想，却没这么说，她与钱颖颖此刻对坐的这个情景，像极了她第一次找赫连周诉苦的样子，她思考了好一阵。

“我和他已经成为过去了，现在在他身边的人是你，很多事情，需要时间。虽然在我看来他是个挺自私的人，但我和他之间出现的问题，不一定就会在你们之间出现，因为你是你，我是我。”金闪闪不知道自己这番话，钱颖颖酒醒后还记不记得，但她还是继续说了下去，“你要对自己有自信，既然真心喜欢他，就真心去投入，去收服他，或许，时间长了，他会懂事，会为了你改变也说不定呢？就算实在觉得撑不下去，大方走人又有什么了不起，难道世界上就只有一个他吗？”

“不要留在那些只会消耗你，贬低你的人身边，也许总有一天，你会遇见一个真正尊重你的人，让你能抛开所有胆怯和猜疑，也让你明白，原来从前的错误与委屈都有意义。”

金闪闪说这话时，脸上透露着一股淡淡的宁静与笑意，钱颖颖眨巴着眼睛看着她，过了半天，头一抬，往沙发上一仰。

“哼。”她抱着金闪闪家的抱枕，眼皮子只往下耷，“收服就收服，我收服给你看。”

钱颖颖睡着了。

尤真真坐起来瞧了瞧她，悄声问道：“你前男友的女朋友啊？”

金闪闪瞥了她一眼，没回答，起身进卧室给钱颖颖找了床被子，又给尤真真铺了张小床。

躲进自己的被窝儿里，她拿出手机来看了看天气。

上面写着，北京，晴 零下一度。

第二天，金闪闪醒来时，钱颖颖已经走了，空杯子下压着一张纸条，纸条上写着两个字：谢谢。

城西的一所旧楼里，赫连周站在曾经和母亲一起住过的旧屋子里整理遗物。

赫连琴的葬礼早就办完了，但直到今天，她才敢踏足这里。

老旧的桌椅是小时候，她和母亲相依为命的痕迹，赫连周再次看到这些物件，眼睛还是红了。

角落里摆着一座有一人高的塑料圣诞树，落满了灰，每年的平安夜，当其他小朋友在外面吃喝玩时，妈妈都会把它摆出来，挂一串彩灯，两人一起看着灯，这就是她们家唯一的娱乐了。

“别太难过了。”陈拓从背后抱住她。这一个月来，赫连周大病了一场，虽然一直住在他家，却几乎不开口说话。

“我宁愿您没有生下我。”赫连周轻声说道。

“嗯？”陈拓没听懂。

“‘我宁愿您没有生下过我’，这竟然是我对妈妈说的最后一句话。”赫连周眼睛低垂，看着窗外道。

这一个月来，她想了很多，她转过头来看着陈拓。

“我一直尽全力让自己活得精致漂亮，可我有时总在想，为什么要把我带到这个世界上来受苦，我总希望，自己从没存在过，爸爸不爱我，妈妈不许我爱，我不懂得如何去爱，也从来不敢投入。”

她说着说着笑了一声：“我用尽心机在和你玩游戏，我用阴谋诡计来说爱你，用若即若离来说爱你。很抱歉，这是我唯一爱人的方式。”

陈拓静静地看着赫连周，没有说话。

“分开吧。”赫连周直视着他的眼睛，从他怀里退了出来“爱对我来说，是种折磨，我想好好休整我自己，好好修补我自己。我们没有对方，会更好。”

这一刻对陈拓来说是静止的，他看着这个他从小就认识的女人，突然觉得有些陌生。

没等陈拓答复，她已经离开了他的怀抱。

风潮文艺出版社，奇幻事业部里，老张抱着电话讲了十几分钟，金闪闪坐在一边都快急死了。

“怎么样啊？问到结果没？”看到老张挂了电话，金闪闪立刻凑上去问道。

“《少年残影》进了前三，但还不知道名次。”老张说道。

“真的啊！”金闪闪一听到他说进前三，心情大好。正笑着，尤真真凑了过来。

“龙场老师发短信过来，说今晚要我叫着你一起去小王家吃饭。”尤真真看着手机说道。

“他回来了？”金闪闪诧异道。

“嗯。”尤真真点点头，“今天下午的飞机。”

“他居然都不告诉我？？？”金闪闪眉头瞬间拧到了一起，腮帮子都鼓起来了。

因为是平安夜，公司特批提早一个小时下班。金闪闪早早地就回到了家，一打开门，客厅里竟然有棵挂着灯的圣诞树。

茶几下的地毯被赫连周拖了出来，她仰面躺在地毯上，头放在树底下。

金闪闪看着好久不见的赫连周，惊喜地笑道：“你在干吗呢？”

“看灯。”赫连周的声音轻轻的，母亲的遗物里，她只带走了这一棵圣诞树。

金闪闪走到自己房间里放了包，换了件外套，还顺手补了个妆，打算一会儿溜达去程野家。

等到她从房间出来时，赫连周还躺在圣诞树下。

直觉告诉金闪闪，她这段时间发生了什么事。

赫连周静静看着上方的小彩灯透过塑料树叶一点点的投射下来，感觉到金闪闪也坐了过来，躺在她身边。

“小姐姐，还记得你之前告诉我，恋爱是勇敢者的游戏吗？”金闪闪看着那些模糊又梦幻的小彩灯，轻声说道：“我们一生都要和天性作斗争，也的确没错。”

赫连周静静地听着。

“可有时候我想，顺从自己的心，也许不一定是件坏事呢？你所说的爱情博弈的套路和猜度人心的招数，的确都很厉害，你告诉我实践才能出真知，可我自己试过了，才发现那只会让我变得胆怯、自私，不敢再付出一点真心，最终得到的，却已经不是我想要的。”

“爱是人不能停止不能控制的天性，不管受过多少次伤，人还是会向往爱情，还是要投入爱情，如果这种来自我们内心深处的、呼之欲出的爱的本能，在我们大多数人学习自我保护的过程中湮灭了，那多可惜啊……把自己的真心锁得死死的，其实是输不起。互相防备的爱情博弈，只会有人输，根本不会有赢家。你该放开你自己，你值得活得更好。”

“所谓恋爱是勇敢者的游戏，是敢动真心的人才勇敢。”金闪闪转过头看着她，“小姐姐，你冰雪聪明，怎么会不明白这些呢？”

赫连周平静地笑了，道：“怎么一阵时间没见，你突然和长大了似的？”

她记得第一次和金闪闪坐在沙发上对话时，她还是个只会哭鼻子的倒霉蛋。

“我想通了，一次失恋，两次失恋，又有什么关系，女孩子的意义，不仅在于此。”金闪闪从圣诞树底下坐了起来，冲她咧嘴一笑，看上去傻傻的，又充满了自信。

“我要出门啦。”她站起身拎着包，“你今晚是住这吗？”

“嗯。”赫连周微笑着点点头，“我哪也不去。”

她回过头看着一闪一闪的彩灯，静静的闭上了眼睛，享受着这一个多月以来，第一个让她感到宁静的时刻。

小王居住的小区里，尤真真和他抱着买来的烟花和焰火棒气喘吁吁地爬到了顶楼天台。

天台上很空旷，没有其他人，只牵了几串烘托节日气氛的暖黄小灯，金闪闪手忙脚乱的提着两把折叠椅也从楼梯间爬了上来。

布置好桌椅和餐具，小王又把菜和酒提了上来，和尤真真一起把天台的所有灯都打开了。

金闪闪在一旁冻得有些流鼻涕，这么冷的天气想出天台聚餐这种接风方式，她不得不佩服起小王的思维方式。

不远处的沿江大道已经开始放起了烟花，一朵接一朵的绽放在夜空里。

不得不说，虽然金闪闪不信教，又冻得打哆嗦，但平安夜的这一刻仍然还是难得的很美，是因为程野要在今天回来吗？她不自觉驻足观赏。

“野哥！”小王突然喊了一声。

金闪闪回头看，程野穿着件黑色的冲锋衣，站在天台门口。

他没有刮胡子，神情有一些疲惫，下巴和脸颊上有些青色地胡茬儿，手插在裤兜里。

“这是搞什么啊？”程野被眼前的场景给震慑住了，刚一到小王家，就收到尤真真要他来天台的短信。

“恭喜野哥！”小王咚的一声打开了香槟，“祝贺野哥……拿了个……呃，啥名次来着？”

创文奖的最终获奖名次此时应该已经由组委会公布了，但三个人忙着布置聚餐，竟都忘了看结果。

金闪闪最为焦急，不禁走上前来瞪着程野，等着他开口。

一个多月没见，他看见金闪闪时竟掩藏不住笑，原本不联系她反而通过尤真真来通知她，就是怕自己一和她说话就被问个没完没了说漏了嘴，这个消息，他想当面告诉她。

“到底拿了个什么名次啊？”小王一看程野和金闪闪还在对视，就急着又嚷了一遍。

江边的烟火声愈演愈强，整个天空都染上了彩色，金闪闪看着程野映照着烟花的深邃眼睛。

“冠军。”程野嘴角一勾，露出了个特别骄傲的表情给金闪闪。

“啊！！！”尤真真愣了一秒，一把抓住小王的手，激动得上蹦下跳，“冠军！！！冠军诶！！！”

“诶诶诶……洒了洒了！”小王被她拽得左摇右晃，香槟都快倒手上了。

“冠军啊！冠军！……太棒了！”尤真真恨不得抱着小王亲上一口。

“哎！别摇了！真洒了！这好贵的！”小王挣扎着朝餐桌边跑去，一边抱怨一边笑，打心底里替程野高兴。

金闪闪静静地站在原地，眼睛亮晶晶地看着程野，脸上的笑容绽开得无比的甜，她没有激动到大呼小叫的为他喝彩，她知道他实至名归。

程野看着金闪闪大大的笑容，忽然燃起来一股冲动，可他却理智的压了下去。

“来来来，先吃饭！”小王把保温箱打开，把饭菜端了出来。

金闪闪和程野移开目光，各自落了座。

“干杯！”尤真真率先举起杯子，“我想好了，明年我要在风潮社扎根，和闪闪姐姐一样，做一个优秀的编辑！”

“干杯！我明年……我明年要做爸爸了……”小王止不住的笑意洋溢在眼角。

一桌人都笑了，程野看了金闪闪一眼，金闪闪却没看他，等她的眼神移过来，他却又看向了别处。

爱是想触碰又收回的手吗？

尤真真一边抿着酒、歪着头悄悄地观察着他俩，一边偷笑着。

饭后，尤真真兴冲冲地把烟花搬到了天台的另一边，掰了半天也没找到引线。

“行不行啊？”金闪闪见她摸了半天也没找着，也凑上前来帮忙。

程野坐在后面抽烟，搭着一条腿，瞧着这两人蹲在那围着个放反了面的烟花箱捣鼓了半天，实在看不下去了，站起身来走了过去。

“放反了……”他一脸嫌弃的伸手拎着金闪闪的领子，像拎鸡崽子似的把她拎开。一手提着烟花箱翻了一面，拿起烟头点燃了引线。

几秒后，烟花在巨响中升空。

“一个多月不见，你怎么智商一点儿长进都没有。”程野站在她身边抬头看着烟花，嘴里不咸不淡地说道。

金闪闪看着烟花，许久不见，原本想和程野好好聊聊天儿，结果对方一张嘴就开怼。

她一脸问号的偏过头，怒道：“一个多月不见，你怎么又不会好好说话了？！”

“像个智障一样……”

“你说谁是智障？”

“烟花都不会点。”

“不会点烟花犯法？”

这一句直接给程野怼笑了，他就是忍不住想招惹她。

“笑，你还有脸笑，拿了奖不吱声，回来了也不联系我。”金闪闪被程野这么痞里痞气一逗，脸一板，之前的不满全想起来了，“在北京一个电话都不打回来。”

程野被她的反应弄愣了。

天知道他有多想打电话给她。

“一来就没一句好话，我看臭脾气要是能颁个奖，你也能拿冠军。”金闪闪说着说着腮帮子都鼓起来了，虽是良辰美景，她却无名火大。

程野这一下头大了，摸着头发挠了挠，心想不就是开开玩笑，怎么又惹她生气了？

明明他一直很辛苦的隐藏感情啊。

“我先回去了！”金闪闪这一下突然心烦意乱，失落迭生，拿着包就下楼了，程野愣在原地，完全没懂她到底在气什么，回头看了看小王和尤真真。

“你去追啊！”小王急道。

尤真真走上前来，推了推眼镜，道：“闪闪并没有和前男友复合，你……知道的吧？”

没有复合？

程野挑了挑眉，他摇了摇头。

“那现在知道了啊，快去追啊！”小王又急又气，白瞎了他和尤真真今天辛苦为他们布置的一桌浪漫晚餐。

程野回过头，愣了几秒，从天台门口跑了下去。

原来他才是智障。

小王长叹了一口气，感到心累，走到尤真真身边道：“你有没有觉得……看他们两个谈恋爱……”

“真的是急死人了……”尤真真接道，没忍住翻了个大白眼。

金闪闪伸手拦了一辆出租车，往樱园的方向去，一路上还在气着程野去北京连个电话都不打回来的事。

临近十二点了，全市的烟花都开始盛放，一路上伴随着一声声响，她打开副驾驶车窗看着这沿着马路一路灿烂的烟花，心里却一阵止不住的难过失落。

她靠在座椅上，望着车窗玻璃发呆。

情是真的，怯是真的，怒也是真的，面对着他，千头万绪，千言万语不知道从哪一头开始理起。

为什么人到了爱情面前就总是笨手笨脚？

仿佛一辈子学不会似的。

快到樱园时，车后突然传来一阵越来越强的引擎声，金闪闪愣了一瞬，瞥了一眼后视镜，只见一辆黑色机车从后面追了上来。

“嗯？”她把头从窗外探了出去，车上的人戴着头盔，穿着黑色冲锋衣，不是程野是谁？

“小姐你不要把头伸出去哎！”司机师傅喊道：“危险咧！”

“师傅你在前面靠边停吧！”金闪闪呆了两秒，赶紧说道。

车停在樱园对面，金闪闪下了车，程野按下刹车，机车减速，他把车往路边一摆，取下头盔。

“抱歉，那天没有赔你的冰激凌。”

“并不觉得你像个鼻涕虫，是因为你哭得很可爱，所以才拍下你的照片。”

“叫你去读书会是因为我想要看见你。”

“你真的一点都不普通，不难看，你笑的样子很美。”

程野一路朝她走来，一边把从前一直憋着没能说出口的动听话，一股脑儿全说了个遍。

“刚刚在天台我想说的其实是，一个多月没见，我很想你。”

他站到她面前，低着头，认认真真地看着她说道，一双眼睛深邃又明亮，好像有星辰落在里面。

金闪闪的眼睛亮亮的，看着他，什么失落都没有了，心化成了一片深深湖水，温柔得不像话，脸上却仍有些不好意思，挑着眉故意板着脸道：“你来就是为了说好话啊？”

零点到了，烟花齐放，在天上一起炸开了花，像彩色的闪电一般照亮了天空，往年的平安夜似乎从未这样美过。

程野笑了，伸手把她紧紧揽进怀里，在唇上深深一吻，绵长温柔，终于实现了他一直以来的冲动。

“我是来和你恋爱的。”

（全文完）

Extra chapter

四月。

从樱园到香樟华园的路上，桃花和樱花开了一路。

冬雪在上个月彻底消融，大地回暖，城市的面孔好像也复苏了一般。

从圣诞到春天，又过去了数月。

去年年底的出版专业资格考试，因为某些原因推迟到了次年春季。

金闪闪刚刚从中级编辑资格的考场里出来，最后一门考试刚刚结束了。

四月的春日暖阳，最是温柔。可她没什么心情去欣赏，整个脑子还在想刚刚答的题到底能得多少分。

就这么琢磨着，在从人行道踏入马路的时候，一辆飞驰而过的摩托车将心不在焉的她刮倒在地。

路人几声尖叫，只见一个白裙子的女孩儿扑倒在地。

程野受邀在一所大学演讲，刚到提问环节时，桌上的手机短信铃响。

这位穿着白T恤和大裤衩儿的知名作家，瞟了一眼短信内容，站在台上脸色一黑，跟底下的学生们道了个歉，就火急火燎地走了。

急诊室内，金闪闪坐在床上等护士给她上药，床尾的帘子唰的一声被人拉开。

程野脸色挺难看地站在她面前，还有点儿喘气。

“怎么回事？”他看着金闪闪，脚腕儿上缠着绷带，人看上去还挺精神。

“没什么大碍，就是脚踝扭到了。”金闪闪指着自己的脚丫子道。

“拍了片子了，一点儿擦伤和软组织伤，没怎么伤到骨头，可以走了，回去好好休息。”护士小姐在一旁说道，收拾好器械走了出去。

程野一双眼睛静静地看着金闪闪，他绕过床尾走到了她身边。

“你是不是又过马路的时候玩手机了？”

“没有……”金闪闪有些怯怯地小声说道，护士给程野打电话就好像班主任把家长叫来了似的。

程野叹了一口气，人没事就好。

“考得怎么样？”他轻描淡写地问了一句，蹲下来轻轻捏着金闪闪的脚仔细察看了一番。

“考得……不知道……还行吧……哎不要问我这种问题……”金闪闪觉得顿时头大。

程野一瞧她这副模样就没忍住笑。

“走吧。”他站起身，把金闪闪的手臂搭在自己肩上。

“去哪？”

“回家。”程野声音温柔，弯腰伸臂在金闪闪膝盖下一捞，将金闪闪打横抱在怀里，朝门外走去。

从就诊医院回香樟华园的路很短，程野就这么一路把她抱回了家。

在路人的注目礼下，金闪闪不好意思到把脸死死埋进程野胸膛里，一直到程野回家关上了门，把她放在沙发上，她的脸才没那么烫了。

坐在沙发，伸着一条伤腿，她总觉得程野的表情怪怪的。

“你怎么了？”金闪闪伸着头瞧着他。

“没事。”程野坐到她身边来，一手拿着手机，一手拢过她的头靠在自己身上。

金闪闪挑眉瞄了一眼他的手机屏。

取消酒店订单？

“什么鬼这是？”金闪闪惊讶道。

“本来订了周末普吉岛的酒店，打算给你个惊喜的。”程野回答道，大拇指在屏幕上一点一滑准备取消订单。

“别别别……”金闪闪赶紧拦住他的手，“我们去呀，我有年假。”

“我知道你有年假，但你现在伤了脚，怎么去？”程野瞥了她一眼。

“能去！”金闪闪瞪大眼睛一板一眼道：“怎么不能去了！一只脚也能去！”

“见了你的鬼，你可别指望我抱着你到普吉岛……”程野满脸的嫌弃。

“谁要你抱了……我这又不是骨折，一周的时间我也该好得差不多了。”金闪闪嘟囔着。

“没关系，以后有时间再去。”程野摸了摸她的头。

“不！就下周去！”金闪闪把程野的手机丢到一边，伸手一把抱住他，两只眼睛水灵灵地盯着他。

“……”程野被她盯了片刻，妥协了。

“小跟屁虫……”他凑过来寻到她的嘴唇，一手托住她的后脑勺儿，温柔地吻住，轻轻舔舐探寻。

“你才是……跟屁虫……”金闪闪企图还嘴，一句抱怨却被他吻得支离破碎。

赫连周坐在一家中餐厅里，听着对面的男人滔滔不绝的胡侃，百无聊赖之中，刚好收到了金闪闪的短信。

【小姐姐，泰国有什么好玩儿的呀？】

过去的两个月里，她请了长假，旅游，休整自己，从成都飞泰国，途径柬埔寨，最后在新加坡游玩半个月回国。

她眼有笑意的回着金闪闪的短信，对面的男士却略微有些不满。

对面的女人是朋友介绍的，他盛装而来，她礼貌有余，却意兴阑珊。

赫连周也很无奈，上司周平过于热情的关怀她这个孤家寡人，硬是替她牵起了红线，对方姓张，是位副机长，事业有成，一表人才，在候机楼见过她几次，说是对她印象很好，可她在这却始终只能硬着头皮做到礼貌客气。

两个人对面而坐，相当尴尬。

少了点什么吧，那种叫作感觉的东西。

“赫小姐很忙吗？”张先生不咸不淡地说道。

“呃……我姓赫连，不姓赫哦。”赫连周放下手机，抿了一口茶说道。

“您今年也二十七岁了吧？不小了，也是成家的时候了。”

赫连周淡淡一笑：“成家的时机和年龄有必然的关系吗？”

“我和你摊开了说吧，你这个年龄就没必要端着姿态摆高傲了，我比你大一岁，年龄上我俩配一起也说得过去，房和车我都有，我家里是希望我尽快找一位懂持家的姑娘结婚，我看你工作能力还行，是个肯努力的，这一点我也很喜欢，你和我一起，绝对不会吃亏，我一定会对你好的。”

赫连周看着对面这位男士一板一眼的和她摆条件，说得无比真诚，仿佛觉得自己想的就是理所应当的真理一般。

原来在他眼里，这是一场目的性极强的相亲。

她叹了一口气，正想着怎么开口婉拒，一个声音从她背后响起。

“她不需要你这样的人对她好。”

这么熟悉的口气，当然是陈拓的声音。

她回过头，他站在她身后，冷冷地看着她对面这位男人。

“你是哪位？”张先生站了起来，直视着他。

“一个知道她有多好的人，那和她的年龄、条件一点关系都没有，用不着像个商品一样在这被你挑来挑去。”陈拓的声音不怒不愠，说完拉起赫连周的手就往外走，赫连周没有挣脱他，而是借势逃离了这场尴尬度爆表的相亲饭局。

一直走到门外的马路边，她才一下挣脱了陈拓的手。

“谢谢。”她淡淡地道了一声谢，打算转头走。

“你说爱对你来说是一种痛苦，所以你就选择和这样的人过下去吗？”

赫连周停下了脚步。

“我如何都和你没关系了，陈拓，你要记住这一点。”她声音柔软又坚定地说道。

“确定？”

“确定。”

赫连周头也不回地走了，陈拓站在原地，没有追也没有气恼。

他并不是偶然在这里遇到她的。

陈拓看着赫连周渐行渐远的背影，伸手拿出了手机，拨通了电话。

被手机铃吵醒时，金闪闪在程野怀里睡午觉睡得正香，伸手拿起来一看，看见陈拓两个字，略微有些惊讶。

傍晚五点，程野骑车把她送到咖啡馆里，交代她走的时候叫他来接，十几分钟后陈拓如约出现。

“不好意思，这么冒昧的把你叫出来。”

“没关系的。”金闪闪笑了笑。

“有件事想请你帮忙，这个盒子，麻烦你帮我给嘉悦吧。”陈拓伸手递过来一个用牛皮纸包好的纸盒。

“你们……不再见面了吗？”金闪闪问道。

“不见了，彻底结束了。”

“那……有什么话要我代为转达吗？”

“没有。”陈拓只是笑了笑。

从咖啡馆出来后，金闪闪不想麻烦程野，伸手拦了一辆出租车，径直回了程野家。

打开门，家里静悄悄的，餐厅里留了一盏灯。她走到书房门口，看见程野趴在电脑前睡着了。

她坐到他身边看着他的侧脸，有点儿疲惫，眼睛紧紧闭着，呼吸很安静。她也知道，他睡眠有些浅，风吹草动立马就醒。

“你吃……晚……饭……了吗？”她压低声音，悄悄问了一句。

“吃了……”程野笑了笑，轻声答道，睁开眼，“几点了？”

“九点。”金闪闪秒了一眼电脑屏幕，“这本是写完了吗？”

“嗯。”程野坐起了身，“你可以拿去校对了。我明后天不在，有个读书会活动，我要去趟上海。”

“这么辛苦，想发财啊？”金闪闪打趣道。

“是啊。”程野瞥了一眼她的伤腿，没好气儿地说道:“打算买车。”

“那你出门要注意安全。”金闪闪至今对读书会三个字有点儿阴影。

“知道。”程野站起身，走到门口，金闪闪的鞋给拿了下来，全换上自己的男鞋，再把鞋架给挪到了走廊里放着。

“这是干吗？”她好奇道。

“最近总是不在家，你现在脚又有伤，万一有陌生人打你主意，让人知道家里有个男人，会比较好。”

金闪闪站在门边看他认真专注的弯着腰倒腾着架子怎么放会比较好。

“程野。”

“嗯？”

“你好帅。”

“我知道。”

金闪闪笑了，这人的自恋果然一如既往。

“你别整天变着法儿地跟我表白行不行？”程野关上门，走到她面前，嘴角有些张扬。

金闪闪一时语塞，面红半晌，憋出来一句：“臭不要脸……”

程野笑了，随即又正色道：“我不在家，要记得锁好门。”

“知道啦！”金闪闪笑眯眯的在他唇上轻啄了一下。

他相信她，她也相信他，分离时除了惦记对方，再无别的忧虑。

一座城说大不大，说小不小，金闪闪在接下来的几天都没有机会见到赫连周。

周嘉琦订婚，她去了另外一个城市。

得知她要来，哥哥意外地感到惊喜，安排了一个小小的饭局，让嘉悦和爸爸见了面，父女二人生疏已久，却还勉强聊上了几句话，这在他看来已经是莫大的进步。

从饭店出来，周嘉琦开车载着她开到了一家酒店。

“去干吗？你还有局？”他领着她上楼时，赫连周问了一句。

“都是朋友啊！喝点儿酒，唱会儿歌，你也一起，他们都没见过我妹妹，一直以为我编故事呢。”

“陈拓在吗？”

“在啊。”周嘉琦道，见赫连周面有难色，又接着补充道：“没事，你不用躲着他，他马上又要出国去工作了，听他说这次要去很多年。”

“很多年？”赫连周愣了。

“是啊，他说他彻底放下你了，那边有个挺好的女孩子一直喜欢他等着他，他觉得留在这边不如过去，他说……他也想去尝试下人生不同的可能性。”周嘉琦一边说一边看妹妹的反应，怕她难过。

谁知赫连周点了点头，没事人似的。

“你还好吧？”他试探道。

“我没事啊。”赫连周笑了一声。心里琢磨着陈拓这是不是又在玩什么激将法。

包厢门推开，一屋昏暗热闹，陈拓坐在角落里和人聊天儿，看到两人来了，大方地伸手打了个招呼，就玩自己的去了。

赫连周坐在周嘉琦的朋友堆里，挨个儿介绍，聊天儿喝酒之间，陈拓坐到了她身边，不知为何，她心里一紧。借口去洗手间离开了包厢。

站在洗手池的镜子前，她看着自己的脸，不管他是不是真想激她，她都看着自己的眼睛告诫自己要淡定。

谁知从洗手间出来，一转角就看见了陈拓，他站在走廊里，靠着墙边，看着她笑了一下。

赫连周没什么表情，打算直接绕过他回去。

“你不用躲我。”陈拓淡淡地说道：“你哥哥有喜事，他今天开心，我们别弄得他尴尬。”

“我没有在躲你。”赫连周的好胜心在这个时候不合时宜地冒出了头，非要辩一句。

陈拓的笑容更深了，他把手放回口袋里，道：“没关系的，赫连周，你真的不用躲我，我放弃争取你了，我已经累了，这么多年也够了，看开了。”

赫连周直视着他的脸，这是他第一次叫她这个名字，他的眼睛里没有任何情绪。

“我放弃你了，你放心。”陈拓又重复了一遍，转身走了。

赫连周站在原地，回味着他的言语表情，眯起了眼。难道是自己的直觉出了错？并不是激将法？

她回到了包厢里，陈拓像没事发生过一样，和所有人说说笑笑，包括她。

大概真的是结束了。

是她要结束的，是她硬要斩断情丝的，没有错，她还想有什么火花，还想他有什么牵挂？

KTV喧闹的背景音下，她的心静得像真空。

深夜回去的路上，依然是周嘉琦开车，她坐在副驾驶座上，看着窗外，淡淡地问了一句："那个在国外，一直喜欢他的女孩儿，是什么样的？"

周嘉琦想了想，答道："我没有见过，但听他说过，文静乖巧的类型，不是特别聪明，但特别诚恳，能给他一种安定的感觉，他说他不想再玩游戏了，这个女孩儿出现得正好。"

赫连周听着这番话，沉默地点了点头，又问道："漂亮吗？"

"挺漂亮的，但没有你漂亮。"周嘉琦看了她一眼，"怎么了？心里难受？"

"怎么会，只是关心一下。"她笑了一声，没再说话。

周末，金闪闪请好了假，收拾好行李，夜晚，和程野一起，到了定昭机场国际出发厅，在这里终于看到了赫连周。

"小姐姐！"她招了招手，赫连周微笑着朝她走来。

程野去吸烟室抽烟了，她从包里拿出陈拓给她的那个盒子。

"这是陈拓要我交给你的。"金闪闪说道："之前一直没能和你碰上面，现在给你。"

赫连周低头看着这个纸盒，伸手接了过去。

"他有说什么吗？"

"他说他要走了，去宾州，好像就是今天晚上的航班！他机票和我一天的。"金闪闪看见程野从吸烟室出来，又看了看时间，道"小姐姐，我先去过检了哦。"

"好的，一路顺利哦。"赫连周笑了笑，目送他俩进了安检区，转身走到角落拆开了那个盒子。

是那只风铃。

因为知道她喜欢，学生时代的陈拓打了一个月的工，就为了送这只风铃给她。

那时他身边的女友一个换一个，他从没说过喜欢她。她也从来不肯让他发现她的心意，直到后来在大学重逢。

多像两个刺猬在互相眺望。

赫连周看着手里的这只风铃，往日种种，一涌而上。

她走到柜台查了一下，今晚只有一班直飞宾夕法尼亚，二十分钟后起飞。

夜色深重，候机楼里人来人往，她拧着眉头，转过身朝着与国际起飞区完全相反的方向走去。

她要清静，他要安定，她的决定没错。她一边走着一边重复说服着自己。

一个漂亮又安静的女人，更适合他，没有她这样一颗七巧玲珑的黑心，还不好吗？

难怪那天那么淡然地说他放弃她了……

赫连周一边想一边咬着牙突然转了身，朝着国际出发厅跑去。

穿着工作制服裙和高跟鞋，她跑不够快，航站楼太大，飞宾州那个航班的登机口离她很远，并且她根本不知道自己要去干吗，只是一路用力跑着，最终气喘吁吁到达时，登机口已经停止登机，登机桥收回，飞机即将起飞。

赫连周站在落地窗前看着那要将陈拓送走的航班，突然感到心一阵空接着一阵慌。

大概以后再也不会见面了，却连再见也没能说上一句。

她突然觉得自己是不是会后悔。

"在找我吗？"他的声音却又从背后响起。

赫连周迅速转过身，瞬间奓毛了。

“你不是走了吗？”她看着陈拓穿着正式，一脸闲散地站在她背后，连行李箱都没一个。

“我根本就没打算上飞机啊。”他笑了一声。

“不是要坐今晚的航班出国吗？”赫连周喘着气问道。

“骗你的。”

周嘉琦和金闪闪被串通了？赫连周一脸的惊讶，旋即转化为愤怒。

“你要我？”她没有哪一刻对陈拓如此生气过。

“你为什么追过来？”陈拓朝她走来，脸上不羁的笑意越发明显了 。

“你要我。”

“你舍不得我。”陈拓走到她面前，斩钉截铁地说道。

“我没有，我是来和你道别的。”赫连周声音冷淡，情绪却很激动。

“是我让周嘉琦散布假情报给你的，也是我找金闪闪，和她说我今晚的航班走，我要让你确信我是真的要离开，不再回来。我知道你一直想和我道别，和我的人生道别，可你还是来了，你现在不得不承认，嘉悦，你舍不得我，你刚刚站在这里的那一瞬，还不明白自己的心吗？”

“你以为你很厉害是吗？”赫连周再也压制不下被人这样要的火气，一字一句、清清楚楚地说：“我们俩就是因为这样互斗才走不到一起去的你还不明白吗？谁会愿意和一个一直要手段、玩套路的人在一起？我现在更明白，我要离开你这个决定的确就是对的……我不要和你这样的人在一起，你也不要和我这样的人在一起……”

她的话还没说完，陈拓却单膝跪在了她面前，拿出了一只小巧的礼盒，里面竟是一枚戒指。

“谁说套路就不是爱的方式？好斗难道不是我们的天性吗？既然喜欢斗，那就斗一辈子，可是这辈子，除了我，你还上哪儿去找和你棋逢敌手、势均力敌的人？”

赫连周愣住了，原本在附近的旅客竟为他们让出了一个圈出来，远远的站到了一边。

一不小心她的眼泪就掉了出来，怎么就中了这么大一个套？

“周嘉悦，你愿不愿意嫁给我？”

陈拓收起笑容正色道，脸上再没了之前那股不羁劲儿，眼里却全是自信。

过去那些飞速逝去的时日，那些千回百转的渴望，像两条交织的线，在她眼前越来越明朗。

她想不到一点理由去反驳陈拓，反驳自己的心。

常在河边走，哪能不湿鞋？什么套路与反套路，人总是不作不明理。

上一秒还怒不可遏，这一秒她却笑了出来，眼泪还不停地掉下来。

良久。

“愿意吧。”她高傲地点了点头。

陈拓笑了，站起身走了过来，将戒指戴在她的无名指上。

“这些旅客也是和你串通好了的吗？”她看着他的眼睛笑道。

“是啊，我可是一个一个的拜托他们，让点儿地方出来给我求婚。”陈拓一边吻着她的唇一边道。

夜风清凉，金闪闪坐在银白的沙滩上看着夜晚的普吉芭东海滩，手机铃响，她看了一眼。

【我们订婚了。】陈拓发来一条消息。

那天她在咖啡厅里问他："有什么话要我代为转达吗？"

"没有。"陈拓只是笑了笑。

片刻，他又说了一句："我这周末的飞机，离开这里去宾夕法尼亚，我希望你转告她一声。"

"确定要走吗？"

"确定。"陈拓坚定地点了点头，"不过我希望你，在我离开的当天，再告诉她这个消息。"

"为什么？"金闪闪不解道。

"因为……人是很容易心思反复的动物，一个人的态度和行动，经常会表现出相反的样子。我怕她会后悔吧。"陈拓笑了笑。

此刻金闪闪看着这条信息，才明白陈拓笑容的意思。

人果真是容易反复的动物，可变幻无常又何尝不是一种美。

她看着站在椰子树下的程野，笑了，正准备关上手机，一条短信跳了出来。

"程野！"

"啊？"

"我考试通过啦！"

"好！"

"你说我能摘到那上面的椰子吗？"

"不能。"

金闪闪拍了拍身上的沙子，跑到了他身边道："程野，举高高，我能摘到。"

"举什么高高？"程野一把拉起她就抱在了怀里，"回去睡觉。"

“睡什么觉？”

“同床共枕啊……”程野一脸坏笑。

沙滩上传来又笑又闹的声音。世界这样繁忙，平凡人的爱情大多没有那么多惊心动魄与刻骨铭心。金闪闪闻着程野怀里衣服上阳光的香味，这样想着。

可总有些人曾在泥泞里挣扎，在困顿中流连。

没有盖世英雄，也没有七彩祥云。

直到遇见了你，所有的孤独与痛苦在你怀里融化。

然后春风化雨，流星坠落，

我看到了这个世界的美丽模样。